biblio

Alejandro Palomas

O MAMĂ

Traducere din limba spaniolă
IULIANA POTCOAVĂ

Descrierea CIP a Bibliotecii Naţionale a României
PALOMAS, ALEJANDRO
O mamă / Alejandro Palomas. –
Bucureşti : RAO Distribuţie, 2023

ISBN 978-606-006-875-4

821.134.2

RAO Distribuţie
Str. Bârgăului nr. 9-11, sect. 1, Bucureşti, România
www.raobooks.com
www.rao.ro

ALEJANDRO PALOMAS
Una madre

Traducere din limba spaniolă
Iuliana Potcoavă prin Lingua Tradom

Designul copertei: Stefan Hilden, © HildenDesign

2023

ISBN 978-606-006-875-4

Un bun dansator pe sârmă știe că,
de fapt, golul se află deasupra.

Tuturor celor care mențin echilibrul.
Mamei mele.
Și lui Rulfo, întotdeauna.

Cuprins

Cartea întâi
Câteva lumini și multe umbre

„Nu poți să-ți afli pacea dacă te ferești de viață, Leonard!“

Virginia Woolf, în filmul *The Hours* (*Orele*),
realizat după romanul cu același titlu
al lui Michael Cunningham

Unu

Mama îmi spusese că florile avea să le cumpere ea însăși, dar, cu atâta agitație, uitase să treacă pe la florărie în după-amiaza aceea, așa că am rămas fără. Acum, stând alături de mine, numără boabe de strugure[1]. Le desprinde cu grijă de pe ciorchine, în timp ce ascultă postul de radio, care emite din cele trei aparate aflate în micul apartament: tranzistorul aflat pe blatul de lucru din bucătărie, cel pe care l-a lăsat deschis în camera ei, și, în final, cel pe care îl are instalat în baie și pe care îl închide doar rareori. Așezate la masa din sufragerie, ea numără boabele de strugure, iar eu împăturesc șervețelele roșii, cu desene de Crăciun, în vreme ce în cuptor se răcește crema de sparanghel și o friptură care se bănuiește că ar trebui să fie de curcan, dar care seamănă cu altceva.

De cealaltă parte a ușii din sticlă, s-a lăsat noaptea. Pe podea, lângă canapea, doarme încolăcit Max. Stă cu capul pe o baltă

---

[1] Potrivit tradiției spaniole, consumul, în noaptea de Anul Nou, a douăsprezece boabe de strugure duce la un an plin de noroc și prosperitate. În unele zone, se crede că alungă vrăjitoarele și răul, în general. Există două locuri principale unde oamenii se adună pentru a mânca strugurii: acasă, cu familia, după cina de revelion, sau în piețele principale, Puerta del Sol, din Madrid, fiind o zonă faimoasă unde se dă curs acestei tradiții. (*n.tr.*)

mică de salivă și dă din lăbuțe în somn. Shirley, cățelușa mamei, doarme lângă el în coș, acoperită cu păturica ei în carouri.

Barcelona. Astăzi este 31 decembrie.

– Vom fi cinci, spune mama. Asta fără s-o mai socotim pe Olga, desigur! Olga este iubita Emmei, sau „anexa", după cum îi spune Silvia atunci când Emma nu este de față, așa că mama o socotește întotdeauna separat. Și nu o face din dispreț. Doar numără, cum numără orice mamă: ai mei de-o parte, ceilalți, de alta. Aici, cei care sunt sânge din sângele meu, acolo, cei care nu sunt. Chiar dacă unchiul Eduardo va ajunge ceva mai târziu, fiindcă avionul lui nu sosește la timp – lămurește ea, alegând douăsprezece boabe de strugure și punându-le în primul castronel. Apoi numără mai departe. Văzând că nu spun nimic, se oprește și se uită la mine: S-a întâmplat ceva?

Dau din cap în semn că nu. Mama este neliniștită și surescitată. S-a comportat așa vreme de câteva săptămâni, până a fost sigură că, în noaptea asta, vom fi cu toții. În final, după atâtea tentative eșuate, cei care suntem de același sânge cu ea ne vom așeza la masă, vom sărbători sfârșitul anului și vom închina un pahar împreună. Pentru ea este o zi importantă și nu ascunde asta, întrucât nu știe s-o facă. De când a divorțat de tata, întotdeauna s-a întâmplat ceva, ceva n-a mers cum trebuie și cina din noaptea de Anul Nou n-a fost completă. La primul Crăciun, Emma a rămas blocată aproape o lună în Argentina, deoarece compania aeriană cu care călătorea a dat faliment, suspendându-și zborurile și lăsându-i baltă pe toți. Ulterior, cel care a lipsit a fost unchiul Eduardo: cu un an înainte, se hotărâse să meargă să locuiască la Lisabona și, în zilele acelea, aștepta să primească vreo două containere pline cu mobilă care, din câte se părea, se rătăciseră pe drum și care, până la urmă, apăruseră la Tanger. Iar anul trecut, ne venise rândul lui Max și mie. În data de 31, la prânz, pe când mă jucam cu el în parc, mingea lui s-a lovit de un copac și a ajuns, de una singură, în stradă. Max a făcut ceea ce, până atunci, nu făcuse niciodată: s-a aruncat în goană după minge, ca și cum de ea ar fi depins întreaga lui viață. Dar, ieșind în stradă, a fost lovit de un 4x4. Ne-am petrecut toată noaptea la Urgență, la Facultatea de Medicină Veterinară. El scăpat nevătămat, ca prin minune, dar a trebuit ținut sub observație; eu, cu două fiole de trankimazin[1] în venă, culcat pe o targă între Max și un shar pei, cu o figură de Buddha îmbufnat, și care urla întruna pentru că, aparent, avea nu știu ce în intestine, așa că, pentru mama, cina a fost, din nou, o mare cu lumini puține și numeroase umbre.

Aceasta este, în sfârșit, noaptea mamei, și ea dansează fără oprire, încă de la șase dimineața, și este atât de emoționată încât, pe lângă neliniști, stângăcia care o caracterizează și vederea ei slabă duc la un record de pagube suplimentare, strânse morman lângă coșul de gunoi.

– Te rog, Fer, scoate astea înainte să vină Silvia! mă imploră ea cu o figură îngrijorată, înainte de a se așeza la masă, ca să se ocupe de struguri. Știi cât de tare se supără sora ta dacă sparg ceva, adaugă în timp ce privește cu părere de rău la sacoșa în care sunt, toate ajunse țăndări, veioza de porțelan, trei farfurii, două rame de fotografii, o carafă de apă și un ceainic, presupus a fi chinezesc, care, până atunci, fusese cel mai prețios obiect din colecția sa de monstruozități în miniatură, cadou din partea unui ziar pe care refuză să-l citească, dar pe care îl cumpără „pentru daruri".

Acum se uită la mine din cealaltă parte a mesei și, pe dată, în ochii ei se întrevede atâta speranță abia stăpânită, atâta dorință ca

---

[1] Medicament care conține, ca principiu activ, alprazolam. Este un medicament anxiolitic, cu acțiune de scurtă durată, din clasa benzodiazepinelor. Este, de cele mai multe ori, utilizat pentru tratamentul tulburărilor anxios-depresive, dar și pentru prevenirea atacurilor de panică. (*n.tr.*)

noaptea să fie un succes și să ne aibă pe toți aici, încât, cu toată ziua pe care mi-a dăruit-o, mă împotrivesc dorinței de a o îmbrățișa și de a-i spune să nu-și facă griji, că totul va fi bine.

– Crezi că o să le placă? întreabă ea, pentru a nu știu câta oară, întorcând ochii către cuptor. Treaba e că... mă gândeam că poate că e prea puțină mâncare. Chiar dacă, bineînțeles, mai sunt și cele două salate, iar unchiul Eduardo sigur va veni cu ceva de la Duty Free. Și, în plus, mai sunt și nugalele pe care le-a adus Silvia în ziua de Crăciun și...

– Liniștește-te, mamă, o opresc eu cu blândețe. Avem mâncare cât să mai și rămână.

În ultimele trei ore, am avut discuția asta de cel puțin zece ori. O să ajungă mâncarea? O să fie suficientă? O să le placă? Nu e prea cald? N-ar fi bine să mai reducem puțin căldura? Să aprindem lumânările, ori să așteptăm să vină și ei? Și aperitivul? Ah! Fără aperitiv? Crezi că?... Întrebări... Mama lansează întrebările ca și cum ar trece în revistă ingredientele unei rețete care nu permite prea multe retușuri, întrucât ceasul arată o anumită oră și, în vremea asta, toți ar trebui să fie pe drum. Întrebările ei ascund altele, de o profunzime diferită, aflate dedesubt și care sunt cele care o țin în starea aceasta, suferind în avans, între neliniște și o emoție aproape copilărească, pe care n-a învățat să și-o țină sub control cu toată trecerea anilor: sunt acele întrebări care o chinuie și pe care nici ea, nici vreunul dintre noi nu le poate rezolva cu anticipație, pentru că unele familii așa sunt – așa suntem –, așa de intense, așa de imprevizibile și de impetuoase; sunt acele întrebări care, dacă mama ar îndrăzni să le dea glas, ar suna astfel: „Tu crezi că Silvia o să se poarte frumos și n-o să se ia la harță cu Olga? Și că n-o să înceapă să vorbească despre politică și să dea vina pe bănci sau pe tatăl tău și că vom avea o sărbătoare liniștită? Și că unchiul Eduardo n-o să ne povestească vreo istorioară din călătoriile acelea mizerabile ale lui, care pe Olga o fac să... să...? Și spune-mi că n-o să se arate niciun vecin din preajmă, ca acum doi ani, când a apărut domnul Samuel, cel de la 1C, cu amărâta aceea de mulatră cubaneză, pe jumătate dezbrăcată, întrebând dacă aveam vreo sticlă de rom, iar cubaneza s-a întors apoi, pentru că voia să stea cu noi și... vai, băiatul meu, spune-mi că nu!"

Treaba e că, deși de când tata nu mai este s-au desfăcut multe noduri și multă tensiune, cu care, din fericire, nu mai trebuie să ne înfruntăm, iar cina din noaptea de Anul Nou s-a liniștit mult, sfârșitul anului este o sărbătoare care pe noi, cei din familia asta, ne sufocă. De asta ajungem la noaptea asta încordați, hotărâți, fiecare din colțul său de viață, să corectăm, pe cât posibil, intensitatea anului precedent și să petrecem o noapte plăcută, sporovăind liniștiți despre tot felul de nimicuri și să împărtășim un simț al umorului în care ne recunoaștem cu toții și care ne unește familia, care ne face să vedem mai bine că suntem uniți.

Iar, până acum, tentativele au eșuat de fiecare dată.

La asta trebuie adăugat faptul că, de câteva săptămâni încoace, ceva pare s-o fi pus în gardă pe mama. Este neliniștită, îngrijorată. Fără să știe, presimte lucruri care îi sunt străine, adevăruri care încă nu s-au profilat. Lumini și umbre. Este stângace. Face mai mult zgomot.

Nu-și închipuie că poate are motive ca să fie așa. Motive pe care nu le cunoaște.

Încă.

– Nu, nu s-a întâmplat nimic, răspund eu, încercând să uit ultima cină la care am fost cu toții și la care unchiul Eduardo a vrut să ne surprindă cu un „dar cât toate zilele" (așa l-a anunțat el, bătând cu o linguriță în cupa de șampanie cu atâta înverșunare, încât cupa s-a făcut fărâme după cea de-a treia lovitură, împrăștiind cioburi pe fața de masă). Darul cu pricina au fost niște dosare colorate, care conțineau informații detaliate despre felul în care puteam ajunge asociați la Dignitas, societatea aceea formată din elvețieni care îi ajutau pe oameni să se sinucidă. La dosar, adăugase o copie a formularului de întocmire a testamentului de viață.. Olga, o catolică fervență, s-a făcut verde la față; și Emma a început să plângă, așa cum plânge ea, fără zgomot, fiindcă tocmai ce-i murise cățelușa, Lua, și, brusc, s-a simțit vinovată, nu-mi mai aduc aminte acum de ce. Apoi cei mai în vârstă au băut un pic prea mult și unchiul Eduardo a căzut pe scări – mama locuiește la etajul întâi – și a trebuit să chemăm o ambulanță. În drum spre spital, a fluturat întruna în aer copia testamentului care-i aparținea în timp ce striga la infirmier, rostind cuvintele ca un bătrân bețiv: „Sunteți niște asasini și niște gângănii, dar cu mine n-o să vă meargă! Niște diavoli, ba chiar mai rău de-atât!"

Da, și dacă o lăsăm pe Olga laoparte, tot mai rămânem cinci. Două generații de frați: aceea a mamei – unchiul Eduardo și cu ea – și aceea a mea – Silvia, Emma și cu mine –, la fel ca două șine paralele, trecând prin timp, separate în noaptea aceasta prin masă, prin farfurii, prin pahare și prin interpretările multiple ale istoriei noastre comune.

Fără tata. Fără bunici.

Ei au murit. El a plecat. Cu toții sunt absenți.

Iar eu sunt aici, numărând boabe de struguri cu mama, ca și cum nu s-ar fi întâmplat nimic, temându-mă – la fel ca ea – de ceea ce ar putea să ne rezerve noaptea la această masă așezată pentru șapte persoane. „Să iasă totul bine, să iasă totul bine!", o ghicesc că se roagă în tăcere, în timp ce îmi amintesc pe dată mărturisirea pe care mi-a făcut-o Silvia, în urmă cu numai patruzeci și opt de ore, și a cărei greutate o simt de atunci pe umeri, ca pe o a doua piele.

Iar pe radarul meu personal palpită, de vreo câteva ore, o luminiță roșie, pe care o știu bine. Este o luminiță care pâlpâie, din ce în ce mai clară, pe ecranul dreptunghiular al minții mele, roșie pe fond alb, precum șervețelele pe care le împăturesc acum.

Pe o latură a mesei, mama trage adânc aer în piept, apoi îl suflă încetișor pe nas. De pe latura mea, o privesc și o simt aproape. Mama este o parte din mine, din ceea ce prețuiesc, dar nu-mi place să port cu mine. „Reprezintă multe lucruri. Uneori, chiar prea multe“, gândesc eu în timp ce continuăm să așezăm masa, iar la radio cineva râde. Se discută despre struguri, despre anii precedenți și despre lucruri care nu interesează pe nimeni. Locuri comune. Lipsite de conținut. Zgomot de fond din noaptea de Crăciun.

A mai rămas puțin.

Ar trebui să fie undeva, foarte aproape.

Doi

Mama se uită, din nou, spre bucătărie și strânge ușor din ochi. Sunt prea multe lumini aprinse și fotofobia – a ei – nu iartă. Un handicap de șaizeci și patru la sută; asta este mama – printre multe alte lucruri –, chiar dacă la ONCE[1] n-au admis-o atunci când s-a prezentat, pentru că ne-au spus că fotofobia nu putea fi cuprinsă în certificat și ei nu acceptau decât persoane cu un handicap vizual de cel puțin șaizeci și cinci la sută. Când am ieșit de la consultația de la doctorul care o evaluase (un individ infam, cu dinții înnegriți și cu o cocoașă ca o colină din Țara Galilor, care, când am intrat, nici măcar nu s-a ridicat în picioare, ca să ne salute, și care nu s-a uitat la mama nici măcar pentru o clipă), ne-am așezat pe o terasă, ca să bem ceva. Era în august și căldura era cumplită. Mama era absentă, savurându-și berea ca o fetiță. Asfaltul ardea. La fel și aerul.

– Bine, a spus ea, în final, cu buza de sus acoperită de spumă și cu un surâs fericit, care anunța una dintre acele izbucniri pe care Silvia nu știe cum să le califice și pe care unchiul Eduardo,

---

[1] Fundația ONCE, pentru Cooperarea și Incluziunea Socială a Persoanelor cu Dizabilități, a luat naștere în februarie 1988 și a devenit un instrument de cooperare și solidaritate al nevăzătorilor spanioli cu alte grupuri de persoane cu dizabilități pentru a-și îmbunătăți condițiile de viață. (*n.tr.*)

din dorința lui de a părea tânăr și la curent cu toate, le categorisește drept „de speriat". Vezi că nu sunt chiar așa de grav.

Am privit-o.

– Nu, am spus, strângând din dinți. Ai avut un an minunat, așa e. Doar că ți-au scos de pe spate două melanoame, nu vezi la un metru în fața ochilor și stai într-o locuință socială pentru persoane de peste șaizeci și cinci de ani, cu o cățelușă minusculă, care mănâncă șervețele de hârtie folosite, și cu o vecină, pe care o cheamă Eugenia, care vinde produse Tupperware[1] din străinătate și aruncă gunoiul în container direct de la fereastră. Ești ad-mi-ra-bi-lă, mamă! Toți suntem admirabili. De fapt, suntem Familia Admirabilă. Mă mir cum de nu ne-au sunat de la emisiunea *Informe Semanal*, pentru ediția specială de vară.

Și-a încrețit puțin nasul, apoi a luat o sorbitură bună de bere.

– Hai, că prea exagerezi, băiete! a răspuns ea dând din cap. Ești furios la culme. Îmi dau eu bine seama. Și, dându-și ochii peste cap, a adăugat: Este un curent care vibrează și pe care îl simt aici, a încheiat, punându-și degetele pe stern.

Da, eram furios la culme. Chiar rău de tot. Împotriva medicului cocoșat de la orbi, împotriva căldurii de infern și chiar împotriva mea, fiindcă nu eram în stare să iau lucrurile în glumă și cu nepăsare, așa ca mama. „Ar trebui să mă apuc din nou de fumat", m-am gândit într-o izbucnire de temperament, în timp ce o priveam cum își înmoaie din nou buzele în spumă, cu o expresie fericită. N-am putut să mă abțin să n-o atac din nou:

– Rămâne de văzut. De când ai aflat că nu ai decât un handicap de șaizeci și patru la sută, ai devenit foarte atentă, mamă!

---

[1] Tupperware este o linie americană, care include produse pentru preparare, depozitare și servire în bucătărie și casă. (*n.tr.*)

– Hi, hi, hi! Chicotitul ei s-a transformat în tuse, iar tusea a împrăștiat stropi de spumă pe toată masa. Când a vrut să ia un șervețel, ca să-i șteargă, mâna ei a măturat tot ce a întâlnit în cale, iar sticla, lovită, a sărit pe trotuar, rostogolindu-se către canalizare. Doi tineri, plini de tatuaje, care stăteau așezați pe spătarul unei bănci, schimbând între ei niște chestii care nu erau cartonașe de colecție și ascultând o muzică rap, la un telefon dintr-acelea care se vând la „paquis“[1], au început să aplaude.

– Ce maimuțoi! a spus mama, salutându-i cu mâna. Ei i-au zâmbit. Printre dinții celui din stânga au strălucit câțiva îmbrăcați în aur și un briliant. Cel din dreapta și-a pus în gură un „joint“ și a tras din el un fum, care cred că i-a carbonizat jumătate din creier. Vezi că nu sunt chiar atât de grav?

Nu m-am putut abține să nu surâd. În momentul acela, i-a sunat mobilul, un fel de chestie cu un ecran fosforescent și niște taste cât niște farfurioare, pe care i-l adusese unchiul Eduardo din Hong Kong și din care, de fiecare dată când o suna cineva, țâșnea vocea unei chinezoaice care declama, răcnind din toate puterile, o pagină întreagă din *Yi-Ching*[2].

– Eduardo! a strigat mama când, până la urmă, a putut răspunde și chinezoaica a încetat să mai psalmodieze, cu vocea ei metalică. Da, da, da! Sunt aici, cu Fer, pe o terasă. Da. Nu. Ah! Ce bine! Nu, nu mi-au dat pensia de invaliditate fiindcă mi-a lipsit un punct. Ce e fantastic? Da, știam eu. Sunt admirabilă. E clar. Da, sărbătorim la o bere. Ah, nu știi ce tare m-am enervat,

---

[1] Cuvântul „paquis¨ se foloseste ca diminutiv pentru pakistanez. În Spania, sunt des întâlnite magazine la colț de stradă, cu vânzători pakistanezi, unde se vând, în general, fructe, legume, dar și diverse lucruri utile care le-ar putea aduce profit. (Aprozar)

[2] *Yi-Ching* sau *Cartea Prefacerilor* este unul dintre cele mai vechi texte clasice chinezești. Cartea conține un sistem de divinație complex, comparabil cu geomanția, folosit și în ziua de azi în culturile vestice și în Asia de Est.

Eduardo! Îți închipui că mă pun la unul din chioșcurile alea, cu un câine alături, să vând lozuri din alea pe care le râcâi cu unghia? Că tot îmi place mie să joc la loto!

Când a închis, și-a pus telefonul în teaca din piele roz, cu desenul lui SpongeBob Pantaloni Pătrați, și s-a uitat la mine.

– Ai pățit ceva?

Am vrut să spun că da, că pățisem ceva, că venisem până aici, pe căldura aceea care topea palmierii, într-o zi de 17 august, căutând ceva și că acel ceva era un ajutor cu care să se poată descurca mai bine în viață; că răspunsul corect ar fi fost „da, doamnă, vă putem da pensia" și că acela greșit era „nu, doamnă, nu vă putem da pensia", însă am văzut că era atât de entuziasmată și atât de fericită, apărându-și ochii cu mâna ca să poată vedea ceva și cu figura aceea absolut nevinovată, încât răspunsul meu a fost:

– Cât de mult aș vrea să-mi placă berea!

A strâmbat puțin din buze și a oftat.

– Mmm... Totul e să încerci, băiatul meu! A băut câteva guri, în timp ce, dinspre banca pe care stăteau adolescenții, venea spre noi un nor toxic de „iarbă", care mi-a umplut ochii de lacrimi, dar pe care mama nici măcar nu l-a observat. Mie, la început, vreau să spun acum multă vreme, nu-mi plăcea, nici măcar s-o fi văzut în ochi. Îmi făcea greață... dar acum, vezi și tu. A mai luat o înghițitură bună și a încheiat cu: Auzi, poate că ar fi mai bine să îi ceri lui Ingrid să-ți facă reiki.[1] Oricum, dacă lucrează cu alcoolici sau cu animale, la fel de bine ar putea lucra și cu abstinenți.

Am înghițit în sec. Ingrid este o prietenă a mamei, suedeză. Are cincizeci de ani și, pe lângă că lucrează la un operator de turism pentru călătorii de aventură în fostele republici sovietice, mai este și îndrăgostită de Arundel, un puști cu douăzeci și cinci

[1] Reiki este un sistem terapie energetică în care nu se folosește energia personală a terapeutului, ci „energia universală" (rei = spirit, universal; ki = energie). (n. tr.)

de ani mai tânăr decât ea, cu care se vede doar o jumătate de oră pe zi, vreme de o săptămână.

Ingrid a fost profund lezată deoarece, într-o ședință de șamanism, șamanul o înțepase cu un fel de maraca[1] din fier pe șold, deplasându-i-l puțin, iar Arundel era fizioterapeutul ei. Băiatul cu pricina care, pe vremea aceea, era căsătorit și avea un fiu, se întorsese în Venezuela la puțin timp după ce își încheiase masteratul la Barcelona și, de atunci, Ingrid face economii la sânge în cursul anului ca să meargă, pe vară, la un ONG din Caracas, fiindcă, după ce a citit *Secretul*[2], este convinsă că destinul o va purta către Arundel și că el o așteaptă, chiar dacă, bietul de el, încă nu știe asta. În plus, Ingrid este maestră de reiki pentru animalele de fermă, însă nu prea practică, pentru că, în urmă cu câteva luni, pe când făcea o ședință cu un armăsar arab, calul a încercat să se urce pe ea și, cum ea s-a împotrivit, ticălosul i-a smuls jumătate din podoaba capilară.

– Mamă, Ingrid este o zăpăcită care, într-o bună zi, o să ajungă, făcută bucăți, pe rugul vreunuia dintre acei șamani care o biciuiesc în public. Nu mă mai supăra!

Și-a ridicat mâna la obraz și a negat, dând încetișor din cap.

– Crezi? Sărăcuța, dar ea este așa de cumsecade... Știi că nu le ia nimic pacienților ei?

– Nu, dar nu mă miră. De fapt, ceea ce mă miră este că are pacienți.

---

[1] Maracas sunt instrumente muzicale de percuție, din două nuci de cocos cu mâner, umplute cu nisip sau grăunțe mici, care, prin scuturare, produc sunete asemănătoare cu ale castanietelor. Apar în mai multe genuri de muzică latino și din Caraibi: rumba, cumbia, salsa. Interpreții le țin de mânere, de obicei în perechi, și le agită. Cele moderne sunt realizate din piele, lemn sau plastic. (n.tr.)

[2] *Secretul* este o carte din 2006, scrisă de Rhonda Byrne. Se bazează pe credința în legea pseudoștiințifică a atracției, care susține că gândirea pozitivă poate schimba, în mod direct, viața unei persoane. Cartea susține energia ca garanție a eficienței sale. (*n.tr.*)

– Ieri mi-a povestit că un domn i-a cerut, dacă ar putea, să-i facă reiki la... Bine, la „bijuterii“, pentru că nu-i funcționa... aparatul, iar ea, proasta, n-a putut decât să-i spună că da.

– Și?

– Păi, și-a pus mâinile acolo.

– Și?

– Păi, se pare că a funcționat.

– Mamă!

– Și i s-a ridicat chestia.

– Mamă!

– Ah, băiete, nu-ți povestesc decât ce mi-a zis ea.

În fine... Treaba e că mama nu vede. Asta e important. Și cu atât mai puțin când lumina este prea puternică. Și, când nu vede și, ca acum, stă așezată la o masă, trebuie supravegheată fiindcă, întrucât își mișcă mâinile așa cum o face, obișnuiește ca, până la urmă, să pună totul la pământ. Uneori, chiar și pe ea însăși.

– Vrei să sting vreo lumină, mamă?

Clipește des și își bagă un bob de strugure în gură. Apoi neagă ușor din cap și își pune o mână streașină la ochi. Și spune:

– Presimt că surorii tale i s-a întâmplat ceva.

Mă crispez un pic. Când mama începe cu una dintre „presimțirile“ ei, știu că lucrurile n-or să sfârșească bine, fiindcă ceva începe să nu meargă cum trebuie. Mă întreb dacă știe mai mult decât ceea ce spune și dacă nu cumva ceea ce vrea este să obțină mai multe informații. Nu, nu e cu putință ca Silvia să-i fi povestit ceva. Nu mamei.

– Am două surori, mamă, îi spun, ridicându-mă să închid radioul și încercând să-i temperez comentariul. Despre care dintre cele două vorbim?

– Despre Emma, desigur!

Răsuflu mai liniștit.

– Da, Emmei întotdeauna i se întâmplă ceva...

Dă din cap, în semn că nu, şi plescăie din limbă.

– Ce chestie, nu? spune în timp ce privirea i se pierde pe fereastră. Emmei întotdeauna i se întâmplă ceva, iar Silviei nu i se întâmplă niciodată nimic. Are dreptate. În mecanismul ei mintal, cu o structură atât de ciudată, încap adevăruri care, uneori, sună ca nişte plesnete de bici şi care ne dezarmează pe toţi. Aşa a fost întotdeauna. Iar ţie... mmm... ţie ar cam putea începe să ţi se întâmple câte ceva, nu, dragule? încheie, întorcându-se spre mine.

Ştiam eu că o să ajungă la asta. Şi ştiu şi de ce o spune. Ştie şi ea.

Nu insistă. La radio, un solist renumit cântă un colind, iar prezentatoarea povesteşte o anecdotă despre o noapte de Anul Nou pe care a petrecut-o la Roma, care include linte şi chiloţi roşii şi care nu are niciun haz. S-a făcut aproape nouă.

– Mi-aş dori să-mi placă Crăciunul, spun eu, schimbând subiectul. Chiar şi puţin, aşa cum le place oamenilor. Oamenilor normali, vreau să zic.

Ea ridică din sprâncene şi îşi apleacă puţin capul. Apoi stinge radioul şi se lasă liniştea.

– Da, spune. Mie îmi place mult. Crăciunul, adică. Examinează cu atenţie un bob de strugure cu lupa pe care o are mereu la ea şi adaugă, ca şi cum ar vorbi cu ea însăşi: Oamenii normali, mai mult sau mai puţin.

Râdem, ea cu râsul acela pe care eu îl consider atât de molipsitor, iar eu cu al meu, care uneori ajunge şi el aşa, iar alteori, nu.

– Asta pare o frază a unchiului Eduardo.

– Păi, chiar *este* o frază a unchiului Eduardo, spune ea zâmbind.

De pe iPhone-ul meu sună întruna apeluri. Până la patru sonerii diferite, care se intercalează şi care pe mama o amuză mult: pe Facebook, pe Twitter, mail-uri şi cele de pe WhatsApp, mai cu seamă cele de la grupul de padel[1], care, de la o săptămână la alta, a tot crescut și în care acum încearcă să se pună de acord ca să joace aproape treizeci de persoane. Oamenii nu se odihnesc, nici măcar la sfârșitul anului.

– Adu-ți aminte să pui pahare de șampanie doar pentru mine și pentru Silvia, bine? spune mama.

– Și pentru unchiul Eduardo, nu?

Neagă, dând din cap.

– Acum, nu mai bea. Văzând că sunt gata-gata să spun ceva, ridică mâna. Sau, cel puțin, așa zice el.

Arcuiesc o sprânceană. Ea ridică din umeri.

– Nu mă întreba. Știu doar că nu mai bea. Și apoi: Îl știi, doar, pe unchiul tău, adaugă, ridicând din umeri. Câteva lumini și multe umbre. Așa e felul lui. Numără alt grup de douăsprezece boabe de strugure și, când termină, adaugă: Ah, mi-a mai spus și că are ceva să ne povestească.

– Să ne povestească? Și ce anume?

– Nu știu, Fer! răspunde ea fără să mă privească. De la unchiul tău ne putem aștepta la orice. Mi-e cam teamă.

Câteva lumini și multe umbre. Aceasta este o expresie proprie nouă. Celor care suntem de același sânge. A născocit-o bunica Ester, în final, când cataracta și-a făcut treaba, și și-a făcut-o bine de tot, iar ea a refuzat categoric să se opereze. Fraza ne-a plăcut și, treptat, am adoptat-o și am adaptat-o unor situații diverse, ca aceea în care mama ne întreba ce mai facem, iar noi n-aveam chef să-i dăm prea multe amănunte sau când trebuia să descriem pe cineva care intrase în viața cuiva dintre noi trei și lucrurile nu erau prea clare. Apoi, cu timpul, a început să fie folosită cam pentru toate cele: un fruct care nu ne convinge la supermarket, un

---

[1] Sport cu reguli asemănătoare cu cele ale tenisului, care se practică pe un teren mai mic, cu pereți pe laterale și pe spate, și cu o rachetă de lemn cu mâner scurt. (*n.tr.*)

restaurant care nu e rău, dar care nici nu te omoară... chestii de-astea.

Formula asta, câteva lumini și multe umbre, mă duce, întotdeauna, cu gândul la tata. Și lucrurile care îmi trec prin minte nu sunt deloc bune. Nu trebuie s-o mai spun. Despre tata, mama și cu mine am vorbit mult. Vreau să zic, despre lucrurile acelea care nu sunt bune.

– Nu-mi vine să cred că au trecut aproape patru ani de când tata nu mai e, spun eu, în schimb. Nu știu de ce o spun. Pe dată mă văd așa, cu o cupă în fiecare mână, și nu mi se întâmplă altceva mai bun decât s-o spun. Imediat, mă cuprinde regretul.

Mama se oprește din număratul boabelor de strugure.

– Ah, da? întreabă pe un ton indiferent. Atâta a trecut? În fiecare an, la vreuna dintre mesele pe care le organizăm de Crăciun, vreunul dintre noi menționează acest lucru și, în fiecare an, se preface surprinsă.

– Da.

– Ei, hai! Oftează. Ce chestie, nu? Pune boabele într-un castronel și îl așază deoparte. Păi, au spus la radio că asta a fost luna decembrie cea mai secetoasă din ultimii treizeci de ani. Și cred că, pe unul dintre canale, clopotele or să le tragă niște desene animate, dintr-acelea pentru copii. Familia Simpson sau ceva de genul ăsta. Ce părere ai?

Mama este specialistă în evitarea unor discuții care n-o interesează. Vederea slabă și stângăcia cu care se mișcă, fizic, prin lume, contrastează cu suplețea cu care se eschivează de la tot ce o deranjează. Știe să vorbească astfel, fără nicio legătură cu intervențiile celorlalți, ca și cum ar juca Scrabble. De când trăiește singură în apartamentul ăsta, alături de cățelușa ei, atunci când nu vrea să continue o discuție, o taie cu o jumătate de frază, ca să te poarte în orice altă direcție. Acum, cercetând din ochi sufrageria, spune pe un ton îngrijorat:

– Sper că n-am uitat să curăț ceva. Știi și tu ce mutră face Lady Bayeta când i se întâmplă să dea cu degetul pe aici.

Lady Bayeta[1] este Silvia. Titlul a fost o invenție de-a mea și îl folosim doar mama și cu mine, în secret, de când mi-a povestit că, în fiecare joi, când Silvia ia masa aici, la mama acasă, primul lucru pe care îl face, după ce îi dă mamei două pupături, dintr-acelea în care nu-și ating decât obrajii, este să meargă să inspecteze bucătăria și baia. Desigur, termină cu șorțul pus dinainte, cu mănuși din cauciuc pe mâini și, cu o cârpă, ștergând muchiile. Și o ceartă. Pe mama, bineînțeles. „Nu se poate să trăiești așa, mamă!", îi repetă iar și iar, cu țigara în mână, încordată ca un bici. „O să ajungi să te sufoci în rahat."

Scena este mereu aceeași: Silvia mestecând furie și nicotină, iar mama mâncând o înghețată sau o cutie cu biscuiți din ciocolată cu lapte, în fața televizorului, concentrată asupra telenovelei de pe canalul 1. Indiferent care. „Ah, iubita mea", îi răspunde mama cu un surâs olimpian care, de fapt, înseamnă „mă doare-n pix" și pe un ton de bunicuță blândă, „hai, nu fi așa de severă cu mama ta!" Și apoi, când vede că Silvia se uită la ea ca și cum ar vrea s-o fulgere, încearcă s-o dreagă cu una dintre acele formule ale sale: „În fond, un pic de praf nu face rău nimănui. Liniștește-te și așază-te cu mine, să ne uităm la televizor! Vino, iubirea mea, vino!", timp în care lovește ușor cu palma somiera canapelei, fără să șteargă niciun centimetru din surâsul întipărit pe față, ca și cum ar vorbi cu o retardată.

– Ești sigură că nu vine cu Peter? o întreb eu pe mama, pe când așez pe masă tacâmurile de desert și paharele de vin. Peter este soțul Silviei. Pe lângă că este norvegian, mai e și informatician și atât de tăcut, încât uneori îți provoacă spaimă. Silvia l-a

---

[1] Trimitere la cuvântul spaniol *bayeta*, stofă groasă din lână aspră, aba, extinsă la ideea de cârpă. (*n.tr.*)

cunoscut la un simpozion de optimizare a resurselor, sau cam așa ceva, acum zece ani, când ea împlinise alți zece ani de când trăia cu Sergio, un coleg de serviciu pe care mama și tata îl iubeau mult și pe care ea l-a părăsit pentru Peter fiindcă, după cum ne-a spus: „Trebuie să știi să schimbi pasul la timp, chiar dacă direcția și viteza rămân aceleași“, o frază de care unchiul Eduardo nu a întârziat să profite, traducându-i-o mamei conform propriului său dicționar: „Adică norvegianul ține pasul. Celălalt, nu“. Mama s-a uitat la el ca și cum ar fi văzut trecând un taxi prin mijlocul deșertului. Când, până la urmă, a înțeles mesajul, unchiul Eduardo și-a încheiat sinteza cu o formulă și mai nefericită: „Chiar dacă nu-i găsesc nicio vină, sărăcuțul. Spune-mi tu ce bărbat o poate scoate la capăt cu o fiară ca fătuca asta?“

Treaba e că, de când Peter și Silvia trăiesc împreună, el petrece întotdeauna Crăciunul la Tromso – „orașul acela unde cadrelor de la universitate li se oferă ședințe cu raze ultraviolete, ca să nu se sinucidă, iar în supermarketuri raioanele cu lichioruri sunt păzite de agenți de securitate“, ne-a povestit Silvia la întoarcerea din prima vacanță în care fusese acolo cu Peter – cu mama acestuia și cu fratele lui, Adam, care se pare că fusese activist al Greenpeace la Marea Nordului, până ce poliția l-a prins cu două kilograme de cocaină ascunse în barul navei cu care el se ocupa de urmărirea balenierelor ziua și cu livrarea zăpezii artificiale în port, în cursul nopții. Versiunea mereu pozitivă a mamei este că Silvia și Peter nu își petrec Crăciunul împreună fiindcă „sunt o pereche foarte *progresistă*“ și fiindcă, după spusele lui Ingrid, „întotdeauna e bine ca chakrele să se aerisească și ca aurele să respire“. Versiunea unchiului Eduardo este una cu totul diferită: „Peter este de pe Marte, iar Silvia, din Neverland[1], și încearcă tu

[1] Neverland este o insulă fictivă, prezentată în scrierile lui J.M. Barrie și în cele inspirate din acestea. Este un loc îndepărtat, imaginar, în care trăiesc Peter Pan, Tinker Bell, Căpitanul Hook, Lost Boys și alte ființe și creaturi imaginare. Deși nu

să afli de ce, după atâția ani, încă nu l-a prezentat familiei ei pe ciudatul ăsta care, cu ochii lui de pește mort și cu părul acela murdar, în mod sigur are ascunsă vreo cabană pe acolo, printre ghețuri, plină de cadavrele dezmembrate ale bunicilor".

Când am întrebat-o dacă este sigură că Peter nu va veni în seara asta, mama mă privește și încuviințează.

– În plus, răspunde ea, așezând cuțitașele și furculițele de desert, Silvia m-a sunat în după-amiaza asta și mi-a spus că va veni singură. Peter nu se întoarce din Norvegia până în ziua de 2.

– Ce păcat! spun eu. Încă un sfârșit de an în care nu ne vom bucura de veselia și de simpatia lui Peter. Nu știu cum vom putea îndura asta.

Se uită la mine și surâde. Apoi neagă ușor din cap.

– Nu fi rău! spune ea. Peter este un băiat bun. Văzându-mi figura prea puțin convinsă, adaugă: Și asta, având în vedere că treburile sunt așa cum sunt, nu-i puțin lucru!

Când așez paharele, ea se uită la mine de cealaltă parte a mesei, apărându-și, din nou, ochii cu mâna.

– Mai bine spală-le! spune, scoțând un suspin de resemnare. În mod sigur, Lady Bayeta va sfârși prin a le pune în mașina de spălat vase. Ah, dacă tot ești aici, dă-mi o Coca-Cola Light din frigider, te rog!

Sunt gata s-o întreb dacă vrea și să verific din nou tacâmurile și paharele, însă, în momentul acela, cineva sună la interfon și cei doi câini pornesc să latre ca apucații, alergând spre ușă.

– Aha, uite-o! izbucnește mama pe un glas încordat. Și apoi: A venit sora ta! Merge către interfon, deschide și, dând ocol sufrageriei, lasă întredeschisă ușa de la stradă.

---

toți oamenii care vin în Neverland încetează să îmbătrânească, cel mai cunoscut rezident al insulei a refuzat să crească. Astfel, termenul este adesea folosit ca o metaforă a copilăriei eterne, precum și a nemuririi și a evadării. (*n.tr.*)

Când se așază din nou la masă, deschide cutia de Coca-Cola, ia o înghițitură zdravănă și rămâne cu ochii la tabloul care atârnă pe peretele salonului, chiar deasupra canapelei îmbrăcate în piele albă. Este un portret enorm al bunicii Ester, cu o ramă sobră, din lemn închis la culoare. Bunica stă așezată, cu spatele foarte drept, și poartă o rochie de sărbătoare verde, cu un umăr dezgolit. Pozează în fața unei biblioteci din lemn și privește în față, foarte serioasă.

Câinii latră, nerăbdători să o salute pe Silvia, care urcă scara, iar mama se uită din nou la mine și spune:

– Nu știu de ce, dar, de mai multe zile, am senzația că în noaptea asta nu vom avea doar o singură surpriză. Apoi adulmecă aerul ca un copoi și își flutură în aer degetele de la mâini, surescitată: Este ca o vibrație... hmm... holistică, băiatul meu. Tu... nu o simți?

„Ho... listică?“

Am reușit să-mi stăpânesc un hohot de râs, dar n-am reușit să-mi mușc limba la timp.

– La fel ai spus și anul trecut, mamă, și, dacă îmi amintesc bine, ai avut o cină care a fost oricum, numai holistică nu! Fără supărare!

Își încrețește nasul și scoate un mic suspin de enervare, în timp ce eu îmi notez în minte că trebuie să-mi reînnoiesc eforturile pentru a încerca să fac astfel încât mama și cu Ingrid să nu se mai vadă atât de des. Apoi ea se uită din nou la portretul mamei sale, înalță cutia către tablou și își face cruce o dată, de două, de trei ori.

– Ah, mamă, ce bine că ai plecat dintre noi la timp și n-a trebuit să vezi în ce ne-am transformat! Deși eu știu că tu ne înțelegi, nu-i așa? spune, coborând vocea, tocmai când ușa se deschide și Max sare pe Silvia, împingând-o cu cele șaptezeci și cinci de kilograme ale sale de mare danez drăgăstos și bălos și trimițând-o, cu un țipăt, direct în perete.

Trei

2009 a fost un an cu schimbări importante în cadrul familiei. Într-o zi de noiembrie, ciudat de plăcută, s-a întâmplat ceva și, de atunci, n-a mai existat cale de întoarcere: o mică piuliță din schelăria care ne susținea realitatea s-a desprins, căzând în gol de la înălțime și îndepărtându-se în jos, pe stradă. Am auzit-o rostogolindu-se pe asfalt, dar nu i-am dat importanță.

Și rău am făcut.

Când am fost dispuși să ne dăm seama, a reieșit că piulița în cauză era piesa care susținea întreaga structură, structură care nu mai fusese reparată de la începutul timpurilor. După numai câteva săptămâni, schelăria pe care erau construite viețile noastre s-a năruit, mai cu seamă aceea a mamei și a mea, și a trebuit s-o luăm de la capăt, să scăpăm fiecare din propriul naufragiu, și așa, eșuați pe stânci cum eram, să mai salvăm câteva obiecte de mobilier, care nu întotdeauna au ajuns intacte până la mal, și pe care, de atunci încoace, am tot încercat să le așezăm la locul lor.

În cazul mamei, totul a început – așa cum a început de fiecare dată – cu tata, chiar dacă, de data asta și spre mirarea tuturor, a reieșit că lucrurile stăteau altfel. Într-o zi, tata și cu ea au avut una dintre certurile lor. După cât se pare, primiseră, din partea uneia dintre acele entități financiare fraudatoare, un anunț prin care erau amenințați că vor fi dați pe mâna executorului judecătoresc, din cauza nu mai știu cărei chestii și în urma unuia dintre cele o mie de credite pe care tata le făcuse pe parcursul vieții sale de escroc activ și pentru care mama era - cum altfel - garant unic. Povestea nu ar fi mers mai departe (amândoi aveau atunci cazierul curat), dacă mama n-ar fi descoperit că împrumutul cu pricina, în valoare de zece mii de euro, el îl ceruse de la o bancă pentru a instala acasă un sistem de aer condiționat, care nu sosise niciodată, și dacă tata n-ar fi refuzat să spună ce-a făcut cu banii. Dintr-o pornire de disperare și de lehamite, care nu-i stătea în fire, mama a pus patru zdrențe într-un troller și i-a spus tatei că pleca, pentru câteva zile, acasă la fiul său - adică la mine -, fiindcă avea nevoie de timp ca să se gândească.

-Sunt obosită, foarte obosită! i-a spus ea. Am nevoie de câteva zile.

Așa că s-a instalat în casa mea.

Lucrurile s-ar fi limitat la atât, fiindcă, numai cu două zile înainte, eu intrasem, pe poarta cea mare, în propriul meu deșert personal și, spre deosebire de alte dăți, când dificultățile în relațiile cu oamenii mă purtaseră către abisuri și căutasem consolare în sânul familiei și la prietenul cel mai apropiat, de data asta, mă hotărâsem să tac și să îndur, fără să deranjez pe nimeni. Cu patruzeci și opt de ore înainte ca mama să-și facă apariția, cu valiza ei, Andrés, partenerul meu de patru ani încoace, venise acasă cu Max, un ghemotoc de păr negru, de numai două luni și jumătate, pe care, după cum mi-a spus, îl salvase din crescătoria unui client, care era pe punctul de a o închide.

-Și, cum știu că dintotdeauna ți-ai dorit să ai un câine, m-am gândit: „Acum ori niciodată", mi-a spus el.

Ceea ce nu mi-a spus era că ghemul de blană era un truc. Chiar în seara aceea, în timpul cinei, a venit și cea de-a doua parte a darului.

– Cred că ar trebui să ne acordăm un răgaz, Fer, a sugerat el în timp ce mesteca mixul de salate fără condimente pe care îl mânca întotdeauna înainte să ia masa de seară. „Un răgaz ca să ce?“, îmi amintesc că m-am gândit eu: „Ca să mestecăm mai încet, ca să mergem în concediu, ca să ne căsătorim, acum, când este permis?“. M-am uitat la el. El a zâmbit. Avea o bucățică de lăptucă lipită de un dinte și părea o țigancă bătrână, de la circ, cu un canin înnegrit și un cercel ca o toartă în ureche. Atunci am înțeles. Am înțeles că fraza, folosită astfel, după ce îmi dăruise un câine și cu zâmbetul acela vinovat, nu putea însemna decât un singur lucru: „Trebuie să ne acordăm un răgaz pentru ca eu să pot să te părăsesc fără să mă simt vinovat, fiindcă sunt îndrăgostit de altul și tu nu mai faci parte din planurile mele. *Stop*. Un răgaz ca să organizăm despărțirea. *Stop*. Pentru ca să nu-ți dai seama că sunt un dobitoc, lucru pe care îl știu de mai mult timp, însă, cum sunt un nemernic, prefer să-ți dăruiesc un câine, ca să nu te las singur când o să plec. *Stop*“.

– Trebuie să ne acordăm un răgaz, este adevărat! am spus eu. Apoi, m-am sculat de la masă și, fără să ridic câtuși de puțin glasul, am adăugat: Până îți termini de mâncat salata, o să ies să fac o plimbare cu Max în brațe. Dacă n-ai nimic împotrivă, ți-aș fi recunoscător dacă, atunci când ne întoarcem, n-o să te mai găsim aici.

Acesta a fost finalul relației mele cu Andrés și începutul aceleia cu Max. Și acesta era acel Fer care, cu două zile mai târziu, s-a întâlnit, în pragul casei, cu mama lui care, desigur, nu-i așa, nu-și amintea de apartamentul meu și care, ca să nu deranjeze, se așezase pe trotuar, pe valiza ei roșie, privind, cu mâna streașină la ochi, la oamenii care treceau, ca și cum ar fi fost paznicul unei plaje, azvârlit de talazuri în orașul de pe coastă.

Am preferat să nu pun întrebări. Am urcat în tăcere și, când am deschis ușa, Max a ieșit ca un nebun să ne întâmpine, cu salturi și lătrături. Mama, care iubește animalele mai presus de orice, și-a lăsat valiza jos și l-a îmbrățișat ca și cum ar fi urmat sfârșitul lumii. A fost un *coup de foudre*[1].

În spatele lui Max, un noian de file de cărți smulse și ronțăite acopereau totul: holul de la intrare, bucătăria, salonul și ce se mai vedea din coridor. Am simțit că mor. Dar, în loc de asta, tot ce am reușit să spun a fost:

– Andrés a plecat, mamă!

Ea a continuat să-l țină în brațe pe Max, care o lingea întruna pe față, până când, brusc, a părut să realizeze ceea ce tocmai auzise. Cum stătea pe jos, a înălțat capul și, fără să înceteze să-l mângâie pe Max, mi-a spus, cu ochii sticloși:

– Vai, băiatul meu! A lăsat să-i scape un suspin de emoție și a adăugat, cu o expresie plină de compasiune: Cum de nu mi-ai spus că aveai un câine?

Ne-am uitat unul la altul câteva secunde, eu fără să fiu în stare să spun sau să fac ceva de care să nu-mi pară rău mai târziu, iar ea profund afectată de stimulii care, în momentul acela, îi zdruncinau acea parte a creierului în care trebuiau să se producă sinapsele și care, în cazul ei, nu lucrează întotdeauna bine. În final, a închis ochii, l-a strâns în brațe pe Max și, pe un ton matern, i-a spus:

– Oare de ce, în familia asta, nu ne spunem niciodată lucrurile care contează cu adevărat?

I-aș fi strâns de gât, chiar în momentul acela, pe mama și pe Max, cu tot cu troller, însă, văzând-o astfel, cu câinele cucerit cu totul de ea, pe podeaua acoperită de foi ronțăite, m-am văzut – ne-am văzut – de undeva de sus și mi-a venit să râd. Și ăsta este

[1] Dragoste la prima vedere (în limba franceză). (*n.tr.*)

un lucru la care ne pricepem noi, cei din familia asta: să râdem când nuanțele dramatice frizează catastrofalul, iar abisul primejdiei ne cheamă, hipnotizându-ne din beznă. În familia noastră – și aici nu intră și ramura tristă a tatei –, râsul vine întotdeauna la timp, cruțându-ne, cu un bobârnac, de căderea în prăpastie și dându-ne o păsuire, cât să respirăm și să percepem vremelnicia, râs căruia, până la urmă, sfârșim prin a-i mulțumi.

Uneori.

Mi-a venit să râd, da, dar, la început, imboldul nu a fost prea puternic. Mai apoi, când m-a văzut mama și mi s-a alăturat, n-a mai fost chip să ne oprim, în principal fiindcă râsul mamei este unul din acelea molipsitoare, care se iscă în stomac și care se împrăștie, în curs, prin întreaga hartă a trupului, întinzându-și tentaculele către tot ce îl înconjoară și învăluindu-te în el. Și, desigur, s-a întâmplat că am isprăvit așezat pe podea, cu spatele rezemat de perete și plângând toate lacrimile strânse în cele patruzeci și opt de ore pe care le petrecusem în casă, spălând pipi și caca de cățel înțărcat prea devreme, în timp ce mă loveam de cei patru ani de viață petrecuți împreună și care tocmai ce fuseseră aruncați pe fereastră. Și, în timp ce eu plângeam, Max s-a așezat lângă mine, privindu-mă, pe când mama, fără să spună o vorbă, aduna încet foile de pe jos, atât de tăcută și de respectuoasă, încât aproape că mi-a fost rușine că era acolo și mă vedea plângând așa.

Până la urmă, când m-am liniștit, s-a apropiat, cu brațele pline de resturile ronțăite și sfârtecate ale trilogiei Larsson[1], s-a așezat lângă mine și m-a îmbrățișat.

---

[1] Jurnalistul suedez Stieg Larsson a fost autorul unei serii de romane polițiste, grupate sub titlul *Millennium*, printre cele mai bine vândute și mai premiate. Cele două personaje principale din saga sunt Lisbeth Salander, un hacker asocial cu memorie fotografică, și Mikael Blomkvist, jurnalist de investigație și editor al revistei *Millennium*. Larsson a planificat ca seria să aibă zece volume, dar a terminat doar trei înainte de moartea sa subită, survenită în anul 2004. (*n.tr.*)

– Copilul meu, nu e cazul să te întristezi așa! a spus, strângându-mă tare la pieptul ei. În fond, nici mie nu mi-a plăcut niciodată mizeria aia de norvegian. Și fata aia nebună... aia bipolară cu piercinguri, căreia îi place să fie biciuită, ce să mai spun...

„Dumnezeule!", mi-am spus stând în brațele acelei femei, care n-avea să se maturizeze niciodată. „Nu mai avem nicio șansă."

Lângă mine, Max dădu drumul unui lătrat și făcu pipi pe covor.

Ceea ce s-a întâmplat pe parcursul celor patru săptămâni care au urmat se poate rezuma astfel, în ordine cronologică:

1. Am primit un fax de la proprietarul meu, prin care îmi aducea la cunoștință că se hotărâse să nu-mi mai prelungească contractul de închiriere, care expira peste fix treizeci și șase de zile.
2. La trei săptămâni după ce mama a aterizat la mine acasă, cu tot cu valiza ei, poștașul ne-a făcut din nou o vizită. De data asta, faxul era pentru ea. Includea copia unui acord de divorț redactat de avocatul (și tovarășul de nelegiuiri) tatei. Mama a fost cât pe ce să intre în fibrilație. Nici măcar n-a plâns. Mi-a cerut să i-l citesc. Ne-am așezat pe canapea și a ascultat în tăcere fiecare dintre cele zece clauze mizerabile, presărate cu greșeli de ortografie, ale acordului (pe scurt, tata o lăsa în stradă, fără pensie – ca un bun autor de escrocherii în lanț, de mulți ani încoace nu mai are nimic pe numele său –, cu câteva piese de mobilier moștenite de la bunica și trei plante), negând prin mișcări ale capului și mângâindu-l pe Max care, așezat în poala ei, îi ronțăia lâna puloverului. Când am terminat de citit, mama a luat în mână acordul și a aruncat o privire peste el, în timp ce-și ștergea lacrimile și respingea, dând din cap, rând după rând.

Dar, brusc, expresia de pe chip i s-a schimbat.

– Cred că trebuie să beau ceva tare! a spus ea.

M-am speriat. Era mai palidă ca de obicei și îi tremura puțin mâna cu care ținea faxul. „Doamne, Dumnezeule!", mi-am spus, în timp ce treceam în revistă, în minte, arsenalul de droguri legale pe care îl păstram în dulapul din baie. „Ce să-i dau?"

Ea m-a privit și, pe un ton inexpresiv, m-a întrebat:

– Ai gelocatil[1]?

Am vrut s-o întreb dacă nu voia să spună rivotril[2], dar, când am vrut să deschid gura, ea mi-a întins faxul, pe care îl ținea între arătător și degetul mare, ca și cum tocmai luase de pe jos un șobolan mort.

– Data, a spus. Uită-te la dată! Înainte să apuc s-o fac, a adăugat, cu un glas pe care, până atunci, nu-l auzisem niciodată: Este de acum șase luni.

M-am dus în baie, am căutat prin trusa de prim ajutor pe care o țineam sub chiuvetă și m-am întors cu medicamentul în salon. Mama ținea încă faxul în sus, ca și cum ar fi cerșit, cu o cutie, la un colț de stradă, de Domund[3]. Am mângâiat-o pe păr, i-am dat o jumătate de lorazepam[4], iar eu am luat cealaltă jumătate. Apoi, mai calmi, ne-am înarmat cu curaj și răbdare și am sunat-o pe

---

[1] Gelocatil (paracetamol) este un analgezic, un medicament pentru ameliorarea durerii ușoare sau moderate și a febrei. (*n.tr.*)

[2] Rivotril este un produs farmaceutic care conține o substanță denumită clonazepam. Aceasta aparține unui grup de medicamente numit benzodiazepine, fiind utilizat în tratamentul unor forme de epilepsie și al tulburărilor de panică. (*n.tr.*)

[3] Domund, Duminica Mondială a Misiunilor, este o zi rezervată pentru ca Biserica Catolică din întreaga lume să-și reînnoiască public angajamentul față de mișcarea misionară, coordonată de Societățile Pontificale Misionare, cunoscute și sub numele de Missio. Este sărbătorită în penultima duminică a lunii octombrie a fiecărui an. (*n.tr.*)

[4] Lorazepamul, comercializat sub numele de anxiar, este un medicament din familia benzodiazepinelor. Este folosit, în general, ca anxiolitic, în tratamentul

Emma, dar n-am avut noroc. A răspuns căsuța vocală. Ne-am hotărât să încercăm cu Silvia.

După cum era de presupus, având-o pe Silvia în față, am avut parte de mai rău.

Și acest mai rău s-a dovedit a fi... mult mai rău.

3. La o lună după sosirea lui Max la mine acasă, am putut, în sfârșit, să-l duc la veterinar, ca să-l examineze și să-l vaccineze. Am aflat atunci că unul dintre lucrurile imprevizibile, atunci când ești tatăl unui micuț, fie el copil, cățel, pisoi sau monstru cu două capete, având o antenă mobilă pe unul dintre ele, este că trebuie să dai dovadă de curaj în fața slăbiciunii, să fii lucid în fața disperării și să-ți păstrezi mintea întreagă atunci când totul în jur se face țăndări. Pe scurt: trebuie să faci un efort și să afli că „a vaccina“ nu vine de la „vacă“, ci de la „vaccin“, iar vaccinurile – toate – presupun un ac ce se introduce în piele. Când doctorița s-a întors spre mine, cu vaccinul în mână, am zâmbit, am căutat pe dibuite să mă sprijin de un scaun pe care nu l-am găsit, în timp ce încercam să-i spun „un-moment-așteptați-un-moment-păi-de-asta-nu-ați-pomenit-nimic“ și m-am prăbușit la pământ, lovindu-mă la sprânceană și la o coastă, chit că despre coastă aveam să aflu, abia cu câteva ore mai târziu, că mi-am fisurat-o.

Când am ieșit de la consultație, Raquel, că așa o chema – și sper că o mai cheamă încă – pe doctorița veterinară, m-a însoțit până la poartă.

– Și ține minte, mi-a spus în timp ce-mi dădea carnetul cu vaccinări al lui Max, acum, că poți să începi să-l scoți la plimbare, nu-l lăsa să alerge prea mult. Până împlinesc un an, câinii din

tulburărilor anxios-depresive, pentru favorizarea somnului, împotriva crizelor convulsive din epilepsie și pentru tratarea grețurilor cauzate de chimioterapie. (*n.tr.*)

rasa marele danez au oasele fragile și trebuie să tropăie mai lent, dar continuu, mai degrabă decât să meargă la pas.

Am rămas țintuit locului, cu Max în brațe, în timp ce, în mintea mea, o ploaie de bombe cu dispersie explodau ca o deflagrație de vești proaste.

– Marele.. da... danez? am întrebat eu. Apoi m-am uitat la Max și mi l-am închipuit ca având optzeci de kilograme, cu labele cât patru grinzi moderniste, fabricând bale cu nemiluita în apartamentul minuscul pe care îl închiriasem, cu o zi înainte, în Barceloneta[1], și culcat cu mine pe canapeaua mea extensibilă de 1,35 pe 1,90, cu laba pe stomacul meu și dormind amândoi lipiți de perete, unul în brațele celuilalt. Dar habar n-aveam...

Raquel nu m-a lăsat să termin.

– Sunt niște drăgălași. O să vezi! a decretat ea. O să-ți schimbe viața!

Am ieșit în stradă cu micul meu ghem negru și păros în brațe. Mama mă aștepta așezată la o terasă din piață, cu cafeaua ei cu lapte și un al doilea croasant.

– Este un mare danez, am spus eu, prăbușindu-mă alături de ea, pe un scaun pe jumătate rupt, de care vreun șmecher din cartier lipise o gumă de mestecat. Idiotul acela blestemat de Andrés îmi dăruise un mare danez pentru ca să mă sfâșie când avea să crească mare, iar eu nu aș fi avut destui bani ca să-i cumpăr cele două sute de kilograme de carne și orez pe care să le înfulece în fiecare lună. Știam eu că darul era un truc.

---

[1] La Barceloneta este unul dintre cele mai autentice și mai populare cartiere din Barcelona. Situat în zona Port Vell, Barceloneta este un cartier plin de viață, care găzduiește o serie de activități recreative pe litoral, cluburi de noapte și restaurante. La începuturi, a fost un umil sat de pescari, dar a fost reproiectat pentru a evidenția istoria sa maritimă și atracțiile turistice. Arhitectura sa neobișnuită adaugă un element de fantezie pe numeroasele străzi și alei laterale de lângă promenada Barceloneta și plajele cu nisip. (*n.tr.*)

Mama a izbucnit în râs, mi l-a luat din brațe pe Max și, acoperindu-l de pupături, a spus:

– Nu vorbi prostii! Și apoi: Cum să fie un danez când e așa de negru? Am privit-o, fără să fiu în stare să-mi cred urechilor, în timp ce ea rupea un colț din croasant și Max i-l smulgea din mână dintr-o înghițitură. Mama a râs, încântată:

– Mamă, marii danezi sunt niște câini care, ca mărime, sunt undeva între un 4x4 și mama lui *Alien*. Și cresc precum caii. Și fabrică niște munți de caca, mari cât niște torturi de nuntă. Și nu încap nicăieri. Și... și... „DoamneDumnezeulebinecuvântatdecepuiimeitrebuiesămiseîntâmpleastatocmaimie?!", îmi amintesc că mi-am spus în sinea mea, în timp ce parcă îl aveam în fața ochilor pe Andrés, cu moaca lui de auditor agresiv, cu o leafă de cinci mii de euro pe lună și cu un ceas de la Prada, și mă închipuiam pocnindu-l peste față cu cele o sută și unu de romane polițiste ieftine pe care mi le lăsase ca moștenire și pe care Max își asumase sarcina de a le face fărâme în orele sale de singurătate.

Mama a plescăit din limbă.

– Hai, că prea exagerezi! Max a lins-o pe față, umplând-o de firimituri de croasant. Mama a râs și și-a trecut mâna pe obraz. Ce drăguț, din partea lui Andrés, să-ți dăruiască dulceața asta! a spus ea, strângându-l în brațe. Nu m-am mirat când a adăugat: Se poate ca Andrés să fi avut păcatele lui, nu spun nu, dar generos tot era! Și cavaler. Și, când un bărbat este cavaler, păi, este așa până la sfârșit.

I-am cerut o cafea cu lapte chelnerului care servea la terasă. Avea o față de drogat și mirosea a ceva ce numai săpun nu era. Apoi m-am așezat pe propriile mâini, strivindu-le de scaun, ca să-mi înfrânez imboldul de a o strânge de gât cu ele.

– Bine, am mormăit. Dacă spui tu...

– Mda... te-ai înfuriat rău, fiule! a spus ea, ridicând din umeri și dându-i lui Max un pupic pe bot. E și normal, nu-i așa? Ingrid spune că atunci când energia se transformă, forța noastră interioară se stinge ca o lumânare, lăsând să răzbată la suprafață... hmm... cum îi zice? A clipit mărunt, ațintindu-și privirea asupra unei fete cu codițe, care umplea două bidoane maro la fântâna din piață în timp ce liota ei de potăi își împărțeau o baghetă de pâine pe care ea o scosese dintr-un container de gunoi. Aha, da! Adică, dacă, într-adevăr, doare, înseamnă că ai al treilea ochi... hmm... blocat sau... cam așa ceva.

Am privit-o. Am tras adânc aer în piept.

– Cel de-al treilea ochi al meu este precum scurgerea de la cada lui tata, mamă! Deși, în cazul meu, este plin de părul unui câine care, înainte să-mi dau bine seama, se va fi transformat într-un Tyrannosaurus Rex.

Mama s-a uitat la mine și a dat din cap a negație, iar Max, care stătea așezat pe genunchii ei, mi-a întins o labă.

Aș fi vrut să zâmbesc.

Degeaba.

Patru

Au trecut trei ani de la după-amiaza aceea. La puțin timp după prima mea vizită la veterinar, destinul mamei și al meu și-au regăsit albiile și normalitatea, sau ceea ce părea, în mare măsură, să semene cu ea, s-a instalat, din nou, în viețile noastre. Cel puțin în aparență. Eu și cu Max ne-am mutat la noua mea adresă, un ministudio-fără-ascensor-și-cu-o-cabină-de-duș-ideal-pentru-o-persoană-singură în Barceloneta, iar mama, asistată de omniprezenta Ingrid, a divorțat „amiabil" de tata și s-a mutat, temporar, în casa unchiului Eduardo. În timp ce hotăra ce ar fi putut face cu viața ei și cu economiile extrem de reduse care îi rămâneau din moștenirea bunicilor și pe care tata nu putuse pune mâna, mama a adoptat o cățelușă, cu urechi de Gremlin[1] și cu coada ca robinetul de gaz, căreia i-a spus Shirley.

– Shirley, mi-a spus ea la telefon, o să-ți placă mult, ai să vezi!

Nu m-am putut stăpâni.

---

[1] Creatură folclorică răutăcioasă, inventată la începutul secolului XX pentru a explica, inițial, defecțiunile aeronavelor și, mai târziu, pe acelea survenite la alte mașini și procese operatorii ale acestora. Reprezentările acestor creaturi variază foarte mult. Poveștile despre ei și referirile la ei drept cauze ale unor probleme tehnice și mentale, cu totul inexplicabile, ale piloților au fost deosebit de populare în cursul celui de Al Doilea Război Mondial și ulterior. (*n.tr.*)

– Shirley? Se poate ști ce nume este ăsta?

– Păi, un nume!

– Mamă, ai adoptat o cățelușă, nu o fetiță dominicană!

– Știu, știu.

– Și apoi: Shirley, ca și Shirley MacLaine.

„Cerule Sfânt!“, mi-am spus în sinea mea. „Nu se poate ca mama mea, la vârsta ei, să înceapă să se plimbe pe aici strigând «Shirley» la fiecare colț, ca o vânzătoare de sutiene în piață. Va trebui să stau de vorbă cu Silvia.“

Înainte ca eu să mai pot spune ceva, ea a revenit la subiect:

– Să știi că am citit cartea!

N-am înțeles.

– Cartea? Care carte?

– Aceea a lui Shirley MacLaine, Fer, băiatule, cum care carte?

– Și?

– Păi, rezultă că nu s-a născut ca mine sau ca tine.

– Ah, nu?

– Nu, ce mai!

– Mamă, cred că am să închid.

– Îți spuneam eu că femeia asta are un nu știu ce! a urmat ea.

S-a întrerupt. A așteptat. Văzând că eu nu spun nimic, a continuat.

– Shirley a venit pe Pământ într-un OZN, a spus, coborând un pic vocea. Explică totul în carte. Și vorbește cu ei de la ea de acasă. Și fără antenă.

Am închis. N-am vrut să știu mai mult.

După câteva săptămâni, s-a mutat, cu ajutorul Silviei, în acest apartament de închiriat, cu asistență socială, pentru persoane trecute de șaizeci și cinci de ani. Apartamentul este unul dintre cele șaisprezece aflate într-o clădire albă, de trei etaje, numită Los Guindos, cu spații comune luminoase și bine ajustate, pereți despărțitori din rigips și o fațadă din lespezi albe care, după spusele Silviei, este un „cargobot sub steag fals, plin de bătrâni sărmani, eşuat în mijlocul unui ocean de şuviţe blonde, de perle, de câini golden retriever şi de fete din Bolivia maltratate de şefele lor pocite". Chiar sub balconul mamei, o piaţă cu straturi de flori, şi gazon, şi bănci proiectate ca nişte instrumente de tortură se umple zilnic de adolescenţi îmbrăcaţi în uniformele unor colegii englezeşti, umflaţi cu cereale, feromoni şi felurite jointuri, care încarcă aerul de nori costisitori, un miros care o umple pe mama de iluzii şi care o face să fie mult mai blândă. Apartamentul este mic: un salon-sufragerie-bucătărie cu balcon, baie şi un dormitor cu două paturi. Ceilalţi vecini au dat tot felul de declaraţii pe propria răspundere şi, dacă îi cunoşti, este mai mult decât probabil ca vreunul dintre ei să pice aici, pe neaşteptate, în vreun moment al nopţii, fiindcă, în clădirea asta, pensionarii se mişcă de la un etaj la altul cu o veselie şi o dezinvoltură care ar merita să fie obiect de studiu.

– Mă înnebunesc, pur şi simplu, se plângea în după-amiaza asta mama, ca de atâtea alte ori, când, înainte să înceapă să pregătească masa, m-a pus la curent cu excesele din clădire. Astăzi, în timp ce mă uitam la serialul de după-amiază, cicălitoarea de Eugenia a sunat la uşă. Eugenia este vecina care ocupă apartamentul aflat uşă în uşă cu acela al mamei. Trăieşte singură într-un apartament pe care şi l-a mobilat de parcă ar fi unul de închiriat cu ora pe Playa de las Americas[1], plin de becuri albe, cu consum redus, plante din plastic şi tot felul de aparate de radio cu tranzistori, mixere, ceasuri şi felurită aparatură, care i se strică mereu şi pe care o aduce la mama când ştie că eu sau Emma suntem în vizită, ca să i-o reparăm. În plus, este dependentă de teleshoping şi vinde produse de curăţenie Stanhome pe ascuns, ca să nu i se ia pensia. Întotdeauna când vorbeşte despre ea, mama se uită fix către uşă, ca şi cum

[1] Renumită destinaţie turistică din Canare, situată în Tenerife. (*n.tr.*)

Eugenia ar putea-o auzi de la ea de acasă. Treaba e că Eugenia atacă în orice moment al zilei sau al nopții, întrucât, pe lângă toate calitățile pe care le are, suferă și de insomnie. Când i-am deschis ușa – a continuat mama să-mi povestească –, Eugenia a rămas pironită acolo, cu o cutie de chibrituri și un aprinzător în mână, și mi-a spus: „Auzi, Amalia, ca să aprind cuptorul, ce crezi că e mai bine să folosesc, chibriturile sau aprinzătorul?" Eu i-am spus că aprinzătorul, sigur, pentru ca să ocrotim lemnul și pădurile, fiindcă Ingrid spune că, atunci când arde un chibrit, plânge o rădăcină, și atunci Pacharrama...

„Pacha... rrama?"

– Foarte bine, mamă! Bine i-ai spus!

– Nu chiar așa de bine, Fer, mi-o taie ea, negând prin mișcări ale capului și ducându-și un deget la tâmplă, fără să-și ia ochii de la ușă.

– Ah, nu?

– Băiete, în clădirea asta, totul este electric! Nu vezi că nu le pasă de noi... Închipuie-ți ce ar putea însemna asta cu toți ăștia – spune, arătând cu bărbia spre ușă – manevrând aprinzătoare, chibrituri și sobe cu gaz! Bum! Bum! Bum!

A început să râdă, acoperindu-și gura ca o copilă obraznică și eu am râs cu ea, întrucât cu mama și cu râsul ei molipsitor este greu să nu cazi în capcană. Apoi am început să punem masa și să pregătim totul pentru cină. Cu atâta plăcere! Până acum.

În ușă, Silvia stă sprijinită de perete. Împrăștiate în jurul ei câteva sacoșe cu daruri împachetate în hârtie de la FNAC[1] – pe care ea îl pronunță Efenac, „întrucât celălalt nu este spaniol, până unde o să mergem?" – și, agățată de încheietura mâinii, sacoșa maro în care își ține, pe lângă alte lucruri, batistele Kleenex,

[1] FNAC este un lanț de magazine francez, care comercializează articole de divertisment și produse electronice. (*n.tr.*)

șervețelele umede cu care își curăță lentilele ochelarilor, periuța de dinți, ața dentară, crema de mâini, mănușile din cauciuc roz pentru farfurii, cele din cauciuc transparent pentru alt tip de urgențe, tifonul, absorbantele, ibuprofenul, o bucată de postav, o cârpă de praf și o cutie cu pliculețe de KH7[1], pe care a pus să-i fie adusă din Andorra și pe care le ia întotdeauna cu ea când vine s-o viziteze pe mama. Călare pe Silvia, Max o linge pe față, ungând-o toată cu bale, în timp ce ea scoate țipete scurte, iar Shirley îi sare pe mână și îi roade o mănușă.

Din locul de unde ne aflăm, nici eu și nici mama nu-i putem vedea chipul. Nu reușim să vedem decât coada țeapănă a lui Max, mișcându-se ca o morișcă, și auzim strigătele întretăiate ale Silviei care, sufocată intermitent de lingerile lui Max, sună precum ceva asemănător cu: „mmfff", „monstrul diavolului", „puah", „dă-te jos", „cu toți virușii ăștia", „măcar să aibă toate vaccinurile"... până când mama rostește printre dinți fără să se uite la mine:

– Cred că ne-am început bine seara, băiatul meu! Și, după o secundă: Să nu ne ia Dumnezeu la El nespovediți!

Mă uit din nou la ea și constat că se ține strâns, cu amândouă mâinile, de cutia ei de Coca-Cola, ca un naufragiat de bușteanul său, uitându-se la ușă cu ochii întredeschiși, evident orbită de lumina fluorescentă care vine de pe palier. Când, la câteva clipe după aceea, apăsând pe mingea lui care fluieră, reușesc să-l conving pe Max să intre din nou și să stea așezat lângă mine, cea care rămâne în cadrul ușii este Silvia, lipită de perete, cu capul întors către noi și având pe chip o expresie de ură atât de intensă, încât până și eu trebuie să-mi mut ochii de la ea.

Atunci zice, strângând din fălci:

---

[1] Degresant profesional, care elimină fără efort grăsimea și murdăria, inclusiv pe aceea uscată. (*n.tr.*)

– Podeaua asta este mizerabilă, mamă! Își coboară privirea și își încrețește gura într-o mutră îngrețoșată, pe care o cunoaștem bine, noi ca noi, dar mai ales Jenny, amărâta aceea de fată din Peru care îi face curățenie în casă. S-ar putea ști de când n-a mai trecut un mop pe plăcile astea de gresie?

Mama ridică din umeri, dă ochii peste cap și privește, din nou, la portretul bunicii Ester, de parcă ar spune: „Oare cu ce-oi fi păcătuit eu de mi-a ieșit așa fata asta?", și, în timp ce Silvia se așază în genunchi, întorcându-se, totodată, cu spatele la noi, cu intenția de a se ridica în picioare, mi se întâmplă, brusc, s-o întreb pe mama, pe șoptite:

– Presupun că i-ai spus că, până la urmă, Olga vine și ea la cină, nu?

Mama clipește des și își atinge, absentă, gâtul cu degetul arătător și cu cel mare. Apoi înghite în sec.

– Mamă?

– Într-un fel, spune ea.

– Cum adică „într-un fel"? o sâcâi eu, fără să ridic vocea. I-ai spus ori nu i-ai spus?

– Oarecum.

„Doamne, Dumnezeule!"

– I-am spus că... ei bine, că o să venim toți, mărturisește ea cu un firicel de voce și cu o privire de copilă nevinovată, strângând cutia între degete și strivind-o.

Nu mai am ce să-i spun. Silvia a terminat să-și adune lucrurile de pe jos și intră, închizând, cu un oftat, ușa în urma ei. Fruntea îi e plină de bale.

Cinci

– Șapte?

Este Silvia. Așezată pe canapea, și-a curățat fața cu un șervețel umed și a încetat să-și mai examineze hainele în căutarea resturilor de salivă ale lui Max, care stă acum lângă ea și o privește, cu limba atârnând. Ea nu-l vede. De câteva secunde, își trece lent privirea pe masa din sufragerie, examinând terenul ca una dintre acele lumini care mătură noaptea lagărele de prizonieri în filmele despre vreun război, până ce, brusc, clipește de câteva ori și își încruntă sprâncenele:

– Șapte tacâmuri? întreabă ea, întorcându-se spre mama.

Mama mă privește, își sprijină ușurel cotul drept în palma stângă și încuviințează.

– Ah! spune ea cu o figură surprinsă. Păi, da!

În mintea mea, radarul descoperă o nouă luminiță roșie, care se suprapune cu aceea care pâlpâie de mai multe zile. Pericol! E pericol! De îndată îmi vine gândul că, dacă aș plasa la orizontală oceanul ecranului radarului meu, fără doar și poate că ar coincide, ca formă și mărime, cu masa din sufrageria mamei. Cele două luminițe roșii care licăresc sunt șervețelele de hârtie care acoperă farfuria Silviei și pe aceea a Olgăi.

Trec câteva clipe. Silvia înghite în sec și își drege glasul. Apoi își aprinde o țigară.

– Credeam că ai spus că vom fi cinci.

Mama își duce mâna la păr și privește în neant. Apoi, încercând să găsească, urgent, o cale de scăpare, își coboară privirea și, pe loc, face o figură surprinsă.

– Au, ce proastă sunt! exclamă, lăsând să-i scape un chicotit. Încă nu mi-am schimbat papucii.

Așa este. Mama poartă încă papucii în pătrățele ecosez, care seamănă cu un fel de botoși oribili, pe care Silvia îi detestă mai presus de orice, dar pe care mama îi adoră, fiindcă Shirley este îndrăgostită de unul din ei. Îmbrăcată așa, cu pantalonii bărbătești, de culoare crem, puloverul negru pe gât și purtând colierul de agate al bunicii Ester, cu părul creț și alb și papucii în carouri, mama este mama în esența ei și nu pot să-mi stăpânesc un zâmbet, pe care Silvia îl primește cu un chip crispat.

– Mă duc să-mi pun pantofii înainte ca... spune mama.

– Mamă! i-o taie Silvia.

Mama se uită la ea.

– Vai, Silvia, fata mea! spune, dând din mână cu un gest de nemulțumire. Cinci, șase, șapte... ce mai contează? Unde încap...

– Mamă!

– Ce-i?

– Mi-ai spus că Sora Corect n-o să vină.

„Sora Corect." Așa îi spune Silvia Olgăi: așa și, de asemenea, „Sora Dă-Mi Voie Să-Ți Spun", fiindcă acestea sunt expresiile cu care Olga își presară întotdeauna intervențiile, anunțate adesea printr-o ușoară tuse seacă. Odată cu trecerea timpului, asta a pus capăt răbdării noastre, transformând în iritare ceea ce, la început, a fost doar un motiv de amuzament.

– Păi, nu știam că o să vină, fata mea! se scuză mama, care, după atâția ani, învățând de la tata, care-și ascundea mulțimea de secrete, escrocheriile și minciunile, a devenit o expertă în arta justificării. Însă, în dimineața asta, sora ta m-a sunat, ca să-mi spună că, da, vor veni amândouă. Ce-ai fi vrut să-i zic? Să n-o aducă? Că nu ne place de ea? Respinge ideea dând din cap: Nu, fata mea! Nu știu să fac chestii de-astea.

– Păi, uite ce bine! scrâșnește Silvia, cu o expresie profund nemulțumită.

– Adevărul e că mi-a făcut plăcere! spune mama, coborând vocea.

Silvia strânge din fălci.

– Ce ieftin îți vinzi plăcerile, mamă! spune ea printre dinți. Apoi aspiră fumul din țigară și coboară și ea privirea, regretând nu comentariul, ci tonul. A sunat urât, ca o tuse plină de flegmă.

– Așa o fi, spune mama, așezându-se pe unul dintre scaunele de la masă. O spune cu glasul acela de femeie în vârstă, care nu știe să se apere de atacurile celor pe care îi iubește, fiindcă, dintotdeauna, preferă să se lase rănită decât să rănească, la rândul ei. Așa e mama, și toți știm asta. Iar această forță, atât de... vlăguită, este un lucru căruia Silvia nu-i poate face față. Mama se uită la mine, căutând sprijinul meu. La Silvia nu se uită. Doar că... începe ea din nou, bine, eu cred că sora voastră și Olga nu trec printr-un moment prea fericit și că... dacă, până la urmă, vin amândouă, eu zic că, poate, din fericire, lucrurile s-au aranjat, nu?

Silvia și cu mine ne uităm unul la altul.

– Mamă, Emma și cu Olga nu trec niciodată printr-un moment fericit, mă aud spunând, pe un ton neutru. Nici mie nu-mi place Olga. Nici Olga și nici dorința eternă de conciliere a mamei, cu toate că, în ceea ce mă privește, știu că mă deranjează fiindcă o recunosc și la mine și nu-mi place. De pe canapea, Silvia suspină și aprobă.

– Eu cred că Olga nu o să vină pentru că au de gând să se despartă, spune mama, făcându-se că nu a auzit comentariul meu și frângându-și mâinile în poală.

Vorbește cu o îngrijorare acumulată de mai multă vreme. Mama suferă pentru noi și obișnuiește s-o facă în tăcere și, bineînțeles, dinainte, închipuindu-și lucruri care, uneori, nu există, pentru că nu îndrăznește să pună întrebări, riscând să descopere o realitate mai neplăcută decât aceea pe care și-a imaginat-o. Apoi se uită la noi:

– Nu, nu, Emma nu mi-a spus nimic, dar știți cum e ea! Însă în dimineața asta, când m-a sunat ca să-mi spună că Olga va veni și ea, mi s-a părut că plângea. Era lipsită de vlagă. Ca și cum ar fi fost ușurată.

Silvia dă drumul fumului pe nas și Max se ridică, în felul lui domol, de mare danez, vine până în locul unde mă aflu și mă freacă pe genunchi cu laba lui enormă. Acesta este felul lui de a-mi cere să-i dau de mâncare.

– Păi, da, chiar că o să începem bine anul! spune Silvia, printre dinți. Nu mai lipsește decât ca unchiul Eduardo să mai facă vreuna de-alea de-ale lui și să vină încoace amețit și deghizat în Moș Crăciun, ca anul trecut. Mai trage un fum lung din țigară și scoate o tuse seacă. În fond, cinele noastre de Anul Nou sunt fenomenale. Nu m-ar mira ca, și de data asta, să ne facă figura careva.

Mama clipește des din ochi, vizibil afectată, dar nu spune nimic. Știe, așa cum știm cu toții, că în privința Silviei trebuie să avem grijă, fiindcă este ca o oală cu presiune, întotdeauna pe punctul de a exploda. Spre deosebire de ea, mama urăște conflictele mai mult decât orice pe lume, așa că și-a petrecut jumătate din viață încercând ca lucrurile să n-o ia razna, oferind mii de ocazii celui care, în mod normal, nu le solicită – și care le merită cel mai puțin – și fiind convinsă că lucrurile stau și vor sta întotdeauna mai bine decât presupunem, deși realitatea nu este întotdeauna de partea ei și aproape niciodată nu catadicsește să-i dea dreptate.

Văzându-le așa pe amândouă, una așezată la masă, cu cutia de Coca-Cola lângă ea, și cealaltă pe canapea, cu șervețelul umed în mână, scrutând din priviri podeaua și rafturile, în căutare de praf ori de vreo murdărie sau de ceva care n-ar trebui să fie acolo unde este, mă gândesc cât de diferite sunt, dar și cât sunt de asemănătoare, cu toate că niciuna din ele nu recunoaște ceea ce au în comun, fiindcă se privesc din unghiuri mult prea obtuze, care nu lasă loc unei reflexii. Mă gândesc la părul roșu al Silviei, la privirea apoasă a ochilor ei obosiți și la adevărul pe care îl ascunde de câteva zile încoace și mă întreb oare ce i-o fi trecând prin cap în timp ce se căznește să se poarte ca de obicei și se baricadează în spatele aceleiași Silvii care a fost întotdeauna față de noi, aceea care a înțeles mult prea devreme că să fii cea mai mare într-o familie ca a noastră nu însemna doar să fii cea mai mare dintre cei trei frați, ci cea mai mare dintre toți cinci: soră, tată și mamă în același timp. Cea care nu se prăbușește, cea care nu-și permite anumite lucruri. Și, văzând-o astfel, atât de monolitică și atât de deosebită, știind, așa cum știu, ceea ce trece sub tăcere și cât trebuie că suferă, îmi vine în minte, așa cum mi se întâmplă uneori în situații care se îmbină așa cum se îngemănează noaptea asta, prima amintire limpede și completă pe care o păstrez despre ea, despre amândoi împreună. Este o amintire pe care, cu timpul, am tezaurizat-o, am reinterpretat-o și am redescoperit-o în fiecare dintre miile de descifrări și de șabloane ale sale. O amintire care spune multe.

Deocamdată.

Despre ea și despre mine.

Șase

Imaginea este una limpede. Eram într-un parc, aflat aproape de casa noastră, iar eu voiam să mă urc pe tobogan, dar acolo era un copil care îl ocupa de ceva timp și care nu mă lăsa nici măcar să mă apropii de scări. Silvia era singură, în leagăn, un pic mai departe de mine. Parcul ocupa un spațiu mic și neatrăgător, având pe jos lespezi albe din beton, mai sus de un fel de piață. Silvia avea zece ani. Eu, patru. Văzând ce se petrecea, ea s-a dat jos din leagăn, s-a apropiat încet de tobogan, a urcat scara fără să spună nimic și, odată ajunsă sus, l-a împins pe drăcușorul care pusese stăpânire pe platforma metalică și care mă scuipa de la înălțime. Ceasul rău a făcut ca băiatul să cadă direct în gol, pe laterală, și să se lovească de pământul îmbrăcat în dale, rupându-și o mână. Când mama lui s-a apropiat să-l ia de acolo, Silvia a ajutat-o – atât de plină de solicitudine și atât de binevoitoare, încât femeia a avut un moment de zăpăceală – și i-a spus:

– Bunica mea, Ester, care este mama mamei mele, fiindcă pe cealaltă o cheamă Mercedes și nu ne vedem cu ea niciodată, lucru bun, de altfel, pentru că miroase ciudat și gătește mereu melci, spune că trebuie să avem grijă în parcuri, fiindcă sunt foarte murdare și pline de microbi, și, dacă se întâmplă să cădem și să ne rănim, putem să ne infectăm și să murim.

Femeia s-a uitat la ea cu gura căscată și Silvia, nici una, nici alta, și-a încheiat mesajul cu o explicație:

– Poate că la spital or să-l spele pe genunchi și or să-i schimbe hainele, a spus ea, uitându-se la băiat, care urla în brațele mamei sale, cu mâna atârnând. Miroase cam urât, a adăugat, cu niște ochi pe care, mulți ani mai târziu, aveam să-i recunosc în aceia din *Băieții din Brazilia* [1]. Cred că a făcut pipi pe el. Și bunica mai zice și că la spital mor mulți oameni din cauza virusurilor și a tot felul de chestii.

După ce femeia a plecat, Silvia s-a întors spre mine:

– Acum, poți să mergi sus, a spus ea. Dar urcă-te cu grijă, fiindcă dacă ai să cazi și ai să te murdărești, ți-ai luat-o!

Apoi și-a scos batista din buzunar, a udat-o cu limba și, după ce a privit în dreapta și în stânga, ca să se încredințeze că nu o vede nimeni, s-a așezat jos, în genunchi, și a început să frece picăturile de sânge care rămăseseră pe dala din beton de la picioarele ei.

Din oțel. Silvia a fost și este din oțel. Încă de mică, dădea semne în acest sens și, pe măsură ce a crescut, s-a fixat într-o rețea de limite din ce în ce mai bine definite: ochii aproape transparenți, pomeții proeminenți, slabă de i se vedeau oasele: clavicula, coatele, șoldurile, gleznele. Părul roșu. Foarte roșu. Ca al meu.

Ca acela al bunicii.

Silvia a făcut Medicina. La puțin timp după ce și-a terminat studiile, a început să lucreze într-un spital al Crucii Roșii, însă faptul că a văzut oamenii suferind, de atât de aproape și în lipsa oricărui filtru, nu a sfârșit prin a o convinge, sau cel puțin asta ne-a spus nouă – deși, cu câțiva ani mai târziu, am aflat de la o

---

[1] *Himera* sau *The Boys from Brazil (Băieții din Brazilia)* este un film americano-britanic, științifico-fantastic, thriller politic, regizat de Franklin J. Schaffner, după un scenariu de Heywood Gould, bazat pe romanul cu același titlu de Ira Levin. (*n.tr.*)

prietenă a mamei, infirmieră, că, încă de la început, Silvia a fost teroarea sălilor de operație, fiindcă, după părerea ei, nimic nu era, niciodată, destul de curat și îi înnebunea pe cei din personalul de curățenie. Că o fi fost așa sau nu, de câțiva ani lucrează la o multinațională farmaceutică, unde vinde proteze pentru picior și tot felul de grozăvii spitalelor din întreaga lume. Călătorește în fiecare săptămână, conduce o echipă de peste o sută de persoane și manevrează un pumn de Golden Card de la mai multe companii aeriene, care îi furnizează zboruri și hoteluri de cinci stele gratuit, de care, de obicei, beneficiază mama, bineînțeles, în compania lui Ingrid. Când nu lucrează, Silvia face cercetare. Este una dintre acele femei care, întruna, „fac ceva": cursuri de aia și de ailaltă, congrese, simpozioane, articole, prezentări, masterate... poartă niște ochelari cu rame de baga și, uneori, perle, își găsește timp să-și coacă propria pâine și, cu toate că apără cu înverșunare drepturile sociale, statul bunăstării și tot ce ține de stânga, în general, ea a fost aceea care, acum câțiva ani, s-a încăpățânat să demonstreze că, în mod sigur, familia mamei era de stirpe nobilă și că am putea reuși să recuperăm titlul de baron care, până la urmă, s-a dovedit că exista cu adevărat și că fusese moștenit de un văr îndepărtat, care trăiește la Buenos Aires și cu care nu intrasem în contact niciodată. De atunci, a dat să i se graveze un mic scut, cu însemnele pe care se presupune că le-a avut familia și pe care îl poartă, ca pe o broșă, pe jachetă, alături de panglica roșie a luptei împotriva SIDA.

– Lucrurile trebuie bine făcute, spune ea adesea, încheindu-și intervențiile cu o ușoară înclinare a capului și cu unul dintre surâsurile sale metalice. Ordine. Trebuie făcută ordine în dezordine.

Ordinea. Silvia este „ordinea", tot așa cum Emma și mama sunt „dezordinea". De aici și faptul că fraza „trebuie s-o chemăm pe Silvia" se dovedește a fi, de când tata nu mai este, una dintre cele mai des repetate în ideologia cotidiană caracteristică nouă. De multe ori, mama și Emma ar face mai bine să nu încerce să facă ordine în dezordinea lor și să lase viața să-și urmeze cursul, mai cu seamă fiindcă chemările lor sunt, de cele mai multe ori, doar niște rachete de semnalizare a disperării, care ajung să se vadă prea târziu și care pun în mișcare o mașinărie numită „Silvia" pe care, sub nicio formă, ele nu sunt dispuse să o alimenteze.

În ziua în care am chemat-o pe Silvia, din apartamentul meu, ca să-i povestim că mama tocmai ce a primit faxul de la tata cu acel contract de divorț, care părea scris de un vânzător ambulant de balsam de păr, am auzit-o respirând gâfâit la celălalt capăt al firului și, după o liniște încordată, a strigat doar două lucruri.

Primul a fost:

– Sunt în Atlanta!

Al doilea:

– Dă-mi-o pe mama!

I-am dat telefonul mamei, care s-a uitat la mine cu o față îngrozită.

– Nu, nu, nu... te rog, nu mă pune să vorbesc cu ea, îmi striga fără glas, fluturându-și mâinile ca și cum ar fi fost pe punctul de a se întâlni, față în față, cu însuși Belzebut. Apoi și-a dres glasul, a tras adânc aer în piept de câteva ori, a zâmbit grijulie, ca și cum Silvia ar fi putut-o vedea prin ecranul mobilului și și-a pus, încetișor, telefonul la ureche.

– Da, fata mea, am auzit-o spunând, cu o voce de mamă supusă și atentă, care ar fi trebuit să mă pună în gardă. Da. Da. Da. Sigur! Da. Bine. Cum dorești. Cum să nu? N-ai nicio grijă! Chiar mâine. Sigur că am înțeles! Nu, nu trebuie să-mi repeți. Da. Da. Da. Da.

După vreo douăzeci de minute și alte „da, sigur, bineînțeles, cum vrei" pe care le recita cu figura aceea de vacă rătăcită pe care o face când ceea ce îi spune cineva îi intră pe o ureche și îi iese pe cealaltă, în final, a închis. Apoi mi-a restituit mobilul.

– Ce ți-a spus? am întrebat-o eu.

M-a privit ca în vis și a răspuns:

– Nu-mi amintesc.

Am insistat.

– Păi, nu știu ce despre o prietenă avocată, pe care o s-o sune ca să mă apere. Și că să nu semnez nimic. Și să stau absolut calmă până o să mă sune, a zis ea, acoperindu-l de sărutări pe Max, care profita ca s-o muște de mâini. Și toate chestiile ale cu ordine încoace și ordine încolo, care pe mine mă fac să-mi iau câmpii. S-a uitat la mine și a negat din cap, scoțând, în același timp, un ușor oftat. Cred că-ți dai seama cât de enervantă este sora ta, băiete!

– Fă cum ți-a spus, mamă! am sfătuit-o eu. Pentru lucruri de felul ăsta nu e nimeni ca ea.

– Sigur, Fer! Sigur! N-ai nicio grijă!

M-am ridicat și m-am dus să fac o cafea. În timp ce așteptam, în bucătărie, să fiarbă cafeaua, am auzit-o ieșind, aproape fără zgomot. Zece minute mai târziu, când m-am întors cu cafeaua în cameră, a apărut pe ușa dinspre stradă cu o expresie suspectă de nepăsare și cu un surâs care voia să însemne „totul e în regulă", în care am ghicit imediat vești proaste.

– Unde ai fost?

– Am coborât să cumpăr ceva, a spus ea.

– Zău?

– Da, a răspuns. Lapte.

– Aha, bine ai făcut!

– Da.

– Păi, trebuie că a fost un lapte bun de tot. Am zâmbit. Ce spun, extrem de bun trebuie să fi fost laptele, că l-ai băut pe tot, ba ai mai mâncat și cutia în cei douăzeci de metri care sunt de la ușa supermarketului și până aici, nu-i așa?

N-a spus nimic.

– Mai ales când tu ești alergică la lapte.

A plecat capul.

– Ce ai făcut, mamă?

S-a uitat la mine, a făcut ochii mari de tot și și-a dus mâna la piept.

– Eu? Nimic.

Am tras adânc aer în piept și am continuat.

– Cum așa, nimic? Te rog să-mi spui, mamă!

A dat drumul unui suspin de iritare.

– Bine, un fleac, a spus aruncând o ocheadă furișată către masa din salon. Imediat și-a mutat privirea.

Am urmărit direcția privirii ei și am înțeles: Faxul era tot acolo. Contractul acela mizerabil de divorț dispăruse.

– Nu care cumva...? Nici n-am terminat fraza, fiindcă n-a mai fost nevoie. Mama mă privea cu o expresie vinovată.

– Poate că totuși, dacă tatăl tău vede că am bunăvoință, o să se gândească mai bine și o să-i pară rău și... știi doar cum e el, a spus, ridicând din umeri. În fond, e doar un copil. Și nu e rău la inimă. E doar... așa.

Am fost pe punctul să strig la ea că da, știam bine cum era, aproape la fel de bine ca și inspectorii de la Securitate Socială și de la Autoritatea Financiară, care încercau întruna să pună mâna pe el. La fel precum executorii judiciari, cei de la Telefoane, de la Ono și Vodafone, Mazda, BMW și BBVA, ca să nu mai vorbim de toți prietenii care fuseserăm giranții lui în vreunul dintre momentele peripețiilor și escrocheriilor sale și de cei pe care, desigur, îi pierduse pe drum. A fost cât pe ce să o apuc de umeri și să o zgâlțâi, să-i spun că știam cu toții, mai puțin ea, fiindcă fuseserăm, cu toții, într-o măsură mai mică sau mai mare, victime ale acestei personalități bolnave, pentru care nimic nu conta în afară de propria persoană, însă, brusc, am văzut-o țintuită în ușa salonului, atât de lipsită de apărare și de vulnerabilă, că m-am ridicat, m-am apropiat de ea, am îmbrățișat-o și, în timp ce încercam să-mi imaginez vreo formulă cu care să liniștesc demonul în care știam că avea să se transforme Silvia când avea să afle că mama tocmai ce-i trimisese tatei divorțul semnat, condamnându-se la o libertate care avea s-o coste foarte scump, i-am spus la ureche:

– Sigur, mamă! Sigur!

Ea s-a uitat la mine, ușurată ca o fetiță, și, dându-mi o sărutare, mi-a spus.

– Trebuie să le dai o șansă oamenilor, nu?

Șapte

Contrar celor pe care ni le-am imaginat cu toții, când Olga a intrat în viețile noastre, a făcut-o ca să rămână. Pentru prezentarea ei oficială în fața familiei, mama a hotărât că ar fi cel mai bine să mergem în oraș, să cinăm la un restaurant, fiindcă, la sfatul lui Ingrid, i se părea că faptul că ar organiza ceva la ea acasă – citez – „n-ar ajuta-o cu nimic pe biata ființă dacă trebuie să se vadă cu sora ta și cu unchiul tău Eduardo într-un mediu care nu îi este profan", mi-a spus ea la telefon. Am înțeles – și am sperat – că termenul „profan" era unul dintre lapsusurile ei, tot mai frecvente, și nu o previziune de succes legată de ceea ce urma să se întâmple. Adevărul este că alegerea restaurantului nu ar fi putut fi una mai puțin potrivită. Silviei i-a venit ideea că opțiunea cea mai bună era Asador de las dos Castillas, „un loc nemaipomenit, unde mâncarea este minunată. În plus, are câteva separeuri, unde putem sta foarte liniștiți. Iau asupra mea sarcina de a da un telefon. Băieților de la birou le place mult", a spus ea, fără să lase loc altcuiva să propună o alternativă. „Apoi, dacă terminăm devreme, putem să mergem la o terasă, să bem o cafea", a admis ea.

Localul nu era prea grozav, chiar dacă s-a dovedit a fi liniștit, în principal fiindcă înăuntru nu era picior de client. Sala de mese mirosea a dezinfectant de chiuvete și era atât de amplă și atât de puțin atrăgătoare, încât vocile noastre răsunau, lovindu-se de pereții cu false bolți castiliene, ca și cum ne-am fi aflat la o îngropăciune medievală. Fețele de masă în carouri, tivite cu dantelă din tergal, chelnerul cu meșa de pe creștet roasă de molii și becurile economice alcătuiau mai degrabă un peisaj demn de un restaurant de pe o șosea secundară, iar ca fundal muzical răsuna o versiune îndulcită și metalică a melodiei *Europe is living a celebration*, a Rosei de España[1], pe care mama, fan absolut al emisiunii *Operación Triunfo*[2] – și al oricărui altui program de concursuri în care apar fete de mahala, rău lovite de viață și care, după săptămâni de luptă și de plâns, ajung să fie transformate în stele ale muzicii ușoare –, a salutat-o cu un zâmbet plin de încântare.

– Ce loc... hmm... drăguț, a mințit ea, în timp ce chelnerul ne servea niște antreuri, pe care le-a prezentat drept „pâine prăjită castiliană cu piure de caviar de vânătă" și pe care unchiul Eduardo le-a primit cu o clipire măruntă, plină de oroare. Când a deschis gura ca să se plângă, le-am văzut apărând, până la urmă, pe Emma și pe Olga sub arcul fals, care deschidea accesul în separeu, iar antreurile au trecut, în consecință, pe planul doi.

Olga debarcase în viețile noastre.

O jumătate din păr adunată într-un coc mic, din șuvițe în nuanțe între castaniu și roșu. Nas coroiat. Subțire. Mică de statură. Perle, tocuri, poșetă Louis Vuitton și ceas Gucci. Zâmbet de vânzătoare de asigurări. Și o voce...

Prezentări. Pupături. Emma nervoasă. Mama încercând să facă astfel încât totul să iasă bine, dorință atât de intensă, încât a început

---

[1] Rosa María López Cortés este o cântăreață spaniolă de diferite genuri muzicale. S-a lansat în muzică în adolescență, ca solistă în diferite grupuri din provincia și orașul Granada. În anii 2000, și-a dobândit faima ca artist prin câștigarea primei ediții a *Operación Triunfo*, unde a primit supranumele de „Rosa de España". (*n.tr.*)

[2] *Operación Triunfo* (cunoscută sub acronimul său OT) a fost un program de televiziune creat în 2001, ca un spectacol de talente muzicale. (*n.tr.*)

să-și miște mâinile precum palele unui ventilator de tavan și, când s-a așezat, sticla de vin a sărit, zburând în aer, pătând cu roșu fața de masă, ca o rană greu de închis. Priviri încrucișate între Silvia și unchiul Eduardo. Emma surâzând ca o vacă, atât de captivată de Olga, de vocea Olgăi, de gesturile Olgăi, de comentariile lipsite de haz ale Olgăi, încât noi, ceilalți, toți ceilalți, am rămas, pe dată, cufundați într-o pată decolorată, care se topea în negru.

În realitate, cina a decurs bine, cu excepția micului detaliu că ne aflam într-un local unde se serveau fripturi, iar Emma nu ne anunțase că Olga era vegetariană. Meniul, un catalog amănunțit și ilustrat al tuturor părților însângerate ale vacii, boului și porcului care pot încăpea pe o listă de mâncăruri, nu oferea prea multe alternative. Emma, jenată, s-a scuzat.

– Păi, întrucât mi-ați spus „prăjeli", credeam că aveau vegetale prăjite și chestii de felul ăsta, a spus ea, ridicând din umeri.

Începând din acest moment, au pornit să cadă, una câte una, perlele Olgăi, niște perle pe care Silvia s-a hotărât să le adune pe fața de masă, orânduindu-le într-un șirag de prostii care s-a tot lungit, încet, dar continuu, până în prezent, și pe care le tezaurizează ca și cum ar fi aur pur, pregătită pentru cazul în care va veni momentul să arunce în luptă artileria grea.

Olga s-a anunțat, de la bun început, ca o femeie „cu valori" sau, ceea ce este cam același lucru, una dintre acele femei în al căror vocabular nu este loc nici pentru „da", nici pentru „sigur", nici măcar pentru „s-ar putea". Olga spune „corect", și rostește cuvântul acesta ca un pechinez care răspunde la stimulii pe care îi primește de la dresorul său cu un singur lătrat, sau cum trebuie că răspunde la întrebările clienților, pe care îi întâmpină, la gemulețul de opt pe doi, cu un surâs mecanic, de domnișoară perfectă.

Pe parcursul cinei, la întrebarea „Mai vrei puțin vin, Olga?", răspunsul ei a fost unul sec: „Corect". Când mama a încercat să facă un pic de conversație cu ea, spunându-i: „Emma mi-a spus că ești din Zaragoza. Ah, ce oraș, atât de... hmm... îmbelșugat", ea ne-a mângâiat urechile cu un alt „corect". Și când unchiul Eduardo, care, de când o văzuse apărând pe ușa restaurantului, o studia fără să-și dezlipească privirea lacomă de sânii ei enormi, pe care nu avea cum să-i ascundă, a întrebat-o: „Nu ți se pare că e prea cald aici, înăuntru? Poate că ar fi bine să-ți scoți jacheta", ea l-a privit, a strâns puțin din buze și, deschizându-și nasturele de sus, cu un gest aproape monahal, a spus: „Corect, cât privește întrebarea. Nu și sugestia".

După cum am putut afla când au început să sosească antreurile, Olga lucra – și încă mai lucrează – la o casă de economii. Când Silvia a întrebat-o despre munca ei, cu un interes care avea prea puțin de-a face cu curiozitatea, ci, mai degrabă, cu dorința de a culege, și pe mai departe, neprețuitele perle pe care Olga le împărțea cu o nevinovăție cel puțin surprinzătoare, aceasta din urmă a răspuns, foarte serioasă:

– Lucrez în domeniul bancar.

Silvia și-a arcuit o sprânceană.

– Aha, la... bancă?

Olga a comis atunci o greșeală de neiertat.

A vrut să fie drăguță.

– Da, la bancă, a spus ea, aplecându-și puțin capul, cu o atitudine aproape cochetă. Aceea care le face viața mai ușoară cetățenilor, care veghează asupra economiilor lor și le înlesnește accesul la o bunăstare care, altcumva, ar fi imposibilă, a declamat ea ca un papagal cuminte.

Nimeni nu a râs. Doar unchiul Eduardo a aprobat, mulțumit, văzând-o pe Olga râzând și, odată cu ea, și ceea ce avea strâns sub jachetă, între un umăr și celălalt.

Silvia și-a rezemat coatele pe masă și i-a adresat un zâmbet în care cu toții am citit ceea ce era evident: Olga tocmai ce își făcuse o inamică.

– Ei, nu! Ce interesant! a spus ea. Și ce creativ!

Olga s-a umflat în pene ca un păun, ignorând cu totul tonul ironic al Silviei.

– Păi, dă-mi voie să-ți spun că banca este un teren mult mai creativ decât ar putea părea, a spus ea, dregându-și puțin glasul și zâmbindu-i profesional Silviei, în timp ce-și plimba ochii în jurul mesei. Emma s-a uitat la ea, total captivată. Relația cu clientul reprezintă o lecție zilnică de omenie și de generozitate. Dă-mi voie să-ți spun că gestionarea viitorului imediat al semenilor noștri te face să fii și mai (își drege din nou glasul)... uman.

Mama s-a uitat la ea ca și cum tocmai ar fi ieșit dintr-una dintre acele ședințe de reiki pentru nebuni ale lui Ingrid și s-ar fi întâlnit, în stația de autobuz, cu însuși Yoda[1], în carne și oase. Încântată. Era încântată. Acea „omenie“ și „generozitate“ de pe buzele Olgăi fuseseră, pentru ea, precum muzica ei preferată.

– Câtă dreptate ai, fata mea! a spus ea în timp ce își băga în gură o crochetă. Ce ne-am face fără bănci? În fața ei, Silvia a făcut o mutră atât de îngrețoșată, că mama a rămas cu jumătate de crochetă în mână, nesigură, chiar dacă numai pentru un moment. José, care este băiatul care mă ajută la biroul din piață – a urmat ea –, este un om sfânt. Fii atentă că, deși umblă într-un scaun cu rotile fiindcă, bietul de el, are ceva probleme cu picioarele, îmi povestea mai ieri că merge, două după-amiezi pe săptămână, la adăpostul de câini, să scoată cățeii la plimbare, iar astăzi Ingrid mi-a spus că...

---

[1] Maestrul Yoda este un personaj fictiv din universul *Războiul stelelor*, ce apare în ambele trilogii, cu excepția filmului *Războiul stelelor – Episodul IV – O nouă speranță*. În saga, Yoda apare pentru prima oară în *Războiul stelelor – Episodul V – Imperiul contraatacă* precum o creatură mică și misterioasă care, în calitate de maestru Jedi, îl instruiește în a deveni Jedi pe Luke Skywalker. În a doua trilogie, Yoda este portretizat ca Mare Maestru al Ordinului Jedi. (*n.tr.*)

Am făcut-o să tacă printr-un „Mamă, îmi dai și mie crochetele?"

În fine, poate că nu a început chiar atât de bine cina. Primul fel a fost o pauză în tensiune. Emma a fost stângace și îndrăgostită și mama grijulie la culme, transformată, brusc, într-una dintre acele mame din filmele americane de duminică după-amiază, care își consacră zilele preparării de *cupcakes*[1], cu porcării din zahăr verzi și rozalii și grijii față de ai săi, în timp ce „ai săi" își ascund viețile nici pe departe atât de dulci și de rozalii cum și-ar dori ea.

Apoi, în timp ce așteptam să ni se servească felul doi, învăluiți, pe dată, într-una dintre acele tăceri ostile, pe care nimeni nu părea să știe cum să o rupă, mama a luat, din nou, asupra ei cruciada împăcării. Era la al treilea pahar de vin și ceva a luat-o razna fiindcă, fără veste, întorcându-se către Olga, i-a spus așa, ca și cum ar fi discutat vreme de cinci minute:

– Ah, fata mea, ce bine, nu-i așa?

Olga s-a uitat la ea, fără să priceapă. A încruntat din sprâncene și a privit către Emma, care i-a zâmbit.

– Ce... bine?

Mama a lăsat să-i scape un chicotit ușor cherchelit, iar Silvia mi-a tras un picior pe sub masă.

– Da, fata mea, a continuat mama. Ce bine că ești lesbiană, nu-i așa?

Olga a rămas mută. Și ceilalți la fel.

– Spun așa, fiindcă altfel cum aveai să fii iubita Emmei, nu? Hi, hi, hi... Olga și-a dres glasul și s-a făcut albă la față. Când a vrut să spună ceva, mama s-a pornit din nou: Bine faci, fata mea!

---

[1] Un *cupcake* este un tort mic, conceput pentru a fi servit unei persoane, care poate fi copt într-o hârtie subțire, mică, sau într-o formă din aluminiu. Ca și în cazul prăjiturilor mai mari, pe el se pot aplica înghețată și alte decorațiuni pentru tort, precum fructe și bomboane. Brioșe (*n.tr.*)

Mie, dacă m-aş naşte din nou, mi-ar plăcea să fiu ca voi. Îţi spun sincer. Mi-aş căuta o iubiţică împreună cu care să pot merge la cinematograf, la masă şi să ne putem împrumuta lucrurile. În mod sigur. Ah, dar fiecare cu chiloţeii ei, zău! Fiindcă, uite, singurul lucru bun atunci când ai un soţ este că nu-ţi poate lua chiloţeii şi sutienele. Bine, asta dacă nu-ţi vine cu chestii ciudate, normal, care, în mod clar, există, a spus ea, uitându-se din nou la mine. În clipa aceea, unchiului Eduardo i-a sunat mobilul şi s-a ridicat, ca să iasă să vorbească în stradă; Silvia l-a urmat, ca să meargă la baie. Imediat ce au dispărut, mama i-a pus Olgăi mâna pe braţ şi i-a spus, ca pe o mărturisire de la mamă la noră: Vai, fata mea, sunt atât de fericită că, până la urmă, Emma noastră a găsit o fată ca tine, aşa, atât de drăguţă, cu un păr atât de lung, cu perle, cu sânii la locul lor şi cu poşeta... S-a îndepărtat puţin, ca să o vadă mai bine, şi a dat din cap, aprobator, de mai multe ori: Nu e bine că-ţi spun asta, ştiu, dar, comparativ cu ce umblă pe aici, tu eşti o fată binecuvântată. S-a întrerupt ca să mai ia o gură de vin şi, brusc, s-a întors să se uite la Olga şi, apropiindu-se ca să o vadă bine, a spus: Însă acum, dacă mă uit mai bine... hmm... tu... aproape că nu pari lesbiană.

Olga şi-a încleştat mâna pe şervetul de pânză, ca o gheară de fier, deşi surâdea în continuare.

– Am fost căsătorită cu un bărbat până acum doi ani, a început ea, cu un glas de domnişoară perfectă. Astfel, cât despre lesbiană, încă nu ştiu dacă...

– Nici eu, fata mea, a întrerupt-o mama, dându-i pe braţ câteva uşoare lovituri complice. Şi apoi: Fii liniştită, cu noi n-ai de ce să-ţi faci griji. Eşti în familie. Şi familia noastră este foarte deschisă. Adică, dacă îţi plac chiloţeii, îţi plac şi gata.

În momentul acela, Olga s-a ridicat ca şi cum ar fi ciupit-o ceva şi a spus, cu o voce crispată:

– Dau o fugă până la serviciu!

Mama și-a mai turnat un pic de vin. Când a lăsat sticla pe masă, a luat paharul și, atunci, și-a dat seama că acei doi copii ai ei care încă mai eram așezați la masă rămăseserăm muți de uimire, privind la ea. Ea, care a părut să realizeze tensiunea care, nu de mult timp, își făcuse loc în separeu, a avut una dintre acele ieșiri de care învățase să facă uz de când se eliberase de sub ochii veșnic vigilenți ai tatei. Și-a apropiat paharul de buze și, înainte să bea, a spus, fără să se adreseze cuiva anume:

– Ei, doar n-o să credeți asta, însă ieri eram atât de plictisită, că am luat un gelocatil.

Nici restul cinei n-a mers cu mult mai bine. După o seară interminabilă, plină de greșeli de exprimare, două sticle sparte de mâna mamei și câteva grenade lansate din tranșeele Silviei asupra inexpugnabilului buncăr bancar al Surorii Dă-Mi Voie Să-Ți Spun, până la urmă, Olga și Emma au plecat, iar noi, ceilalți, am așteptat câteva minute, în tăcere, să vină cafelele și o băutură pentru unchiul Eduardo.

Silvia a luat câteva guri dintr-a ei „mică-decofeinizată-de-mașină-cu-lapte-de-soia-călduță-și-fără-zahăr-mulțumesc-deși-dacă-e-din-trestie-de-zahăr-poate-fi".

– Hmm... a început ea dregându-și glasul și strângându-și buzele până ce a schițat din ele o guriță mititică, la fel cu aceea a Olgăi. Păi, dă-mi voie să-ți spun, Doamne, că pe asta n-o vom putea suporta decât cu greutate. Cu mare greutate.

Mama a scos un suspin, și-a dat ochii peste cap, după care a adăugat, cu o voce împăciuitoare:

– Ah, de ce ești așa, fata mea? Mie mi s-a părut o fată foarte... foarte... nu știu... cumva... umanistă?

Silvia s-a uitat la ea și a strâmbat din gură.

– U... manistă? a trântit ea cu o figură neîncrezătoare. Nu spune prostii, mamă, te rog frumos!

Mama a făcut o mutră supărată.

– Bine, cum se zice când cineva vorbește bine și este educat și... haide, știe să se poarte?

Silvia și-a aprins o țigară, a tras încetișor fumul în piept, l-a dat afară, a strâns puțin din dinți și a decretat, cu o figură plictisită:

– Îngrozitoare. Și apoi: O perversă oarecare.

Unchiul Eduardo a început să râdă și a intervenit domol:

– Măcar dacă n-ar fi așa de prefăcută...

La care Silvia a replicat:

– Sunt întru totul de acord, unchiule! Și apoi, aplecând puțin capul și închizând ochii, ca și cum s-ar fi concentrat, a adăugat: Cel puțin dacă n-ar fi atât de prefăcută, sau dacă n-ar vorbi atât de mult, ori dacă n-ar avea vocea aceea de profesoară de franceză de la pension, sau dacă n-ar râde ca și cum ar avea un creion cu vârf ascuțit înfipt în... chestia aia... Unchiul Eduardo s-a uitat din nou la ea și și-a arcuit o sprânceană. Pe scurt – a încheiat Silvia –, dacă n-ar fi ea însăși, poate că ar mai fi vreo speranță, însă femeia asta este în prea mare măsură ea însăși, iar experiența individuală și istoria universală ne arată că femeile care sunt în prea mare măsură ele însele nu au leac. Nu, domnule!

– Păi, eu cred că ar trebui să-i dăm o șansă, a spus mama, jucându-se cu firimiturile de pâine pe care le adunase pe partea ei de masă. Antón Reynaldo, șamanul lui Ingrid, spune că de fiecare dată când refuzăm o șansă unei ființe care bate la poarta noastră e ca și cum... hmm... bine, într-un fel, ca și cum barza s-ar lovi de vârful unei clopotnițe și ar scăpa năframa cu bebelușul, iar mama, care așteaptă acasă plină de speranță, cu toate lucrușoarele cumpărate și cu leagănul nou și botoșeii și scutecele luate de la supermarket, ar rămâne așa, necăjită, sigur, și atunci...

Ne-am uitat cu toții la ea. Ea și-a văzut de treabă, încercând să adune firimiturile într-un fel de figurină, care voia să fie un om de zăpadă în miniatură, până ce, dându-și seama că nimeni nu spune nimic, a înălțat capul.

– Vreau să spun doar că toată lumea merită să i se ofere o șansă.

Silvia și-a întins gâtul ca o cobră.

– Nu, i-a tăiat-o cu un șuierat. Nu, nu toată lumea. Și, aruncându-i o privire ucigătoare, a adăugat: Și asta tu, mamă, ar trebui s-o știi mai bine ca oricine!

Am rămas cu toții tăcuți. Cu toate că trecuse mai bine de un an de când mama și tata divorțaseră, Silvia încă mai era supărată, fiindcă avusese parte de tot ce putea fi mai rău și ieșise cel mai prost din toată povestea. De aici și faptul că rana rămăsese încă deschisă. Treaba e că, la o săptămână după discuția telefonică cu mama, avută pe când era la Atlanta, se întâlnise cu tata într-o cafenea, ca să-l dojenească și să-l convingă că modul în care se purta cu mama era complet lipsit de rușine și că n-ar fi putut ieși cu fața curată din asta decât dacă ea i-ar fi îngăduit-o. Tata o lăsase să spună ce avea de spus, cu o atitudine suspect de umilă și de împăciuitoare. Când Silvia și-a încheiat discursul, pe care l-a condimentat cu câteva perle meritate, pe care le ținea în trăistuță din vremuri imemoriale, el s-a uitat la ea cu un zâmbet de bărbat obișnuit să întindă capcane în pat, la masă și la joc, și-a dus mâna la buzunarul jachetei și a împins spre ea un plic, cu antetul avocatului său. Silvia a luat plicul, l-a deschis, a scos ce era în el și, când a văzut contractul de divorț semnat de mama, s-a făcut albă la față.

Într-unul dintre acele impulsuri de răutate pe care le știm bine cu toții, tata a așteptat să-l citească, și-a băut cafeaua cu rom care îi mai rămăsese în ceașcă și i-a spus, cu o jumătate de zâmbet pe buze:

– Văd că nu te înveți minte, fata mea! A dat ușor din cap și a plesnit din limbă. Apoi a surâs. A fost unul dintre acele surâsuri ale sale, de dandy de categoria a doua, care ne sunt familiare tuturor. Continui să pariezi pe calul pierzător, a spus. Ce păcat!

Silvia i-a tras o palmă și l-a scuipat printre dinți:

– Du-te dracului!

Apoi a plecat.

După două zile, am însoțit-o la starea civilă, ca să-și prezinte cererea de schimbare a numelui de familie.

Când funcționara cu pricina a întrebat-o dacă avea vreun motiv anume ca să solicite schimbarea și dacă dorea să-l adauge la paragraful b-25/263AC3 al cererii, Silvia a privit-o fix și i-a spus:

– Dacă l-ați cunoaște pe tatăl meu, n-ar mai trebui să puneți întrebarea asta.

Femeia a plecat puțin capul, a tras aer pe nări și, cu o mutră plictisită, a pus o ștampilă pe cerere.

– Gata! a spus ea. E ceva obișnuit.

Am ieșit de la registratură și am mers să luăm masa. În timp ce mâncam o gustare și beam o cafea cu lapte, Silvia a primit un SMS de la tata. Spunea astfel, cuvânt cu cuvânt:

„Am o nouă prietenă. O cheamă Svetlana. Este ultima informație pe care o veți primi, tu și frații tăi, despre viața mea personală. Adio."

Am însoțit-o pe Silvia până la lucru. Am mers încet, făcând un înconjur care se voia a fi o plimbare, dar care, puțin câte puțin, s-a profilat ca o paranteză de calm senin, dar care s-a încheiat învăluindu-ne ca un nor negru, de ploaie murdară. Silvia n-a mai rostit niciun cuvânt.

Lacrimile nu au încetat să-i cadă până ce am ajuns la intrarea clădirii din centru unde își avea biroul. Când ne-am despărțit și ea era gata să intre înăuntru, mi-a spus, aproape fără să se întoarcă:

– Nu ne-a părăsit. Apoi, după ce, pentru o clipă, ținuse aerul în piept, a adăugat: Tata nu ne-a părăsit. Atunci, s-a întors cu totul şi, cu fălcile strânse şi o voce plină de lucruri pe care n-am îndrăznit să le recunosc, a explicat: Noi l-am părăsit pe el.

N-am ştiut cum să reacţionez. Ea s-a uitat în ochii mei, a strâns din pumni şi a zâmbit. A fost un zâmbet trist, metalic. De soră mai mare.

– Când vom fi întrebaţi, asta vom spune, Fer! Că noi l-am părăsit. Că ne-a ajuns! Că n-am mai putut!

S-a uitat în continuare la mine până când am încuviinţat, încetişor.

– Bine!

A zâmbit din nou. Apoi s-a întors şi s-a îndepărtat pe hol, către ascensoare.

Opt

Nu este o noapte deosebit de rece. De fapt, există o împletitură de brize de temperaturi diferite, care circulă prin piața pustie, în care aproape că poți să sari de pe balconul mamei. În lumina felinarelor, băncile din lemn par niște cufere deschise și goale, iar un bărbat își plimbă câinele în capătul cel mai îndepărtat. Înăuntru, mama vorbește la telefon cu Ingrid, care, ca o bună nordică, o sună în fiecare zi la ora asta, indiferent de dată. Am lăsat-o întinsă în patul ei, cu radioul aprins și cu papucii în picioare. Lângă mine, Silvia fumează cu mișcări lente. Când dă afară fumul, briza mă învăluie în el. Nu mă deranjează.

– Ce mai faci? o întreb după câteva minute de tăcere, întrerupte de vreo două mașini, care trec, claxonând, pe strada învecinată. Sărbătoresc sfârșitul anului. Au început deja. Devreme.

Silvia nu se uită la mine. Nu răspunde imediat. Tocmai când cred că n-o să spună nimic, înalță capul și o aud spunând:

– Nu i-ai spus nimic mamei, nu-i așa?

Dau din cap în semn că nu.

– Nu.

– Mai bine ca, deocamdată, să nu știe, spune ea.

Rămânem câteva clipe în tăcere, amândoi privind la cer, ea fumând, iar eu așteptând. Ce greu este să vorbești astfel, știind că toate vorbele care nu țin de ceea ce contează cu adevărat nu înseamnă decât zgomot. Goluri care trebuie umplute.

Noi nu suntem așa. N-am fost așa niciodată. Nici ea, nici eu.

– Lui Peter i-ai spus? întreb, până la urmă, uitându-mă pe mai departe la cer.

Ea ridică din umeri și aruncă țigara în parc. Se pare că aștepta întrebarea.

– M-am gândit, răspunde.

Sunt gata-gata să-i spun că mă bucur, însă aleg să tac, fiindcă, întrucât o cunosc pe Silvia, știu că, în ceea ce o privește, întotdeauna greșeala este să presupui. Pentru oricare altul dintre noi, o astfel de frază ar fi, în mod sigur, sinonimă cu ceva care încă nu s-a concretizat, cum ar fi „mi s-a întâmplat ceva", „mi-a venit o idee" sau chiar „dau târcoale unui lucru care, în cel mai bun caz, va schimba ceva". Dar, în cazul Silviei, frazele obișnuiesc să transmită doar ceea ce spun, nici mai mult, nici mai puțin. Trebuie să umbli cu grijă.

– Și?

Se uită la mine. Acum, da.

– Bine... asta, spune, cu chipul ascuns de întuneric. M-am gândit.

– Aha!

Silueta care plimbă câinele prin piață se apropie, mergând pe marginea unei zone rezervate pentru copii, construită pe una dintre acele suprafețe din material roșu, proiectate astfel încât genunchii să cadă pe o suprafață moale și deasupra căreia dormitează un fel de monstru metalic, leagăn, tobogan și rețea de escaladări, toate la un loc. Câinele este mic și alb și șchioapătă. Bărbatul merge încet, potrivindu-și pasul după cel al animalului. Odată la câteva secunde, se întoarce să-l privească și îi spune ceva, în șoaptă.

– Am nevoie de o schimbare, spune Silvia, până la urmă. Apoi, în vreme ce își scoate o altă țigară din pachetul pe care îl ține în mână, adaugă: Vreau, am nevoie de o altă viață. Alta... continuă cu ochii ațintiți asupra bărbatului și a câinelui său șchiop și spune: alt peisaj, alți oameni, altceva.

Nu știu ce să spun. Ea aprinde o altă țigară și aruncă chibritul în parc. Îl vedem arzând câteva secunde pe jos, înainte de a se stinge.

– Cel mai bine ar fi să aștepți, îi spun. N-au trecut decât două zile. Acordă-ți un răgaz.

Scoate fumul pe nas.

– Am patruzeci și unu de ani, Fer, mi-o taie ea. Ceea ce îmi lipsește cel mai mult este timpul, nu te prosti!

– Patruzeci și unu de ani nu înseamnă nimic.

– Exact așa mă simt de câteva zile încoace. Cu patruzeci și unu de ani plini de nimic.

– Nu vorbi așa!

Din marginea cea mai îndepărtată a parcului, două siluete ținându-se de mână vin acum spre noi. Sunt încă departe, dar merg repede și într-un pas, traversând fasciculele de lumină difuză pe care le proiectează felinarele pe pământ, ca și cum ar călca prin băltoace de apă albă.

– Eu cred că, atunci când o să vorbești cu Peter, o să vezi lucrurile mai... nu știu... altfel. Crede-mă, spun eu, fără să-mi iau ochii de la cele două siluete. Trebuie să-i spui, Silvia! Și Peter este iubitul tău.

Ea urmărește, de asemenea, înaintarea celor două siluete și tace vreme de câteva secunde. Apoi mă privește și spune:

– Peter nu-i aici.

Încuviințez.

– Știu, spun eu. Dar o să se întoarcă peste câteva zile. Și, când ai să vorbești cu el, ai să vezi că ai să începi să vezi lucrurile cu totul altfel.

Cele două siluete se apropie. Trec acum prin zona pentru copii și ocolesc un grup de bănci din lemn pe care, pe timpul zilei, se așază pensionarii să sporovăiască și să stea la soare. Acum pot fi văzute. Sunt două femei.

Sunt Emma și Olga.

– Nu! spune Silvia, negând din cap și ațintindu-și ochii asupra mea. Îi strălucesc, plini de reflexele felinarelor care populează parcul. Nu înțelegi.

– Sigur că nu înțeleg, îi răspund eu. Mă simt deranjat. Și obosit. Obosit să fiu cel care întotdeauna este prezent ca să i se povestească lucrurile, „zidul mărturisirilor“, unde femeile din familia asta vin să-și golească sacul atunci când simt nevoia, căutând o ureche atentă, care să știe să le asculte; și obosit să fiu tratat mereu, atunci când vor ele, drept cel mai mic, acela care nu pricepe lucrurile fiindcă nu se cade. Nu că ar fi atât de greu.

În acest moment, pe când cele două siluete o iau pe porțiunea scurtă care urmează să le conducă încoace, văd că Silviei îi tremură mâna în care ține țigara și că mijește puțin ochii, ca și cum și i-ar simți iritați, după care clipește des de câteva ori și spune, coborând vocea:

– Chestia e că mai e ceva. Din felul în care o spune, din modul în care lumina albă a felinarelor din parc s-a lipit de șuvițele părului ei roșcat și din tăcerea cu suspine care se ivește între cele șase vorbe ale ei știu că, într-adevăr, mai e ceva: mai important, mai întunecat și mai greu de mărturisit. „De ce ne-o fi atât de greu să spunem lucrurilor pe nume în familia asta?“, vreau s-o întreb. „Pentru că ne este greu să mărturisim ceva care urmează să iasă rău? E la mijloc rușinea? Sau teama? Ce-o fi?“ Vreau să-i spun asta și multe alte chestii: că sunt aici, că și eu trec sub tăcere multe adevăruri și că, deși suntem frați, există lucruri care încă nu sună bine, fiindcă reflectă prea multe lucruri, prea mult teritoriu comun, pe care nu l-am reparat împreună. Peter nu se mai întoarce, spune ea, închizând ochii. Apoi așteaptă un moment și, ca și cum s-ar teme că n-am auzit bine, repetă: Nu se mai întoarce, Fer! Niciodată!

Sub balcon, practic la picioarele noastre, cele două siluete se opresc și înalță capetele. Olga zâmbește și ne salută cu mâna rămasă liberă în timp ce strigă:

– Uiuiuuu! Am ajuns, copii!

Silvia se uită urât la mine, strânge din dinți și aruncă țigara în parc, plescăind din limbă într-un gest de nemulțumire și desenând deasupra Emmei și Olgăi un mic arc roșu. Apoi deschide ușa glisantă de la balcon care dă spre sufrageria mamei, unde deja latră Max și Shirley, și îmi spune, dând laoparte draperia cu mâna:

– Te rog frumos, spune-i ceva fiarei în timp ce merg să deschid! Poate așa o îmblânzești și încetează să mai urle. Se oprește în pragul ușii și se întoarce către mine cu un surâs crispat, în timp ce, în fundal, aud râsetele mamei și o voce mai puțin clară, ca un zvon, în care, după o clipă, o recunosc pe aceea a prezentatoarei de la radio. Silvia îmi face cu ochiul: Sau, mai bine, aruncă niște apă pe ea! Dacă se poate în clocot!

Când mă uit din nou în jos, chipul Olgăi, albit de razele lunii și de felinarele din parc, apare ca o hartă neașteptat de stranie. În expresia ei se vede fericirea, sau cel puțin asta este impresia pe care o lasă văzută de aici, înfășurată în haina ei din blană de iepure și cu ochii strălucitori, precum aceia ai unui animal nocturn. Îmi aduc aminte în acest moment de comentariul mamei și cred că, la fel ca de atâtea alte ori, bănuielile ei nu sunt doar lipsite de temei, ci și greșite.

Și atunci, pe măsură ce ochii mei se adaptează la întunericul de pe balcon, văd ceva ce, până atunci, nu văzusem niciodată și nu credeam – nici eu, nici nimeni altcineva, ca s-o spunem drept – că am să văd vreodată.

Emma și Olga merg ținându-se de mână.

„Doamne, Dumnezeule!“, este tot ce-mi trece prin cap când înțeleg că această Olga și această Emma, care au sosit, în noaptea asta, ca să ia cina în casa mamei, vin cu dorința de a sărbători ceva ce noi poate că nu ne imaginăm, învăluite într-un fel de aură la care nu ne așteptam, aflată la ani-lumină de norii mari și groși pe care îi pictează această respirație, grea de la sine, a Silviei. Și, ca un mic flash care abia dacă luminează întunecimea acestei zone a parcului, mă gândesc, deodată, că este posibil ca, în noaptea asta, să se adune la masa mamei momente, energii și vorbe frumoase atât de felurite, atât de îndelung reprimate, încât poate că – și numai poate că – ceea ce mama așteaptă de atâta timp – această noapte de sporovăieli fluente și de ore petrecute într-o atmosferă calmă – să fie o mică plajă pe care, în curând, vor ajunge rămășițele mai multor naufragii, cu cuferele lor pline de lucruri intime, de rufe ude și de sticle conținând mesaje.

Și cu toți supraviețuitorii.

– Ne deschizi, Fer? spune Emma, ridicând și ea capul și încrucișându-și privirea cu a mea vreme de câteva secunde.

– Uite-le! Sunt exact acestea: strălucirea ciudată din ochii ei, acest surâs pe jumătate ascuns, pe care îl știu bine, fiindcă l-am văzut de când am învățat să văd, pe jumătate timid, pe jumătate „am-un-secret-care-mă-face-fericită-și-nu-știu-câtă-vreme-o-să-mai-pot-să-tac“.

Asta, și mâna ei în mâna Olgăi, și sticla de vin spumos, pe care abia acum văd că o are în cealaltă mână.

„O să fie o noapte animată!“, ajung să gândesc în timp ce mama, din camera ei, scoate o altă cascadă de râsete, iar eu îi răspund Emmei cu un:

– Vă deschide Silvia.

Chiar atunci aud sunând soneria la interfon. Apoi vocea Silviei, care întreabă:

– E deschis?

Olga și Emma dispar, pe loc, sub balcon, în direcția intrării.

Tot ce mai aud, înainte ca clicul provocat de închiderea ușii de sticlă să clănțăne ca un clipit metalic în liniștea pieței, este vocea stridentă și exagerat de entuziastă a Olgăi.

– Corect, spune ea.

Apoi tăcere.

Nouă

Emma.

În urmă cu mai puțin de un an, ea și cu Olga au hotărât că se săturaseră să mai locuiască în oraș.

– O să mergem să trăim la țară, a anunțat Emma în ziua când Silvia își sărbătorea ziua de naștere, cu acel calm uluitor cu care lasă întotdeauna să cadă bombele care i-au marcat atât viața ei, cât și pe ale noastre. În privința asta, seamănă cu tata: sunt atât de deficitari când vine vorba de comunicare, trăiesc atât de greu adevărurile, încât obișnuiesc să vorbească exact atunci când nu e cazul, ceea ce dă naștere, în jurul lor, la mici paranteze de buimăceală și de tensiune, care pică precum pietrele în apa unei lagune. Provoacă valuri de jur împrejur. Unele nu ajung la mal. Altele rănesc.

– „Noi?“ a întrebat Silvia cu o sprânceană arcuită, venind din bucătărie cu tarta de ciocolată pe care o pregătise ea însăși și care, judecând după aspect, nu prevestea o digestie ușoară.

Mama și-a întins gâtul ca un struț și a rămas cu jumătate din sendvișul cu somon în aer.

– Da? a spus cu o voce de copiliță și cu chipul luminat. Mergem la țară?

Peter și-a ridicat ochii de pe ecranul iPad-ului său și s-a uitat la noi cu o expresie absentă, așa cum face mereu în acele ocazii în care suntem adunați cu toții. Privirea lui este una goală, „băiatul ăsta are ochi de pește mort“, spune unchiul Eduardo, întotdeauna când vreunul dintre noi, mai puțin Silvia, facem referire la el. Apoi Peter a încruntat din sprâncene și, cu glasul lui cu „s“-uri șuierate, a spus:

– Vă deplasssați acum?

„Doamne, Dumnezeule“, mi-am spus eu, așezat pe bancheta pe care o ocupam împreună cu unchiul Eduardo, „cum e cu putință să aparținem, fiecare, câte unei lumi, care să funcționeze în paralel cu celelalte și, chiar și așa, să reușim să ne înțelegem între noi?“ Asta a fost tot ce mi-am putut spune. Mamei i-a căzut sendvișul pe covor, iar Silvia s-a făcut ca varul la față, văzând bucățica de pâine prăjită și pata de brânză care murdăreau desenele de pe covorul persan. A fost cât pe ce să dea drumul tartei pe care o ducea în mâini. În loc de asta, a strâns din dinți și a înghițit în sec.

– Nu-ți face griji, mamă! a spus ea, țeapănă ca un băț. Curăț imediat.

Mama nici măcar nu s-a uitat la ea. A vrut să culeagă ea însăși sendvișul, dar cu atâta ghinion și o vedere atât de slabă, încât, aplecându-se, a lovit cu cotul sticla de Coca-Cola, care stătea lângă farfuria ei, și un șuvoi negru a zburat, șuierând, din gura sticlei, îmbibând platoul cu sendvișuri. Silvia a căscat niște ochi ca două guri de tun și s-a clătinat pe călcâie. În fața mea, Peter s-a întors la ecranul iPad-ului, iar eu am închis ochii.

– Mamă, stai liniștită! s-a răstit Silvia. Dacă mai faci vreo mișcare, te leg de pat cu o curea!

– Hi, hi, hi! a râs unchiul Eduardo printre dinți. Cu o cu... hi, hi, hi!

Emma, care nu mai apucase să vorbească și căreia nimeni nu-i mai dădea atenție, a spus atunci:

– Olga și cu mine – ne-am întors din nou cu ochii la ea, iar ea a schițat un zâmbet șters, timid – am hotărât să deschidem o pensiune la țară.

Mama a scos un strigăt vesel și a început să aplaude ca o fetiță.

– Ce bine! Vai, draga mea, nici nu știi ce bine îmi pare! O pensiune la țară!

– Da, a spus Emma, încuviințând.

– Ce idee bună! a continuat mama. Și presupun că o să aveți și animale, nu? Păi, sigur, ce proastă sunt. Eu v-aș putea ajuta cu animalele, a continuat ea, prinzând avânt. Va trebui să cumpărăm vreo două vaci, și rațe, rațele sunt așa de... hmm... așa de simpatice, nu?, cu penele lor și cu bobocii în șir, atât de ordonați... Ah, și un iaz, dar unul adevărat, ei?, nu unul din acelea din plastic, care arată ca niște căzi de pus pe acoperiș, pentru că animalele sunt așa, dacă știu că nu trăiesc într-un mediu *naturopatic*, intră în depresie, clar. Fiindcă sunt niște ființe la fel cu noi, a încheiat, privindu-ne pe rând și aprobând din cap. Brusc, a părut să-și dea seama de ceva și și-a dus mâna la piept. Oh! Păi, păi, aveți pe cineva care să aibă grijă de ogoare? Pentru că asta este foarte important, fata mea, crede-mă. Închipuie-ți, mai ieri Ingrid îmi spunea că...

Silvia, care continua să țină tarta în mână, și-a dat ochii peste cap și a lăsat să-i scape un icnet de disperare.

– Mamă, a spus ea cu o voce neutră. Este o pensiune rurală, nu „Căsuța din Preerie“.[1]

Unchiul Eduardo a dat drumul unui alt chicotit de râs, care s-a stins când Silvia l-a fulgerat cu privirea. Lângă mine, mama a suspinat și și-a încrucișat brațele.

– Vai, fata mea, de ce te superi, a spus, plecându-și capul. Nu voiam decât să fiu de ajutor.

– Și îți mulțumim mult de tot, mamă, a răspuns Silvia, cu un început de zâmbet strâmb. Zău!

---

[1] *Little House on the Prairie* (*Căsuța din Preerie*) este un serial de televiziune istoric american, despre o familie care trăiește la o fermă, în anii 1870, 1880 și 1890. (*n.tr.*)

Când Emma a putut, până la urmă, să vorbească, ne-a povestit că ea și cu Olga găsiseră „un adevărat chilipir" „într-o zonă privilegiată de la poalele Pirineilor" și că, „după ce au întors lucrurile pe toate fețele", hotărâseră să opteze pentru o schimbare de direcție în viețile lor și să meargă să locuiască acolo, amândouă. De fapt, am aflat pe dată că nu le-au trebuit decât exact trei zile și trei nopți ca să „întoarcă lucrurile pe toate fețele" și că „adevăratul chilipir într-o zonă privilegiată" era o căsoaie pe jumătate căzută în ruină, aflată la marginea unui sat părăsit, unde speculanții nu voiseră să pună piciorul și la care se ajungea pe un drum de pământ, pe care nimeni nu se deranjase să-l repare de patruzeci de ani încoace.

– Vom închiria camere, iar eu mă voi ocupa de întreținerea casei, a spus ea.

Mama a clipit des din ochi și și-a încruntat sprâncenele.

– Și cum rămâne cu institutul, fata mea? a întrebat. Ai să ceri transferul sau...?

Emma zâmbea, încântată, dispusă acum să lase să cadă și cea de-a doua bombă a serii.

– Nu, a întrerupt-o surâzând în continuare. Iar apoi: Am cerut o întrerupere. Deocamdată, doar pentru un an, însă, dacă ne merge bine, s-ar putea să nu mă mai întorc să țin cursuri.

Ne-am uitat unul la altul. Vreme de câteva secunde, nimeni n-a spus nimic. Unchiul Eduardo și-a arcuit o sprânceană și și-a dres glasul. Mama și-a turnat un pahar de Coca-Cola, vărsând un pic pe fața de masă, iar Silvia s-a apropiat încet de masă și a pus pe ea tarta, în marginea cea mai îndepărtată de mama.

– Și... Olga? a întrebat, fără să-și ia ochii de la tartă.

– Ei i-au aprobat transferul, a răspuns Emma.

Silvia a încuviințat și a strâmbat din buze.

– Lumea băncii e lumea băncii, a spus ea, oarecum printre dinți. Este atât de generoasă!

Emma a zâmbit.

– Suntem încântate!

Desigur. Spre mirarea tuturor și cu toate că niciunul dintre noi nu a spus nimic – nici atunci și cu atât mai puțin în săptămânile care au urmat, întrucât speram ca ideea, tot atât de trăsnită ca atâtea altele cu care ne obișnuise Emma, să nu se materializeze –, până la urmă, timpul le-a dat dreptate: Emma, încântată să se vadă, după atâția ani, eliberată de monștrii adolescenți de cartier mărginaș, cărora încerca să le bage în cap că Delhi nu era numele unei noi aplicații pentru iPhone; și încântată și de noul ei rol de zidăriță, fermieră, grădinăreasă, îngrijitoare de pisici, recepționeră, animatoare socioculturală, spălătoreasă, supraveghetoare și om la toate; încântată și Olga, transformată, fără de veste, în regina sucursalei pe care banca o avea într-un sătuc vecin, care mirosea a balegă și a urină, cu haina ei de piele de ceva mort, cizmele ei Geox, perlele și părul ei ca o grămadă de aluat, împărțindu-și obișnuitele ei „dă-mi voie să-ți spun" și „corect" în dreapta și-n stânga țăranilor și pensionarilor din zonă, din spatele geamului singurului ghișeu al băncii.

Și așa a început aventura de la Tarita – da, acesta a fost numele pe care Olga a hotărât să i-l pună casei. „Ca Tara, dar mai mică", ne-a spus, cu un zâmbet de maestru de ceremonii, în ziua în care am inaugurat-o, în timp ce trăgea laoparte o cortină mică, din catifea, dând la iveală numele casei, pictat pe un mic pătrat din plăci de gresie verzi; și, în felul acesta, Olga și Emma s-au transformat în stăpânele singurei pensiuni rurale – și locuite – din regiune.

– O pensiune rurală, nu! s-a grăbit să mă corecteze Olga, cu unul dintre zâmbetele sale de ghișeu când, în după-amiaza inaugurării, m-a auzit spunându-i Emmei că poate ar trebui să se alăture unei rețele virtuale de pensiuni rurale din zonă. M-a privit cu o figură de parcă ar fi fost învățătoarea satului, după care a lăsat să-i scape un râs care a sunat ca o tuse: Casă cu farmec, m-a corectat ea. Şi, imediat, ca şi cum n-aş fi înţeles-o, a repetat, încet şi ridicând puţin vocea: cu-far-mec.

Silvia s-a uitat la ea ca şi cum ar fi văzut un gândac urcând pe perdea, iar Emma, într-unul dintre acele impulsuri ale sale, atât de caracteristice, de a netezi asperităţile şi de a împăca situaţiile tensionate, a trântit unul dintre comentariile sale nefericite:

– O pensiune rurală... hmm... cu farmec, a spus, zâmbind cu gura până la urechi. Mama a încuviinţat, dând aprobator din cap, iar Silvia a acceptat cu gura strâmbă şi o figură plictisită.

De atunci, de când Tarita şi-a început drumul şi au început să sosească primii clienţi, lucrurile s-au schimbat mult în viaţa Emmei şi în aceea a Olgăi, mai cu seamă în cea a Emmei. Arareori, coboară în Barcelona şi, atunci când o face, este pentru ca, aşa cum spune ea însăşi, „să facă aranjamente", aranjamente care includ, printre altele, mersul la vreo partidă de fotbal, la dentist sau la coafor, cu toate că mersul la coafor se apropie mai degrabă de un dezastru decât de un aranjament, fiindcă, aşa cum este ea, merge să se tundă la coaforul de la Carrefour.

– Pentru şapte euro, te spală şi te tund, ne-a mărturisit odată, cu una dintre acele ocazii în care, profitând că era în vizită în oraş, convenisem să ia masa, cu Silvia şi cu mine, într-un restaurant vegetarian din El Raval[1]. Bine, a lămurit ea, încântată. În realitate, nu te spală. Doar îţi udă părul.

---

[1] El Raval este un cartier din districtul 1, Ciutat Vella, al oraşului Barcelona. Este, de asemenea, cunoscut sub denumirea de „Barri Xino", însemnând „Cartierul Chinezesc" în limba catalană. Este unul din cartierele istorice ale oraşului vechi, o zonă animată, cu expoziţii de ultimă oră în Muzeul de Artă Contemporană din Barcelona şi Centre de Cultura Contemporània de Barcelona, alăturat acestuia. Barurile boeme, magazinele de designeri în vogă şi arta stradală umplu străzile din apropiere. Piaţa La Boqueria, de pe bulevardul La Rambla, oferă fructe de mare, vin şi tapas, în timp ce Rambla del Raval este presărată cu cafenele. Muzeul Maritim expune replici ale unor ambarcaţiuni istorice, în şantiere navale medievale. (*n.tr.*)

Silvia aproape că s-a înecat cu sendvișul cu tofu, iar Emma a încuviințat, mândră de a se ști atât de econoamă.

– Și ți-l ronțăie cineva în mod special ca să-ți stea așa, sau au un acvariu cu pești piranha, în care îți bagă capul? a întrebat Silvia cu un sarcasm pe care eu l-am salutat cu o cascadă de râs, dar de care Emma nu și-a dat seama.

– Nu, a răspuns ea încruntată. Ți-l fac cu... foarfeca.

Uneori, Emma profită de vizitele sale în oraș ca să-și cumpere haine și, în trecere, îi duce și Olgăi vreun dar, în principal chiloți, șosete termice și sutiene de unică mărime, pe care le obține, la preț de sold, de la prăvălia unui țigan român care, când vede că apare, e în al nouălea cer, și-i dăruiește lucruri pe sub mână, cum ar fi un breloc cu lanternă și emblema echipei Real Madrid, o brichetă cu radio care cântă doar imnul României și un fals pachet de țigări din care, când îl deschizi, apare un pachet de cărți de joc cu pozele unor mulatre, având... alea... epilate și la vedere.

În sfârșit, femeia aceasta, cu părul prost tuns și care se îngrozește când trebuie să plătească mai mult de trei euro pe o masă de prânz, conduce un Rover vechi de cincisprezece ani, cu o suspensie atât de țeapănă, că a trebuit să lipească o pernă de avion pe tavan în dreptul șoferului, ca să nu-și rupă gâtul de fiecare dată când parcurge cei șase kilometri ai drumului care coboară de la Tarita până în zona civilizată; femeia cu mocasini fără toc, care își cumpără puloverele de la Humana și are chipul presărat de riduri precoce, fiindcă n-a fost chip să fie făcută să înțeleagă că, la vârsta ei, cremele nu reprezintă un lux, ci un lucru necesar; aceasta este Emma noastră, sau, cel puțin, Emma de pe fața A, cum spune mama.

Mai există și cealaltă, cea de pe fața B, pe care n-o cunoaștem decât foarte puțin.

Aceea de pe fața B este o femeie care vrea să iubească, dar cu orice preț, și o face rău, fiindcă alege să acorde concesii, întotdeauna cu „da, sigur", cu „așa cum dorești" și cu „desigur" pe buze, gata de aproape orice pentru ca să o privească cineva – și să o vadă –, până ce, într-o după-amiază, acum câțiva ani, viața a tăiat-o în două și ea a rămas așteptând un apel care n-a mai venit și care a înșurubat-o pe trotuarul unei străzi, ca pe un semafor pus pe galben. Fața B a Emmei este aceea pe care ea nu o ia în seamă, fiindcă, în cazul în care ar face-o, s-ar trezi că o face la prezent și atunci viața i-ar spune că este tot acolo, așezată pe același trotuar, trăind într-un trecut continuu, pe care poate că nici nu are cum să-l schimbe.

– Toți suntem așa cum suntem fiindcă înainte am fost ceva anume, spunea bunica Ester când ne auzea că vorbim de rău pe cineva și la întrebările ei „Dar știi cum era înainte? Știi ce viață a avut? Știi?" nu aveam niciun alt răspuns decât tăcerea. Formula bunicii i se poate ușor aplica Emmei și, din acest motiv, nu mă costă nimic să-i iert totul. Emma acționează împotriva resortului neajunsurilor sale, lăsând să se vadă limpede că fuge, precum și ce anume o doare și, în fața tuturor acestor lucruri, restul se estompează. Pentru noi, totul se estompează.

Rana Emmei se numește Sara. Și spun „se numește" deoarece știu – știm cu toții – că Sara încă nu a plecat de tot, cu tot timpul care a trecut de când nu mai este aici. Sara există și despre Sara nu se vorbește, fiindcă, dacă am face-o, ar însemna să vorbim despre prea multe lucruri legate de ea, și Emmei durerea i-a spălat memoria, micșorându-i-o pe toată. Dacă ar întreba-o cineva ce s-a întâmplat în după-amiaza aceea, ce a simțit, ce a dat greș, ea s-ar închide în sine, așa cum face ori de câte ori realitatea trece dincoace de oglindă și o obligă să se privească în ea. Dacă ar întreba cineva, ea ar spune ceea ce a spus întotdeauna:

– Sara n-a dat telefon.

„Sara n-a dat telefon." Multă vreme, până ce a apărut Olga, Emma așa povestea întâmplarea. Uneori, când ne așteptam mai puţin, dădea drumul acestei fraze ca şi cum, brusc, şi-ar fi dat seama că asta se întâmplase şi că i se întâmplase chiar ei, încă uluită, încă neîncrezătoare. „Sara n-a dat telefon", spunea şi cei care ne aflam în preajma ei tăceam şi aşteptam. Restul trebuia să ni-l imaginăm. De atunci încoace, ori de câte ori sună un mobil, există o fluturare automată a genelor, însoţită de un mic gest din cap, ca şi cum, în mintea ei, o uşă s-ar închide fără veste, făcând-o să tresară. Şi o privire pierdută, care caută ceva.

Faţa B a Emmei este zgâriată, ca şi cum ar fi fost acoperită de un strat negru şi o unghie l-ar fi râcâit, zi de zi, ani la rând. Eu am trăit cu ea acea epocă de unghie pe tabla neagră. Am trăit zgârieturile şi zgomotul acela strident şi urât, care îţi dă fiori şi care îşi lasă amprenta asupra multor copilării. Emma nu a vrut să-l împărtăşească nimănui, ci numai mie. M-a ales pe mine. M-a căutat şi am fost acolo. A durat aproape un an, cât am încercat să înotăm amândoi prin ape nu prea limpezi, ea dorind să se scufunde, iar eu trăgând de ea ca s-o scot la suprafaţă.

Şi a funcţionat. Sau aşa am crezut.

Până într-o zi, când numele Olgăi a apărut scris pe această tablă, şi apoi Emma a început să-l copieze, iar şi iar, ca o fetiţă ascultătoare şi pedepsită, care copiază repede şi bine. „Olga, Olga, Olga..." A copiat şi iar a copiat, scriind cu unghia pe tabla prost ştearsă, o dată şi încă o dată, şi, tot copiind, stimulând mecanic inima, numele Sarei, absenţa Sarei, s-a umplut de Olga, de prezenţa ei şi de tot zgomotul care o însoţeşte.

Zgomot. Asta sunt cele două, împreună şi fiecare în parte. Olga este zgomot fiindcă este plină de el, ca o casă părăsită plină de cacofonii împrăştiate, care, înlănţuite, sperie. Râsul ei e zgomot. La fel şi vocea. Vorbeşte după cum sună, nu după cum gândeşte. Şi simte stereo, hotărâtă să facă public puţinul pe care îl reprezintă, fiindcă ei, ceea ce reprezintă, îi sună bine. Emma, dimpotrivă, are nevoie de zgomot ca să nu fie. Zgomotul Olgăi le aduce la tăcere pe multe altele pe care ea preferă să le ascundă, simțindu-se bine amândouă în acest binom perfect împotriva căruia, în urmă cu ceva timp, am încetat să mai acționăm. Am obosit. Am obosit să tot sperăm că Emma avea să vadă ceea ce vedeam noi, să mai credem că Emma vrea să vadă. De atunci, ne-am prefăcut că și una, și cealaltă sunt parte din ceea ce suntem cu toții. Parte din ceea ce am mai rămas. Parte din cei care am mai rămas.

De aici, de pe această parte a ușii din sticlă, le văd cum sosesc, o văd pe Emma îmbrățișată de Max, care i-a pus labele pe umeri și o linge cu sârg, în timp ce Olga așteaptă, puțin mai în spate, ca să se calmeze câinii și să o lase să treacă fără să o păteze, postată în prag cu un surâs fericit, dar artificial, cu ochii ușor mai deschiși decât ar fi normal și cu o mână la piept. La picioarele ei, Shirley latră fără să-și ia ochii de la ea, cu coada țeapănă ca un clopoțel și arătându-și dinții, în timp ce Silvia contemplă scena stând în picioare, lângă masă, cu fălcile încleștate, rigidă, iar mama apare tocmai la timp pe hol, cu papucii ei în carouri, agatele bunicii și puloverul pe gât din mohair, împrăștiind în jur fericirea pe care și-o alimentează mereu de când știe că, în noaptea asta, vom fi cu toții. Faptul că acum vede și că, până la urmă, Olga și Emma sunt aici și că sunt împreună o face să debordeze, trăgând în ea cu mai bune și mai puțin bune, și eliberând-o de sub control pe acea Amalia de când era copilă.

Euforică. Mama este euforică și agitată, iar asta este – noroc că știm – o combinație care, de obicei, nu dă rezultate bune, pentru că, adesea, ea o garnisește cu stângăcie și confuzie. Va trebui să avem grijă.

„E prea multă lumină în sufragerie", îmi trece prin minte imediat, așa cum stau pe balcon, privind scena ca și cum aș fi plasat în fața ecranului unui mic cinematograf și tot ceea ce există, tot ceea ce se întâmplă, ar fi acolo, înăuntru, de cealaltă parte, lăsându-mă pe mine afară. Pe loc, îmi amintesc mica frază pe care mama a lăsat-o să cadă în urmă cu un moment, pe când pregăteam masa: „Și ție ar cam putea începe să ți se întâmple câte ceva, nu, dragule?“ și care, aici, de cealaltă parte a peretelui acvariului, mă lovește între ochi, ca una dintre bombele Emmei, atingându-mi rana. „Ăsta sunt eu“, mă aud gândind, profilându-mi imaginea pe geam, cu mâna. „Ăștia sunt cei treizeci și cinci de ani ai mei. Părul ăsta roșu. Cârlionții. Linia mandibulei. Pielea albă. Privirea verde. Mâinile cu degete lungi, nasul ascuțit... Asta este ceea ce văd cei din cealaltă parte. Ceea ce văd ei. Ceea ce se vede.“

Pentru o zecime de secundă, o văd pe mama apropiindu-se de ușă, ca să le întâmpine pe Emma și pe Olga, și o văd și pe Silvia, întorcându-se lent spre ușa din sticlă, căutându-mă din priviri. Atunci, îmi vine gândul că acest dans atât de bine ritmat, acest labirint de gesturi întrețesute firesc, tot acest limbaj simplu, ușor de recunoscut, automat... toate acestea sunt cele care fac din noi o familie, o poveste comună, o comunitate.

Toate acestea: această masă, această soră mai mare, această mamă, această soră mijlocie, cu iubita ei, portretul bunicii deasupra canapelei, farfuriile cu șervețelele lor roșii, ca niște geamanduri într-o mare din sticlă, paharele și cupele... toate acestea sunt firul de argint care mă ține unit de o realitate care se desfășoară în paralel cu aceea pe care, în urmă cu câțiva ani, m-am hotărât să o dau deoparte, ca să nu doară, ca să mă lase în pace cu absențele sale, cu grosolăniile și cu hieroglifele ei pline de capcane.

Toate acestea sunt cele care mă țin în continuare aici, sunt rădăcinile mele în momentul în care lucrurile – în ceea ce mă privește – o iau razna și muzica începe să sune rău, distonantă, ieșită din context. În momentul în care, în dorința mea de a mă redresa, am apucat-o pe o cale pe care am luat-o drept o scurtătură, dar care, după puțin timp, s-a dovedit a fi un drum fără ieșire.

Am pierdut. N-am știut să pierd. M-am pierdut.

Dar asta este altă poveste.

Sau poate că nu.

Au trecut deja trei ani. A trecut prea mult timp, într-un timp atât de scurt.

Și asta era tot o frază a bunicii Ester. Aceea din ultimii ani. Memoria din ce în ce mai slabă, cu carnețelele ei pline de liste și de mențiuni.

De cealaltă parte a sticlei, Silvia se uită la mine și eu îi trasez silueta cu degetul. Unghiuri, vârfuri, contorsiuni. Buclele ei roșii se îmbină pe geam cu ale mele și profilurile noastre se suprapun, completându-se. Văzând-o astfel – cu chipul ei într-al meu –, o înțeleg pe mama și dorința ei de a ne ține pe toți lângă ea și știu că, orice s-ar întâmpla în noaptea asta, totul este iertat dinainte, pentru că asta am învățat să facem din clipa în care, până la urmă, am putut să începem să nu-l mai iertăm pe tata.

Știu că Silvia n-o să tacă în noaptea asta, că Emma va veni cu bombele sale cu ceas și că unchiul Eduardo va torpila masa cu vreunul dintre buclucurile sale. Și că va trebui să lipim la loc, să cârpim și să adunăm de pe jos bucăți de sticlă, de porțelan și de piele.

Însă tocmai asta, în familia aceasta care suntem acum, este ceea ce ne unește.

Să fim. Să existăm. Să recucerim spații. Să ne convingem că firele care ne leagă nu sunt fragile, așa cum erau acelea pe care le întindea tata. Că nu este totul sau nimic, cu mine sau împotriva mea. Și suntem mult mai mult decât atât, mai complecși. Că suntem mai vii, de când norul negru al tatei nu mai reprezintă o amenințare.

Din salon, Silvia se uită la mine. Și așteaptă.

Ochii ei, verzi ca și ai mei, vorbesc. Spun că aceasta este o noapte deosebită, întrucât ceva vibrează în aer, în cel dinăuntrul sufrageriei și în acela care circulă printre băncile din piață, cu adierile lui calde și reci, împletite împotriva sfârșitului anului.

Da, așa este. În noaptea asta, aerul vibrează și, pe cer, șuvițe de nori alunecă în tăcere deasupra lunii, de o nuanță undeva între cenușiu și roșcat, ca o monedă veche.

Bunica Ester spunea că nopțile astea, în care se împletesc adieri reci și calde, anunță răsărituri violet. Niciodată, nimeni n-a vrut să știe mai mult. N-am apucat să știm dacă acelea violet erau răsărituri cu mesaj sau doar colorate astfel, fiindcă bunicii, în final, i se păreau de prisos mai ales explicațiile. Se limita să enunțe. Restul trebuia să ni-l imaginăm. Ea era plictisită să mai explice.

„Nopți cu lună cenușie și adieri îngemănate, răsărituri violet", spunea ea.

Și bunica avea întotdeauna dreptate.

Acum, în vreun colț invizibil al pieței, un ceas cu clopot bătea ora zece.

Aproape că a venit Anul Nou.

A sosit momentul să intru.

Mă așteaptă.

Cartea a doua
Farul

– Spune-mi o poveste, Pew!
– Ce fel de poveste, micuța mea?
– Una cu un sfârșit fericit.
– În lume, asta nu există.
– Una cu sfârșit fericit?
– Nu, un sfârșit.

Lighthousekeeping (*Fetița de la far*),
JEANETTE WINTERSON

Unu

Conversațiile se încolăcesc deasupra mesei, printre răcoritoare, apă și vin alb, în timp ce, într-un colț oarecare al orașului, unchiul Eduardo, care a sunat acum o jumătate de oră, anunțând că, după ce stătuse la aeroport, așteptând să-i iasă valiza, rula în taxiul său, venea încoace.

Pe o latură a mesei, Olga și Emma. Pe cealaltă latură, Silvia și cu mine. La dreapta Emmei, între ea și capul mesei, un tacâm în plus, cu farfuriile, cu paharele, șervețelul și, de asemenea, cu tot cu scaun. Mama prezidează, fericită, iar Max este lungit între ea și mine, cu capul său enorm pe picioarele mele. Până acum, totul a mers ușor. Olga și Emma surâd ca două fetițe și își aruncă ocheade, uneori frecându-și mâinile, ca și cum n-ar fi ele. Emma are ochii strălucitori, iar Olga jubilează, cu puloverul ei verde, strâns pe corp, părul adunat într-un coc înalt și pe piept având șiragul dublu de perle, pe care le trece printre degete ca pe un șir de mătănii, cu un gest care trebuie că ei îi inspiră lucruri pe care noi, ceilalți, nu știm să le vedem. Alături de ea, Emma este aceeași ca de obicei: cu părul castaniu și prost tuns, cu pielea uscată, unghiile roase, o bluză albă care a cunoscut vremuri mai bune și un fel de batic la gât, pe care i l-a dăruit Silvia la o aniversarè și de care ea se folosește întotdeauna la ocazii deosebite.

De când ne-am așezat la masă, Olga și mama au vorbit întruna, în timp ce, lângă mine, Silvia ronțăie distrată pâine prăjită cu cheddar[1], ciudat de absentă, cu gesturi aproape destinse. Și, dacă mama și Olga sunt meștere la ceva, atunci știu să transforme lucrurile mărunte și lipsite de importanță în titluri mari, care se întind ca o pânză peste așteptare, decorticând declarații și trecând de la un fleac la altul. Cele două mânuiesc bine zvonurile și banalitățile: știrile, criza, bârfele din programele de talk-show și revistele de cancanuri, ultimul film pe care l-au văzut... De ambele părți ale pânzei, cei trei frați tăcem, fiecare dintre noi adâncit în propriile gânduri și departe de zgomotul cu care ne împărțim noaptea. Emma le privește vrăjită pe Olga și pe mama, cu un surâs distrat, care nu are nimic de-a face cu ceea ce vede. Cunosc bine surâsul acesta. Este acela al Emmei absente, cea de pe fața B. Stând în fața mea, privește fără să vadă, împotmolită în ceva care nu este aici și care, judecând după felul în care îi strălucesc ochii, trebuie să fie un motiv de veselie. Urmărește conversația dintre Olga și mama, ca și cum ar lua parte la ea, ușor aplecată, cu coatele sprijinite pe fața de masă și cu o expresie de interes, dar fără să fie prezentă.

Lângă mine, Silvia nici măcar nu zâmbește. Profilul ei este o combinație de unghiuri tăiate cu cuțitul, iar pungile pe care le are sub ochi nu sunt doar niște inflamații. Sunt pungi tari, aproape musculare.

– Păi, săptămâna trecută am fost cu Ingrid să vedem *Mizerabilii*, spune mama, cu o voce care vrea să însemne o-să-ți-povestesc-ceva-foarte-interesant, punând o mână pe brațul Olgăi. Dar muzicalul, știi, nu filmul!

Olga face o mutră care, în mod sigur, vrea să fie un zâmbet interesat, dar care îi rămâne lipită pe față, ca un cârlig în cuier.

---

[1] Brânza cheddar este o brânză naturală, relativ tare, aproape albă și, uneori, cu gust pronunțat. Numele său provine de la satul ei de origine, Cheddar, din Somerset, Anglia. (*n.tr.*)

– Corect! spune ea.

– Ah, este atât de... real! urmează mama, mişcându-şi o mână prin aer. Este la al doilea pahar de vin alb şi începe să fie puţin ameţită. Este plin de mizerabili, care suferă mult, în orice moment. Şi, uneori, până te fac să plângi în voie. Sau, cumva, ca un jurnal de actualităţi, dar la Paris şi fără rubrica de sport. Apoi se termină şi mergi să iei cina. Şi gata!

Nu pot să mă abţin să nu râd. Mama se întoarce spre mine, cu o figură surprinsă.

– Aşa e, zău! spune cu o voce de fetiţă prinsă asupra faptului.

Încuviinţez.

– Te cred, mamă!

– Chiar dacă lui Ingrid nu i-a plăcut, lămureşte ea, încreţindu-şi puţin buzele, adresându-mi-se tot mie.

– Ah, nu? întreabă Silvia cu o sprânceană arcuită. Şi am putea şti de ce?

– Păi, pentru că a spus că există multe mesaje negative şi pentru că aura protagoniştilor era puţin cam chealǎ, sau halogenă, sau... bine, nu-mi mai aduc aminte acum, răspunde mama, agitându-şi, din nou, mâna prin aer, gata-gata ca, dintr-un gest, să răstoarne sticla cu vin.

– Ingrid nu e-n toate minţile, mamă! îi spun eu, apucând la timp sticla, în timp ce Silvia îşi pune sendvişul pe masă şi mătură cu mâna cele două firimituri pe care le-a lăsat. Şi, dacă mai asculţi mult prostiile pe care le spune, ai să ajungi ca ea! Dacă nu, chiar mai rău!

– Sărăcuţa! spune mama, dând din cap în semn de împotrivire. Ştii că alaltăieri a avut ultima şedinţă cu şamanul ei şi el i-a cerut să-l împrumute cu două sute de euro, ca să-şi cumpere nişte maracase noi, pentru că acelea pe care i le-au trimis de la Quito încă nu i-au sosit?

Nu m-am putut reţine.

– Păi, ia să vedem, n-ai spus că șamanul era mexican?

– Ah, fiule, mexican, bolivian, ce mai contează? răspunde ea cu o figură supărată. Treaba e că individul i-a cerut un bacșiș.

– Și ea i l-a dat?

Mama încuviințează din cap.

– Sigur!

– Ți-am spus eu! Este nebună și, pe lângă asta, mai e și proastă, trântește Silvia, de lângă mine, cu o voce prost dispusă.

– Nu vorbi așa, iubita mea!

Silvia strânge din dinți.

– Și ce vrei, mamă? o întreb eu, luând-o înaintea Silviei, în încercarea de a îmblânzi un pic tonul discuției. Nu mai rămâne timp.

– Într-o bună zi, Ingrid va fi găsită închisă între zidurile din subsolul unuia dintre aceste vorbitoare la care te duce să iei o gustare și noi vom fi cei care va trebui să venim să adunăm resturile amândurora, izbucnește Silvia.

Mama clipește des din ochi, vizibil rănită.

– Ce vorbe spui... murmură ea.

Silvia lasă să-i scape un mic icnet de dezgust.

– Nici nu spun pe cât ar trebui, mârâie ea printre dinți.

Se lasă o scurtă tăcere stânjenitoare, care nu durează prea mult, fiind întreruptă de soneria unui mobil. Un mesaj. Emma clipește mărunt și, automat, întoarce ochii spre mine. Mama coboară privirea și spune:

– Păi... este prietena mea.

Silvia strânge din dinți și închide pumnul pe fața de masă.

– Iar eu sunt fiica ta, mamă, spune, aparent mai calmă. Și aceea care, până la urmă, întotdeauna îți scoate castanele din foc.

– Știu.

– Nu s-ar părea.

Mama știe ce urmează, fiindcă aceasta este o scenă pe care am trăit-o de multe ori, de când tata a dispărut, iar ea și-a început drumul în calitate de femeie independentă și periculoasă. Periculoasă din cauza dorinței sale de aventură, da, și, mai mult, din năzuința ei de a-și recupera libertăți pe care nu le-a avut niciodată lângă tata și care, de atunci încoace, o cutreieră zilnic și pe neașteptate. Acum, caută din ochi ceva cu care să-i distragă atenția Silviei și să risipească tensiunea, iar privirea ei se lovește de carafa cu apă pe care o are în față.

– Mai vrei apă, fata mea? spune cu un zâmbet conciliant.

Pentru un moment, Silvia pare total străină de spusele mamei și de cele ce se întâmplă la masă, ca și cum o umbră s-ar fi interpus, brusc, între această realitate și aceea pe care o aduce cu sine, din exterior. Însă paranteza absenței durează puțin. Mama, care, la fel ca Olga, suportă greu tăcerile, se grăbește să caute să spună ceva.

– Ah, spune, privind pe fereastră și scoțând un mic suspin, pe care l-ar dori unul de nostalgie, dar care sună precum ceva nedeslușit. Auzind-o că suspină, Shirley, de pe canapea, ciulește urechile. Oare cum și-o fi petrecând biata Micaela sărbătorile astea?

Acum, eu sunt cel care mă zbârlesc, însă reușesc să mă stăpânesc la timp.

– Sper că departe, spun.

Silvia strâmbă din gură.

– Cu puțin noroc, la Alcatraz[1].

Micaela este o fată, romancă, pe care mama a cunoscut-o odată la un semafor, în timp ce aștepta să traverseze strada într-una dintre plimbările ei cu Shirley. Micaela scotocea cu un băț într-un container cu haine. După zece minute, amândouă își beau cafeaua la mama, iar câteva zile mai târziu, Micaela a început să-i facă, de două ori pe săptămână, curățenie în casă.

---

[1] Insula Alcatraz este situată în centrul Golfului San Francisco, din California, SUA. Inițial, pe ea a fost construită o fortăreață, Fort Alcatraz, iar ulterior vestita închisoare Alcatraz, închisă în 1963, azi atracție turistică. (*n.tr.*)

Când am întrebat-o de ce este nevoie de atâtea ore pentru un apartament de patruzeci și opt de metri pătrați, iar mama s-a uitat la mine cu o privire spășită și a spus:

– Păi, pentru că Shirley lasă mult păr.

N-am mai insistat.

Micaela Niculescu avea trei dinți din aur și șase frați, plasați pe la colțurile și semafoarele din oraș, cu găleți, raclete și bureți, ocupați, cu toții, să curețe parbrize, pe care le murdăreau din nou, cu scuipat, atunci când victima în chestiune nu le dădea o monedă. Patriarhul familiei Niculescu era, după spusele Micaelei însăși, „*recogedur*", cuvânt care, în spaniola actuală, înseamnă „hoț de cupru pe aceste câmpii ale lui Dumnezeu", iar mama învârtea într-o oală într-o locuință ocupată, în care – de asta am aflat mai târziu – două dintre camere erau destinate să „*guardari*[1] lucruri, *siñora*, da", respectiv, ca birou de obiecte nepierdute, însă dispărute.

Deși eu am aflat de existența Micaelei printr-un WhatsApp de la Silvia – „E o româncă având trei dinți din aur și un telefon BlackBerry cu cristale Swarovski, care face curățenie la mama acasă. Nu știu dacă să chem poliția sau un psihiatru de la urgență, care să meargă s-o electrocuteze pe loc" –, cert este că, în ciuda bănuielilor și a neîncrederii inițiale, relația dintre mama și Micaela ne-a dat mai degrabă de gândit decât să ne provoace temeri, și puține dovezi că intențiile noii prietene-fine-protejate a mamei n-ar fi fost acelea care pretindeau că ar fi.

Desigur: Micaela a fost întotdeauna o dulceață cu noi. De la începutul poveștii.

Până la final.

Finalul poveștii cu Micaela a sosit atunci când ne așteptam mai puțin, exact în ziua aniversării mamei. Îmi aduc aminte că era luni și ieșiserăm dimineața, nu prea devreme, ca să mergem

---

[1] De la cuvântul spaniol *guardar* = a păstra. Pronunția este una greșită. (*n.tr.*)

la plajă. Plănuiserăm să ne petrecem ziua împreună cu câinii, vizitând câteva sate de pe coastă și să rămânem să luăm prânzul și cina undeva pe acolo. Din păcate, călătoria a durat puțin. La o jumătate de oră după ce trecusem de primul loc de taxare de pe autostradă, a sunat telefonul mamei. Era Eugenia, vecina ei de vizavi.

– Amalia, draga mea, te muți cumva? a întrebat Eugenia de la celălalt capăt al firului.

– Să mă mut? Eu? a răspuns mama cu un glas din care reieșea că nu pricepe nimic, în timp ce se uita la mine. Nu, de ce?

– Păi, e ceva ciudat, a spus Eugenia. Fiindcă e un camion în fața intrării și mobilele tale sunt scoase pe fereastră. Și eu mi-am spus: „Hai, că și femeia asta ne părăsește!" Deși, clar, mi s-a părut ciudat, pentru că toți vecinii care au plecat de aici au făcut-o fiindcă au murit, așa că...

Mama s-a făcut albă ca varul.

Când, după o oră, am ajuns acasă, Silvia avea situația sub control. Cei o sută unu Niculescu terminaseră de restituit toate obiectele furate – „iertare, *doamnili*, iertare, confundat cu mutare. *Iroari*", se smiorcăia Micaela dintr-una din mașinile poliției, în timp ce, pe capotă, se îngrămădeau vreo câteva cuțite, un pistol și un maldăr de cartele de credit care, din fericire, nu erau ale noastre –, iar mama, frântă de durere, s-a apropiat de acum fosta ei prietenă și i-a spus:

– Vai, Micaela, îmi pare tare rău, fata mea! Dar, fii liniștită, fiindcă eu știu că nu ești tu de vină. Este anturajul. De câte ori nu ți-am spus să ai grijă cu oamenii și să nu te încrezi în nimeni, că țara asta este așa cum este, iar noi suntem cum suntem! Ție ți se întâmplă ceea ce mi se întâmplă și mie: ești atât de încrezătoare și de bună, încât ești proastă!

Micaela a surâs, arătându-și dinții din aur și briliante, și a scos un șir de vorbe în românește, care numai bine n-au sunat, și pe care le-a încununat cu un scuipat, care a alunecat pe fereastra portierei, ca o dorință neîmplinită.

În ziua aceea, Micaela și clanul Niculescu au dispărut definitiv din viața mamei. După câteva ore, Silvia a trimis să fie instalată o alarmă în apartament, conectată la secția de poliție. Când a terminat să-i explice mamei cum funcționează aparatul, aceasta a însoțit-o la ușă, s-a despărțit de ea la ascensor și, când a intrat din nou în casă, a pus telecomanda de la alarmă pe fundul unui ghiveci gol și a uitat de ea pentru totdeauna.

Acum, mama clipește repede și tace, știind că tema Micaelei încă mai deranjează și nu este prea oportună, așa că mai bine nu continuă să facă referire la ea. Ia carafa cu apă și se întoarce spre Emma.

– Vrei puțină apă, fata mea?

Emma se uită la ea fără să-și șteargă de pe chip zâmbetul acela, pe jumătate prezent, pe jumătate absent, care i s-a întipărit pe față de când s-a așezat la masă, și refuză, cu o mișcare a capului. Apoi ne cercetează pe toți dintr-o privire și spune, ca și cum tocmai și-ar fi dat seama:

– Ce ciudat că tata nu mai e, nu-i așa? Mama rămâne cu carafa în aer, iar Olga își duce mâna la perle și scoate unul din acele sunete seci, dregându-și glasul. Emma se uită la mine. Surâde în continuare. Ce... ușurare, murmură aproape ca și cum tocmai i-ar părea rău că a vorbit, declanșându-și, cu un gest mecanic, iPhone-ul pe care îl ține lângă farfurie.

Lângă mine, mama ridică ușor din umeri, pune carafa la loc și își toarnă un al treilea pahar de vin. Înainte să bea, vorbește din nou, cu acea voce care este tot a ei, dar care îi aparține celeilalte Amalia, aceea care, precum Emma, dă drumul unor adevăruri rumegate pe parcursul lunilor când nimeni nu crede că este prezentă, și care ne prind întotdeauna pe picior greșit.

– De când am divorțat, nu i-am dus dorul, spune ea. Și, uneori, mă simt vinovată.

Silvia ridică privirea. Emma clipește des din ochi. Tata. Mama vorbește despre tata.

– Adevărul este că, atunci când mă gândesc, mă doare atât de mult că v-am dat așa un tată, că nu știu cum să vă cer iertare. Mijește puțin ochii, ca să se apere de lumina prea puternică și adaugă: Nu știu cum s-o fac.

Înghit în sec. Mama vorbește neliniștită, iar neliniștea ei este o briză densă și molipsitoare, care acoperă pe dată masa, ca o altă pânză. Este o pânză urâtă, cenușie, o pătură de vinovăție care durează de prea mult timp, cu toate că, până acum, în acești cinci ani, este un lucru pe care l-a împărtășit doar cu mine.

Nu-mi place s-o văd astfel. Nu ne place. Niciunuia dintre noi.

Ia o gură de vin și, fără să lase din mână paharul, își ațintește ochii asupra feței de masă. Trec câteva secunde.

– Dar ceea ce mă doare cel mai mult este că mi-am pierdut atâția ani din propria viață, spune cu un surâs atât de trist, încât, automat, întind mâna și o strâng de braț. La picioarele mele, Max înalță capul și scoate un suspin; iar în piață cineva strigă și râde. Sunt niște copii. Adevărul e că n-am știut că viața poate fi și altfel, adaugă ea. Că puteam să ne simțim așa, atât de bine. Își pune ușurel mâna pe a mea și, lăsând să i se odihnească privirea asupra ușii de sticlă, neagă, dând din cap. Nu știam.

În piață, copiii strigă din nou, jucându-se în acel monstru imens de cabluri și de frânghii pentru care, adesea, se iau la harță. Dar și râd, glasurile lor umplând noaptea de alinare. Aici, la masă, nimeni nu spune nimic.

Mâna mamei o încălzește pe a mea și când, în sfârșit, sunt gata să spun ceva, ea își pleacă din nou capul și continuă:

– Dar cel mai rău mă doare că nu o am cu mine pe mama. Surâde, tristă. Că n-a putut să mă vadă astfel.

Doi

Prima dată când mama mi-a mărturisit ceea ce simțea în legătură cu divorțul ei de tata – și m-a făcut parte la aceeași neliniște pe care, doar cu câteva clipe în urmă, o lăsase să cadă ca plumbul pe masă – a fost în ziua în care mi-am inaugurat garsoniera aflată la mansardă, cu vedere la mare, iar ea s-a oferit să vină să mă ajute să pregătesc cina.

– Așa pot să văd casa fără să mai fie cineva de față, a spus ea.

Când a ajuns sus, s-a așezat pe jos, pe palier, cu picioarele pe ultima treaptă a scării, gâfâind întruna, și s-a uitat la mine cu o figură înspăimântată.

– Băiatul meu, asta nu este o mansardă, a spus ea. Asta este... un al șaselea etaj, fără ascensor.

I-am dat dreptate, dând din cap, din pragul ușii.

Ea s-a uitat și pe mai departe la mine încă vreo câteva secunde, stând pe gânduri, cu sprâncenele încruntate.

– Păi, cine o să vină să te vadă aici? a întrebat, cu o figură îngrijorată. O să fii foarte singur!

Am zâmbit.

– Nu-ți face griji, va fi ceva temporar!

Și-a pus mâna streașină la ochi, ca să se ferească de excesul de lumină, și și-a plimbat privirea pe pereții jupuiți ai scării. Am văzut, în același timp cu ea, ceea ce ne înconjura: o scară cu trepte puțin sigure, din piatră albă, pereți fără chenar și cu niște pete uscate de umezeală, balustrada atât de stricată, încât erau locuri în care fierul se ivea de sub lemn ca o fosilă enormă incrustată în chihlimbar și, ca o încununare a întregii scene, deasupra capetelor noastre un acoperiș din tablă ondulată, care ar fi trebuit să fie translucid, din plăci prost fixate care, atunci când sufla vântul, zdrăngăneau deasupra noastră ca și cum am fi avut deasupra o stație de metrou.

Mama a privit de-a lungul balustradei, până a dat cu ochii de mine. Apoi a oftat.

– Ce... drăguț! a mințit ea. Și apoi: Ai putea să pui niște palmieri, aici, afară. În mod sigur, or să se facă mari de tot! Și, gâfâind în continuare, s-a uitat la extinctorul lipit de perete și a adăugat: Și, odată puși, ai putea să ceri să așeze aici un tub de oxigen, în locul... ăstuia. A părut să se gândească mai bine și privirea i s-a luminat, în timp ce încheia cu: Sau i-am putea spune lui Ingrid să-ți facă reiki de la ea de acasă. Acum face și de la distanță.

Am râs. A râs și ea, cu toate că a făcut-o ca să-mi țină isonul, iar eu i-am mulțumit.

– Vino, intră, am invitat-o eu, luând-o de mână ca să o ajut să se ridice.

Când am pătruns în casă, și-a lăsat poșeta pe masă și mi-a spus:

– Desigur! Ai o portăreasă, o adevărată minune!

M-am uitat la ea fără să înțeleg.

– O... portăreasă?

A încuviințat.

– Păi, mamă, tu crezi că o casă ca asta ar putea avea o portăreasă?

Și-a încrețit buzele și și-a aranjat părul.

– Păi, sigur!

Mi-au trebuit câteva secunde până am priceput.

– Când spui „portăreasă" te referi la o femeie de vreo șaizeci și ceva de ani care stă așezată pe un scaun pliant la intrare, cu un radio, un fel de halat cu flori și care are unghiile de la picioare vopsite cu steagul Statelor Unite?

M-a aprobat.

– Chiar ea, a spus. Și a urmat: Ce femeie minunată! Și deja ține la tine. Am stat puțin de vorbă. Când i-am spus că veneam la mansardă, mi-a spus că ești un băiat grozav și să nu-mi fac griji, că aici vei fi fericit. Am privit-o din cap până-n picioare și, când am vrut să spun ceva, a schițat acel surâs de copilă fericită, care nu există decât pe Planeta Mama[1] și a adăugat: Și, uite, în treacăt, am profitat de ocazie ca s-o întreb dacă nu știe vreo fată care ar putea urca să-ți facă, de vreo două ori pe săptămână, curățenie în casă. Un nou surâs, de data asta de fericire. Mi-a spus că o să ți-o trimită pe una dintre fiicele ei.

N-am putut să-mi stăpânesc un icnet.

– Mamă, femeia aceea nu este portăreasa!

– Ah, nu?

– Nu! Este... dominicană. Și curvă, i-am spus. Are șase fete, care lucrează la pensiunea de la etajul întâi. O cheamă Reimeldis.

Mama a înghițit în sec și s-a albit la față. Apoi:

– Reimeldis... a murmurat. Ia, te uită! Ce nume frumos, nu?

Nu mi-a luat mult timp până să-i arăt garsoniera. Adevărul este că nici nu prea aveam ce să-i arăt. Când a terminat să inspecteze tot – prosoape de bucătărie, tigăi, prosoape, lenjerie de pat –, s-a întors către mine și, cu o privire întrebătoare, a spus:

– Ah. Păi, este bine, nu?

– Mamă!

A zâmbit.

---

[1] Un site pe internet, destinat mamelor. (n.tr.)

– Chiar așa de groaznic ți se pare? am întrebat-o.

A făcut ochii mari.

– Ei nu, cum adică?! a spus, rotindu-și privirea prin salonul-bucătărie-sufragerie-dormitor. Doar că... hmm... unde ai spus că sunt camerele?

– Nu ți-am spus.

– Ah!

– Fiindcă nu sunt.

– Ah!

S-a așezat pe canapea și a luat o revistă de pe măsuță. A început, încet, să-și facă vânt cu ea.

– Și... unde ai să dormi?

M-am așezat lângă ea.

– Stăm chiar pe patul meu.

A continuat să-și facă vânt încă vreo câteva secunde, gânditoare. Apoi a spus, pe un ton trist:

– Atunci înseamnă că... dacă vin să te văd... n-am să pot rămâne să dorm aici?

A spus-o cu atâta tristețe și cu atâta neliniște, că pe loc mi-a părut rău că mă hotărâsem pentru garsoniera aceea. Dar, fără veste, chipul ei s-a luminat:

– Mai bine! Așa că o să veniți să mă vedeți, Max și cu tine, și o să rămâneți să dormiți la mine, a spus ea. Și... o să puteți sta atât timp cât o să doriți. Ba unde mai pui că eu am ascensor. Și canapeaua este de trei locuri, la fel ca asta. În plus, cum spui că lui Max nu-i priește să facă prea multă mișcare, din cauza oaselor, atunci...

Am văzut, încă o dată, garsoniera prin ochii ei, și mi s-a părut mică, plină de lumină și goală de tot.

„Ca lumina unui far“, avea să-mi spună Emma, cu câteva ceasuri mai târziu, după cină. Eram amândoi pe terasă – „eu i-aș spune mai degrabă un acoperiș de uz personal“, a decretat Olga, după ce, ca de obicei, și-a dres glasul, când, un an mai târziu, i-am dat ocazia să facă scurtul tur prin hulubărie și a privit terasa din cameră. Emma era sprijinită de balustradă și privea către garsoniera luminată. „Este adevărat", m-am gândit eu, văzând ferestrele mari, care ocupau, practic, întregul perete din față. „Ca lumina unui far." În spatele Emmei, puțin în stânga ei, clipea o reclamă luminoasă, montată pe un acoperiș, iluminată din spate, ca o diademă cu mesaj. Fraza originală spunea: „CALMA CON ALMAX"[1], dar exista o literă care nu se aprindea, drept care anunțul rămăsese redus la „CALMA CON ALMA"[2].

Calm în suflet. În acel moment, mi s-a părut un mesaj valoros. Și de bun augur.

Pe canapea, mama și-a coborât privirea și a început să se joace cu așa-zisul ei evantai. Am văzut că era preocupată.

– Ce s-a întâmplat, mamă?

– Nimic, Fer, a răspuns, lăsând să-i iasă puțin aer pe nas, într-un gest care îi era propriu.

– Mamă!?

Nu mi-a răspuns imediat. S-a uitat din nou, alene, prin garsonieră. Apoi a spus:

– Păi... bine... a început ea. Este atât de ciudat! a spus, ridicând puțin mâinile și lăsându-și-le apoi în poală.

– Ce?

M-a privit.

– Da, a spus. Amândoi... celibatari. Așa, deodată.

Aha, asta era.

– Și atât de... singuri, a adăugat, cu un zâmbet timid. Am simțit o mică împunsătură în piept, n-am știut dacă din cauza vorbelor sale sau din cauză că surâsul de pe chipul ei era atât de șters.

---

[1] Calm cu Almax (în limba spaniolă) (*n.tr.*)
[2] Calm în suflet (în limba spaniolă) (*n.tr.*)

M-am crispat, rănit.

– Nu chiar atât de singuri, am spus, pe un ton care poate că a fost mai dur decât cel pe care aş fi vrut să-l folosesc. Apoi am tras adânc aer în piept. Singuri eram înainte, mamă! Singură erai tu, când erai cu tata! Iar eu eram singur când eram cu Andrés.

Ea s-a ridicat și s-a apropiat de fereastră. Silueta ei s-a desenat pe cerul adânc. La stânga, se ițea colțul unei clădiri, cu galeriile și cu balcoanele sale, ca o mască grotescă. A rămas tăcută.

– Știi? De când am divorțat de tatăl tău, nu i-am simțit câtuși de puțin lipsa, a spus. Nici măcar o singură dată. N-am spus nimic. Ea nu s-a mişcat din loc. Și, uneori, mă simt vinovată, a adăugat. A aşteptat câteva clipe înainte să continue. Deasupra capului ei, pe cerul albastru, steaua albă a unui avion parcurgea geamul ca vârful unui creion imaginar. Când mă gândesc la asta, mă doare atât de mult că v-am dat un astfel de tată, că nu știu cum să-mi cer iertare de la voi. S-a întors, a mijit puțin ochii, apărându-se de lumina prea puternică, și a spus: Nu știu cum s-o fac.

N-am știut ce să spun. Ea s-a întors încetişor spre canapea, s-a așezat și, vreme de câteva clipe, a părut că stă pe gânduri. Apoi mi-a pus mâna pe picior și a spus:

– Tu, dragul meu, scrii atât de bine! Nu te-ai putea gândi la o frază prin care să-mi cer iertare de la voi toți și care să sune frumos? Mi-e așa de teamă că o să sune urât... Și că n-or să mă ierte.

Am simțit, din nou, o mică lovitură seacă în piept, dar, de data asta, n-a fost de furie. Pe dată mi-am dat seama ce-mi spunea mama. Mi-am dat seama așa, în mare, și am înțeles că era singură și îndurerată, și că, odată eliberată de umbra tatei, începuseră s-o cutreiere reproşurile. Venite din partea ei, la adresa ei însăși. Am înțeles-o mult prea bine, chiar dacă nu i-am spus. Am vrut să-i spun că nu trebuia să ne ceară iertare, că nu era nimic de iertat.

– Nu putem să cerem întruna iertare pentru că suntem vii, mamă! S-a terminat cu asta, a fost ceea ce m-am auzit spunând.

Ea n-a rostit niciun cuvânt. A început să-și netezească pantalonii, cu gesturi lente și automate, foarte blânde. Apoi s-a ridicat, mi-a întins mâna și mi-a spus:

– Îmi arăți terasa?

Ne-am simțit bine în după-amiaza aceea, așezați amândoi pe palierul care unea fereastra cu terasa, cu două cești de ceai cu gheață în mâini, ca și cum am fi fost doi copii, ea închipuindu-și plantele pe care le putea pune acolo, iar eu lăsând-o să-mi povestească lucruri din noua ei viață de femeie celibatară, pe care o descria, emoționată, ca și cum ar fi avut optsprezece ani și tocmai ce părăsise casa părinților ei. Pentru mama, totul era nou: vecinii, timpul, lipsa unui program, lucruri atât de banale precum să-și facă un abonament telefonic, să hotărască dacă să-și pună sau nu aer condiționat sau să se obișnuiască să-și cumpere singură lucrurile. Brusc, banalul se transformase în noutate, iar ea îl trăia ca și cum s-ar fi îmbarcat în marea aventură a vieții ei. Eu o ascultam stânjenit, aproape cu invidie. Mama strălucea, tot mai veselă și mai puțin crispată, cu fiecare zi care trecea. Pe măsură ce descoperea ce putea face, că anii de nefericire petrecuți cu tata erau, cu adevărat, o greșeală pe care nu trebuia s-o corecteze, ci s-o lase în urmă, părea să crească din propria sa umbră și să micșoreze ce era urât.

„Mama crește, iar eu mă îndepărtez“, îmi aduc aminte că am gândit atunci, văzând-o fredonând, încântată, *I Left My Heart in San Francisco*[1], în timp ce așeza masa cu un aer distrat și mă ajuta să pregătesc salata de fructe. A fost o idee fugară. O simplă sclipire.

---

[1] *I Left My Heart in San Francisco* este un șlagăr, scris în toamna anului 1953 în Brooklyn, New York, cu muzică de George Cory și versuri de Douglass Cross, cel mai bine cunoscut ca melodia de marcă a lui Tony Bennett. (*n.tr.*)

În momentul acela, nu-mi închipuiam că acele câteva cuvinte vor fi titlul care avea să rezume următorii ani din viața mea.

Până acum.

Până la această cină. La această noapte de sfârșit de an.

S-au întâmplat multe lucruri de atunci. Ni s-au întâmplat multe lucruri. Tuturor. Și a trecut timp. Atâta timp...

Când m-am trezit, în ziua care a urmat cinei de inaugurare a garsonierei mele, aveam un SMS pe mobil. Era de la mama. Spunea astfel:

> „Nu, dragul meu! Nu putem să cerem întruna iertare
> pentru că trăim.
> Mulțumesc!"

Îmi amintesc că am lăsat mobilul pe podea și m-am întors spre fereastră. Pe cer, două avioane își încrucișau stelele și liniau albastrul în direcții contrare, desenând un x ciudat. Am zâmbit și mi-am amintit ce scria pe panoul pe care îl văzusem licărind deasupra capului Emmei, de pe terasă, în seara precedentă.

CALMA CON ALMA

Am luat mobilul, l-am pus sub pernă și am încercat să adorm din nou. Când eram pe cale să ațipesc, a venit un al doilea mesaj. Un nou SMS. Cu toate că am fost gata-gata să nu mă uit la el, m-a împins curiozitatea. Era tot de la mama.

> „Băiete, nu cumva Charileidis ți-a spus că e curvă fiindcă
> îi e rușine ca oamenii să creadă că e portăreasă?
> Ingrid spune că, uneori, așa se întâmplă."

Trei

– Tu nu ai nicio vină că ai întâlnit în viață un cretin ca tata, n-ai de ce să te superi! spune Silvia, lăsându-și paharul pe masă și privind-o furioasă pe mama. Văzând-o astfel, cu privirea aceea, cineva ar putea spune că ceea ce afirmă și ceea ce simte circulă pe două benzi paralele. Banda din dreapta duce la femeia care este ferecată în întunericul pe care se teme să-l lase la vedere. Aceea din stânga este cea a Silviei care încearcă să fie, de când i s-a întâmplat ce i s-a întâmplat și s-a transformat într-un fel de jucărie articulată, plină de voci sugrumate și de fraze care încep mereu la fel: „Ar fi nevoie să se...“, „Drept este să se...“, „Nu se poate admite să se...“, „Ceea ar trebui să faci ar fi să...“. Sunt fraze pe care le mânuiește cu o îndemânare de rutină. Învățate. Memorate. Cele două Silvii nu se întâlnesc niciodată, fiindcă sunt dresate să nu conviețuiască. Pe de o parte, vocea Silviei. Pe de alta, ochii ei, privirea aceea care, din apropiere, o trădează, chiar dacă ea nu știe asta. Nici noi n-avem vreo vină că am avut un astfel de tată, reia ea subiectul, în timp ce mama clipește des, surprinsă, iar Emma mă privește, din cealaltă parte a mesei, cu o expresie care arată că nu este în largul ei.

– Sigur, fata mea, sigur! spune mama, pe tonul acela care înseamnă: „Iar începem cu aceleași lucruri, să vedem dacă o să petrecem sărbătoarea în liniște" pe care îl intuiesc, fiindcă o cunosc așa cum o cunosc, și pe care Silvia îl va primi cu aversiune.

Nu mă înșel.

– Sigur că nu, mamă! trântește ea printre dinți, în timp ce încearcă să-și relaxeze umerii, dar fără să reușească. Copii nu-și aleg părinții. Și nici nu au vreo vină pentru ceea ce le este sortit. Și cu atât mai puțin dacă ceea ce le este sortit este un astfel de tată, încheie, în timp ce își caută o țigară în poșetă.

Mama se uită la mine pe furiș și dă ochii peste cap, profitând de faptul că Silvia și-a plecat capul, ca să-și caute țigara. Caută agale, metodic.

– Ceea ce este sigur este că unii oameni n-ar trebui lăsați să aibă copii, spune, ridicând capul. Eu tot nu înțeleg de ce cuplurile care adoptă sunt silite să treacă prin toate aceste calvaruri, iar ceilalți nu sunt controlați ceva mai mult. Ar fi cu totul altceva.

Mama se întoarce spre Olga și, cu un zâmbet de bunică fericită, îi spune:

– Mai vrei puțin vin, draga mea?

Olga neagă, cu o mișcare a capului, și se întoarce spre Silvia, care s-a concentrat, din nou, asupra comorilor pe care le are în poșetă și care, acum, începe să răscolească prin conținutul acesteia, cu un gest nerăbdător.

– Păi, uite, acum, de vreme ce spui asta – începe ea, deschizând un pic mai tare ochii și sprijinindu-și bărbia în palme –, dă-mi voie să-ți spun că mai ieri, la coafor, am văzut un reportaj despre regii Olandei.

Se lasă tăcerea. Mama clipește des, ca un iepure surprins în mijlocul șoselei, iar Silvia înalță ușor capul, cu o expresie de parcă ar spune: „Sper ca urmarea să aibă vreun sens, căci, dacă nu..." și-mi dă o lovitură ușoară cu genunchiul, pe sub masă. Eu îmi apropii de gură paharul cu suc.

– Ah, da? intervine mama, încântată de întorsătura pe care ghicește că o ia conversația. Ah, micuța argentiniană dolofană. Uite cât a câștigat de când este regină!

Olga plescăie din limbă.

– Corect! spune ea. Și urmează: Păi, după ce am văzut reportajul, desigur, pot să spun că el va fi un rege așa cum trebuie, dar este cumva ca brânza aceea olandeză...

– Mingea, da, spune mama, încuviințând. Silvia se uită la mine. Eu nu mă uit la ea, fiindcă, dacă o fac, izbucnesc în râs și o să fie mai rău.

– Corect, spune Olga. Mingea.

– Nu, intervine Emma cu o voce blândă, obișnuită să corecteze lucrurile într-o direcție pozitivă. Este brânză în formă de minge. *Nu* minge. Cred că *Mingea* era un film cu un băiat de cartier, care a primit niște bătăi cumplite de la un director și care, mai apoi, s-a făcut clovn.

Olga se uită la ea și lasă să-i scape un oftat răbdător.

– Ei, în formă de minge, mingea... Ce mai contează? Problema este că băiatul este un ciudat. Dar, cum ziceam, fetița asta argentiniană... Maxima sau cum o cheamă... uită-te tu, cu tatăl pe care-l are, care, după cât se pare, a fost puțin cam... – își drege glasul – dificil, cât de drăguță și zâmbitoare a ieșit. Și copiii ăștia, atât de ideali!...

Se lasă, din nou, tăcerea. Olga ne privește, vizibil încântată de intervenția ei, iar mama, care nu reușește să se familiarizeze cu acest suprarealism de ghișeu, atât de îndepărtat de al său, ca formă, dacă nu ca intensitate, și care suportă greu tăcerile pline de tensiune pe care Olga le lasă în trecerea ei, îi sare în ajutor:

– Și, uite, că ar fi putut fi dentistă. Fiind atât de... argentiniană.

Silvia se uită, din nou, la ea, iar eu îmi duc șervețelul la gură. Când încerc să răsuflu și să spun ceva, mama își ia în mână paharul de vin, aproape gol, și adaugă cu un chicotit suspect de amețit, adresându-i-se Silviei:

– Hi, hi, hi... Of, păi... dacă ea, cu așa un tată, a ajuns regina Olandei, tu, cu tatăl tău, ajungi împărăteasa Norvegiei!

Silvia se crispează și bagă, iarăși, mâna în poșetă.

– Mamă, îi spun eu, punându-i o mână pe braț. Ea se uită la mine.

– Vreau să spun – insistă ea –, dacă, eventual, rezultă că, în realitate, Peter nu este informatician de iPad-uri sau de iPuks-uri, ori un geniu la cei de la Twitter, ci, de fapt, este prințul moștenitor al Norvegiei și, într-una din zilele astea, îi dai o sărutare și se transformă, ca în *Frumoasa și Bestia*, adică broasca râioasă se preface în prinț și, uite, eu nu cunosc Norvegia, dar, în mod sigur, se trăiește foarte bine acolo, chiar dacă, ori de câte ori anunță un roman norvegian, este vorba de unul cu asasini sumbri. Și, sigur, așa cum spunea bunica Ester, orice lucru poate fi explicat și nimic nu poate fi ispășit: într-o țară atât de rece și cu atâția norvegieni, furia este furie și căile Domnului nu cunosc pierzania. Așa spune și Ingrid, că frigul generează o substanță în bilirubină, care îi înnebunește pe oameni și îi obligă să facă lucruri de care norvegienii nu se căiesc, fiindcă, întrucât nu sunt catolici, nu se simt vinovați. Ah, ce noroc, să nu te simți vinovat și nici să nu trebuiască să mergi la biserică. Of! – spune, ținând paharul sus și deschizând larg ochii, ca și cum, deodată, ar fi descoperit un mare adevăr –, e limpede! Asta este! Ucid atâta fiindcă nu sunt catolici! Spuneam eu! Și, sigur, fiindcă este frig, le este lene să iasă din casă și, în loc să omoare așa, ca oamenii normali, o fac în romane, de la ei de acasă. Ah! Cum de nu mi-am dat seama? Trebuie să-i povestesc lui Ingrid, urmează ea, lăsând paharul pe masă și făcând un gest ca și cum ar vrea să se ridice, chiar dacă este un gest pe care nu-l duce la bun sfârșit. Se gândește puțin. Bun, mai bine îi spun după aceea, când o să bem un păhărel de vin spumos, așa n-o s-o deranjez. Tace, oftează și, ca pe o explicație amănunțită, își privește ceasul și adaugă: În noaptea asta face inventarul la magazinul de la Intermon[1].

Tăcere.

Emma îi pregătește un sendviș cu brânză de Brie[2] Olgăi, care, la rândul ei, se uită la mama fără să știe ce să spună. Eu înghit în sec de câteva ori, în timp ce îmi spun, în sinea mea: „Trebuie să încetăm cu asta", deși fără prea multă convingere, întrucât experiența îmi spune că, atunci când mama se lansează, iar acum este în plin avânt, este greu s-o oprești. Mama alunecă înspre tragedie ca într-una dintre acele scene din desenele animate în care protagonistul cade, brusc, pe o pantă de zăpadă și se rostogolește până jos, adunând zăpada pe el până ce se transformă într-o sferă din ce în ce mai mare, condamnat să pice în prăpastie. Din stânga mea, vocea Silviei vine, solidă și fără veste, precum o piatră în apa unui iaz.

– Mamă, te-ai amețit! decretează ea. Mama se uită la mine și zâmbește. Apoi lasă să-i scape un chicotit. Și cred că ar trebui să începi să bei apă în loc de vin!

Când mama este pe punctul de a răspunde, Olga i-o ia înainte, după ce acceptă sendvișul făcut de Emma și, prinzându-l între unghiile ei cu manichiură franțuzească, îl lasă apoi în

---

[1] Oxfam Intermón este o organizație spaniolă nonguvernamentală de cooperare pentru dezvoltare (ONGD), afiliată confederației Oxfam, care cuprinde un total de șaptesprezece organizații care lucrează împreună în patruzeci și una de țări. Principalul său organism de conducere din Spania este un consiliu de administrație cu persoane independente din societatea civilă, mediul academic, lumea afacerilor și alte entități. (*n.tr.*)

[2] Brânza de Brie este o brânză moale, din lapte de vacă, numită după regiunea franceză Brie, de unde provine. Are o culoare deschisă, cu o ușoară tentă de gri, sub o crustă de culoare albă de mucegai. Crusta are o aromă care este dată, în mare măsură, de ingredientele folosite și mediul de producție. Este similară cu brânza de Camembert, caracteristică pentru o altă regiune din Franța. (*n.tr.*)

farfurie, ca și cum ar avea în mână un inel de la Tiffany. Își drege glasul cu o tuse seacă:

– Dă-mi voie să-ți spun – începe ea cu o voce de învățătoare din meseta[1] argentiniană, adresându-i-se Silviei – că atât rolul de mamă, cât și cel de tată sunt lucruri foarte serioase și nu mi se pare potrivit să vorbești astfel – își agită în aer mâinile și unghiile de porțelan, cu atâta ușurință – despre un subiect atât de sensibil. Există mulți oameni care fac tot posibilul ca să-și crească odraslele după porunca lui Dumnezeu, ți-o spun fiindcă văd asta zilnic, la bancă. Nici nu-ți închipui câți tați și câte mame se sacrifică pentru copii lor, ca niște adevărați eroi anonimi.

Silvia care, în sfârșit, și-a găsit pachetul de țigări și bricheta în abisurile poșetei sale se uită la ea ca și cum ar fi văzut un șobolan agățat într-un cârlig la măcelărie, după care întreabă:

– Avem aici o cameră ascunsă sau... așa ceva?

Lângă mine, mama izbucnește în râs. Este un râs nervos, de alarmă, care sună dezacordat și care nu reușește decât să păteze tăcerea. Nu trebuie să vezi cum îi strălucesc ochii ca să știi că a scăpat un pic de sub control cu vinul. Lângă ea, Olga strânge din dinți, ia cu grijă sendvișul pe care îl are pe farfurie și și-l pune în gură, scoțând limba și arătându-și dinții, pentru ca brânza să nu-i păteze buzele, așa ca acele doamne în vârstă, care ne plac atât de mult mamei și mie, care mănâncă prăjituri, în grupuri de câte patru, în cofetării, la ieșirea de la cinematograf și pe care unchiul Eduardo, cu ironia care îl caracterizează, le-a numit, într-o zi, „cele patru prăjituri și o înmormântare". Olga mestecă

---

[1] Platoul Patagonian este o unitate tectonică și de formațiuni geologice care ocupă întreaga parte non-andină de est a Patagoniei, între Anzi și Atlantic. Această zonă a Patagoniei argentiniene a fost supusă unor mișcări intense de urcare și coborâre, care au generat un peisaj asemănător cu o scară. Cuvântul *meseta* este folosit pentru a desemna această zonă de platouri ușor ridicate și, de obicei, foarte uscate. (*n.tr.*)

lent. Când, în sfârșit, vorbește din nou, o face pe acel ton de femeie ofensată, care a așteptat vreme îndelungată ca să poată să dea la iveală biciul resentimentelor sale.

– Poate că ai vorbi altfel dacă ai fi mamă, spune ea cu o voce plată și urâcioasă, de ghișeu. Este foarte ușor să faci teorii cu privire la astfel de lucruri, așa, în derâdere. Dar dă-mi voie să-ți spun că nicidecum copiii nu sunt o prostie! Trebuie să fii mamă ca să-ți dai cu părerea despre maternitate, la fel cum trebuie să fii profesoară ca să-ți dai cu părerea despre învățământ! adaugă ea, privind-o pe Emma și încuviințând ușurel din cap.

Silvia rămâne cu mâna în aer, cu țigara atârnându-i peste farfurie, și strânge din ochi cu o mutră flegmatică. Apoi, înainte de a vorbi, își înclină capul într-o parte și lasă să-i iasă aerul pe nări:

– Și tu, ce știi despre asta? scuipă ea printre dinți, cu o voce plictisită. Tu ce știi despre învățământ, despre copii și celelalte, când tu nu faci decât să-ți petreci orele în spatele unui ghișeu, înșelându-i pe bieții bunici, vânzându-le porcării cu termen fix, pentru ca hoții tăi de șefi să-i fure întruna pe toți și să-i evacueze din casele lor pe aceia pe care îi numești „părinți sacrificați și adevărați eroi anonimi"?

Olga clipește des, își ridică mâna la piept și își drege glasul de câteva ori. Atacul frontal al Silviei i-a urcat sângele în obraz și acum câteva perle de sudoare îi strălucesc pe frunte. Buzele ei formează un O mic și diform, în timp ce, lângă ea, Emma îi pune mâna pe braț și o mângâie ușor, aproape ca și cum i-ar cere voie. Lângă mine, mama profită de faptul că nimeni nu se uită la ea ca să-și mai toarne puțin vin.

Văzând-o pe Olga așa de jignită, înțeleg că nu știe că tocmai a băgat mâna în jobenul greșit și că iepurele pe care spera să-l scoată din el s-a dovedit a fi o viperă veninoasă. Nu, Olga nu știe că s-a cufundat într-o mlaștină de noroi. Pământul pe care calcă acum este un teritoriu al comanșilor, una din numeroasele pagini din albumul familiei pe care, ca pe multe alte lucruri, această familie nu le împarte decât cu membrii săi. Olga nu bănuiește, pentru că Emma n-a anunțat-o, că tocmai ce-a zgândărit niște răni încă deschise. Lângă mine, Silvia stinge țigara în farfurie și se ridică, pe neașteptate, aproape răsturnând scaunul cu un ghiont.

– Mă duc la baie, spune ea, mestecând cuvintele. Olga o urmărește cu privirea, fără să înțeleagă și cu uimirea și ofensa întipărite pe față. Alături de ea, Emma continuă să-i mângâie brațul, cu un zâmbet forțat.

Ceea ce Olga nu știe și probabil că nimeni n-o să-i povestească vreodată este că, după cum spunea bunica, cu toții am fost ceva care, de multe ori, lămurește ceea ce suntem acum. Și asta o include și pe Silvia. Silvia care este – aceea care este acum – nu a fost întotdeauna așa. A existat o altă Silvie, diferită, pentru că nu trăise încă lucrurile care au făcut-o să se schimbe astfel încât să se transforme în aceea care este acum, a existat o Silvie mult mai relaxată și mai vie și, mai ales, mai veselă. Aceasta, cealaltă Silvie, era o femeie care lua viața în piept așa cum o face și acum, dar fără să strângă din dinți ca și cum ar vrea să smulgă cu ei ceva ce nu vede, și fără să vegheze așa cum veghează ea ca totul să fie sub control. A existat o Silvie maniacă, de multe ori insuportabilă, da, și cu un caracter îndrăcit, dar care era și o femeie care știa să se amuze pe seama ei însăși și care exprima viața ca nimeni alta. Îmi amintesc că, pe vremea anilor ei de facultate, de câte ori putea, își lua în spate rucsacul și pleca, singură, la munte. „Mă duc să explorez", spunea ea. Și se întorcea radioasă, odihnită, detașată. Pe vremea aceea, îi plăceau mult animalele și natura. Și era interesată de tot. Era nespus de curioasă în ceea ce privește viața, oamenii, avea atâta vitalitate, încât era greu să nu te molipsești de această energie pe care o răspândea și cu care părea în stare să umple totul. Dacă trebuia organizată o petrecere-surpriză pentru o aniversare, ea era acolo, dirijând lucrurile. Dacă se muta o prietenă, prima care apărea s-o ajute era Silvia. Toți o iubeau și și-o doreau aproape, fiindcă era generoasă.

Presupun că asta ar fi continuat să fie Silvia și pe mai departe, dacă n-ar fi trăit ceea ce a trăit la sfârșitul relației ei cu Sergio. Presupun că ea continuă să fie tot așa, chiar dacă nu lasă să se vadă acest lucru, întrucât ceva îmi spune că acumulăm într-un colț toate eurile pe care credem că le-am pierdut pe drum. În realitate, ceea ce i s-a întâmplat Silviei este ușor de explicat, pentru că este ceva care se întâmplă adesea: Silvia și Sergio au hotărât că venise momentul să aibă un copil. Silviei nu i-a fost greu să rămână însărcinată și totul a mers bine până când, la zece săptămâni, a pierdut sarcina. Fiind așa cum este, nu a trăit avortul ca pe ceva cumplit. De fapt, știa că un procentaj ridicat din primele sarcini nu ajung la termen și era pregătită pentru această eventualitate, astfel că, imediat, au început să încerce din nou. Și a rămas din nou însărcinată. De data aceasta, sarcina și-a urmat cursul. Totul părea în ordine până când, pe la șase luni și jumătate, ecografia de rutină a dezvăluit un lucru la care nimeni nu se aștepta: în mod inexplicabil, micuța – era o fetiță, care avea deja și un nume – încetase să mai respire și plutea, moartă, în pântecul Silviei.

În după-amiaza aceea, Silvia nu a mai plecat din clinică. Au operat-o în dimineața următoare și, în timpul operației, au trebuit și să-i extirpe uterul, fiindcă era presărat cu chisturi care nu prevesteau nimic bun. Când, după câteva ore, ginecologul a trecut să o vadă în salon, ea a vrut să știe. Medicul, care o cunoștea bine, nu doar fiindcă era ginecologul ei dintotdeauna, ci și pentru că, în plus, îi fusese profesor pe timpul întregii ei cariere, nu a stat mult pe gânduri și i-a spus adevărul.

Silvia l-a ascultat în tăcere. Când el a terminat de vorbit, ea s-a întors cu spatele și a spus:

– Acum sunt goală pe dinăuntru.

Așa a început totul. Din acel moment, Silvia, care se pregătise să fie mamă cu aceeași intensitate și cu aceeași râvnă pe care le punea în tot ce făcea, a început să-și construiască o față B, pe care, pur și simplu, nu o cunoșteam, pentru că, până atunci, nu existase. Silvia care a ieșit din clinică era alta. Acolo unde înainte exista dorința de a înghiți lumea, exista acum un gol, pe care ea însăși și-a dat silința să-l umple. Acolo unde înainte exista curiozitate, acum era nevoia de a ține sub control. Silvia autoritară a devenit intolerantă. Prietena prietenilor ei a devenit un fel de lupoaică, dorind să-i apere și să-i controleze pe ai săi până într-atât încât a fost gata să-i sufoce. Silvia a ieșit din clinică rănită și s-a luptat cu durerea așa cum a știut sau așa cum a putut: a hotărât să-și umple absența copiilor cu alte lucruri, modelând, astfel, o nouă Silvie. Atunci s-a născut femeia hiperactivă, scufundată în munca ei și în țelurile sale profesionale; a ajuns o femeie practică, ordonată până în cel mai mărunt detaliu și obsedată de sterilizare și de curățenie. Și-a schimbat locul de muncă, a început să călătorească, să urce, să conducă și să poruncească, dând laoparte tot ce-i amintea de acea absență a copiilor, pe care nu reușea s-o accepte, considerând-o nedreaptă și nemeritată. Și, puțin câte puțin, acest val, care a eliminat-o pe mama care nu putuse fi, a sfârșit prin a-l lua și pe Sergio, pe mulți prieteni din tinerețe, precum și o mulțime de iluzii și de planuri. Cu timpul, Silvia s-a transformat într-o mașină care muncea și îndeplinea obiective și care a găsit în Peter cealaltă față a oglinzii sale: un bărbat care se mărginea să existe și care, la fel ca ea, trăia mai mult cu capul decât cu inima, chiar dacă, în ceea ce-l privea, el părea să nu fi trăit niciodată altfel și să se simtă bine așa, confortabil, din totdeauna, cu emoțiile lui diluate. Silvia, în schimb, trăiește de atunci cu spatele la cea care a fost odată, supărată pe viață fiindcă i-a smuls copiii și a obligat-o să se transforme în cineva pe care niciunul dintre noi nu-l recunoaștem în întregime. Așa funcționează ea de atunci, recunoscându-se în latura profesională, pentru că aceasta este cea care domină, și transformată în mama noastră, a tuturor, mama de care ea crede că avem nevoie, suferind când vede că noi nici nu suntem, nici nu acționăm așa cum ar trebui, ținând sub control turma, întotdeauna în stare de alertă, pentru ca viața să nu-i mai tragă iarăși clapa și să-i dea o altă lovitură care, având în vedere fragilitatea ei, să o răstoarne, iar ea să nu mai poată să se ridice.

Asta, această Silvia care a rămas țintuită în salonul clinicii, este aceea pe care n-o cunoaște Olga. Și asta este și Silvia pe care ne-o amintim cu toții, aceea pe care o iubim, fiindcă știm că, dacă a existat, trebuie că mai există încă, și pentru că, în fond, a trecut timp, mult timp, de când așteptăm să se întâmple ceva care să ne-o aducă înapoi.

– Niciodată nu mi-am închipuit că aș putea cere ca unuia dintre copiii mei viața să-i dea o lovitură așa cum mi-a dat mie, cu tatăl tău, am auzit-o spunând pe mama de mai multe ori, când vorbeam despre Silvia și despre cât de mult ne îngrijora pe toți. Sper doar ca să nu întârzie atât cât a întârziat la mine.

– Așa este. Sunt ani de când conspirăm cu toții, în secret, dorind ca schelăria cu care Silvia își susține viața aceasta cu dinții strânși să se năruiască și să se zdrobească de pământ. Dorim să se întoarcă Silvia cealaltă. A noastră. Și încă tragem speranță.

Acum, cu o expresie mai relaxată și spălată pe față, se așază din nou lângă mine și își pune șervețelul în poală, după care se întoarce spre Olga și îi spune, cu un zâmbet forțat:

– Iartă-mă, Olga! N-ar fi trebuit să-ți vorbesc așa.

Olga, cea care, pe parcursul a câteva minute cât Silvia a fost la baie, n-a deschis gura, îi întoarce zâmbetul, la fel de forțat.

– Nu-ți face griji, spune ea, cu un glas de femeie resemnată și iertătoare. În plus, sunt obișnuită. Lucrez la o bancă, închipuie-ți!

Se lasă tăcerea. Silvia și Olga se uită, și pe mai departe, una la alta, până ce Emma, care nu a încetat în niciun moment să mângâie brațul Olgăi, spune:

– Păi, treaba e că... începe ea, întorcându-se mai întâi către Silvia și apoi plimbându-și privirea peste toți. Mătură masa cu ochii, aproape ca într-o filmare cu încetinitorul, lăsându-ne, tiptil, blocați asupra punctelor sale de suspensie, transformați, brusc, într-un grup de acrobați, care se leagănă pe aceeași sârmă, așteptând ca acea sârmă să se lungească și să ne arate capătul celălalt. Treaba este că... spune din nou, de data asta cu un surâs atât de firesc, încât, pentru moment, mi se pune un nod în gât și ajung să văd în ea o scânteiere a Emmei de pe fața A, aceea care nu mai rămăsese așezată în colțul unei străzi, cu telefonul în mână și privirea frântă, așteptând, atârnând deasupra unui gol, de care nu avea cum să știe să se salveze. Pentru un moment, redevenise femeia cu ochii mari, lacomă de toate lucrurile bune pe care le ghicea în viața care o înconjura, sprijinul ferm al mamei, parapetul sigur de care ne puteam sprijini cu toții. Alături de mine, mama ridică din umeri și își îmblânzește expresia feței.

– Treaba e că ce? trântește Silvia de lângă mine, cu vocea din nou încordată, aprinzându-și o țigară și scoțând fumul dintrodată. Vrei să ne spui odată?!

Emma se întoarce din nou cu ochii spre Olga, care consimte încetișor, și ea cu un surâs întipărit pe față, însoțit de o lumină complice, cu care niciuna dintre ele nu ne-a obișnuit, după care spune:

– Treaba e că suntem însărcinate.

Tăcere.

Vreme de câteva secunde, tot ce se aude în salonul-sufragerie este murmurul radioului, pe care mama l-a lăsat din nou aprins în baie, peste care se suprapune un lung căscat care, întrucât vine de unde vine, ghicesc că este al lui Max. Apoi mama înclină capul și scoate un chicotit.

– Hi, hi, hi, începe ea, aruncând către Silvia o privire rapidă, pe care și-o disimulează pe dată... Însărci... hi, hi, hi... Continuă să râdă încă vreo câteva clipe, cu ochii întredeschiși, până ce, deodată, se oprește brusc și își încruntă sprâncenele, acoperindu-și fruntea cu mâna, împotriva excesului de lumină. Măi, păi, acum îmi dau seama, chiar așa mi-a spus Ingrid, mai ieri, că i-a spus șamanul ei, în timp ce îi trecea prin burtă săbiile acelea care scot scântei. Că avea să rămână însărcinată. Și m-am întrebat: cu cine? Și, la vârsta ei? Fiindcă Ingrid e o dulceață de femeie, dar nu mai este o copilă, cu toate că, cine știe, poate că reiki folosește și la asta și, clar, cum e suedeză, ce știu eu? Și, bine... ce chestie, nu? spune ridicându-și paharul la buze, în timp ce continuă să râdă, încetișor.

– În trei luni, declară Emma, luând mâna Olgăi și strângându-i-o pe masă. Lângă mine, Silvia fumează, scoțând fumul pe nas, ca un balaur. Nu voiam să vă spunem până ce nu eram sigure că totul merge bine și după ce ar fi trecut douăsprezece săptămâni, însă, în dimineața asta, am făcut o vizită la ginecolog, care ne-a spus că totul este perfect.

Mama se uită la mine și clipește des, dându-și, brusc, seama că Emma vorbește serios și că ceea ce aude este real.

– Ah! spune ea, ridicându-și mâna la piept, ca și cum, fără de veste, s-ar fi sufocat și i-ar fi venit greu să respire. Păi... păi... atunci... Văzând-o gâfâind astfel, roșie ca focul, mă ridic dintr-un salt să o ajut și, când sunt gata să o iau de umeri, mă privește cu o față uluită și spune: Asta înseamnă că Shirley, Shirley a mea, o să fie... mătușă?

În acest moment, când mama este gata să se ridice, încă nu știu de ce, iar eu sunt încă în picioare, lângă ea, neputându-mi stăpâni râsul pe care ea nici măcar nu-l aude, pentru că este cu totul uluită de informația pe care încă nu a început s-o proceseze, în vreme ce Silvia fumează, în continuare, în stânga mea, cu o expresie absentă, iar Olga și Emma surâd fericite din tranșeea lor, ca două păpuși de carnaval, în timp ce, în stradă, doi copii strigă și un clopot bate sfertul de oră, sunând ca de departe, precum un gong adormit, tocmai în acest moment, dintre toate momentele posibile ale nopții, sună soneria și, pe dată, cei doi câini ies, ca din pușcă, de sub masă, ca un strănut, în direcția ușii, unul lătrând și cealaltă gemând; și, printre lătraturi și gemete, stupoarea, noutatea și nedumerirea, care impregnează toate canalele care circulă pe masă; între bomba pe care Emma și Olga tocmai au lansat-o asupra noastră din tranșeea lor, cum le lansează ele pe toate, atunci când lucrurile sunt gata făcute și nu mai există vreo posibilitate de a formula o părere, nici de a discuta, nici de a lăsa loc de îndoială sau de a emite vreun sfat, tocmai în acest moment, de cealaltă parte a ușii, glasul unchiului Eduardo îngână ceva, cu vocea lui de bariton, într-un amestec de portugheză și spaniolă care, așa cum se întâmplă de obicei, în cazul lui, nu anunță nimic bun.

–*Boas noites*, amadush miush[1]! A venit unchiul Eduardo! *Lisboa calling!*

---

[1] *Bună seara* (în limba portugheză). Pentru *amadush miush* – *iubiții mei*, formula corectă în limba portugheză este *amados meus*. Aici, formula portugheză este pronunțată ca în spaniolă. (*n.tr.*)

Patru

Pentru mama, unchiul Eduardo a fost, întotdeauna, ca lumina ochilor. La fel și pentru bunica. Singurul bărbat și cel mai mic dintre cei doi, după cum spunea bunica Ester:

– Unchiul Eduardo, venirea lui pe lume, a fost o neglijență în toată regula, povestea ea. A apărut când nu-l mai aștepta nimeni. Și adevărul este că – adăuga ea, uitându-se de sus la bunicul –, dacă m-ar întreba cineva, nici măcar eu n-aș putea ști cum s-a întâmplat, pentru că nu mi-am dat seama câtuși de puțin.

Chipeș sau, mai mult decât chipeș, frumos, cu o frumusețe dintr-aceea clasică, de bărbat îmbrăcat întotdeauna impecabil, bărbierit cu grijă, cu un păr des și închis la culoare, așa cum era al bunicului, cu un zâmbet șmecher și o ținută de dandy argentinian, pe care el o recunoaște și o etalează dintotdeauna, oriunde merge. Cu toate că între el și mama este o diferență de opt ani, unchiul Eduardo pare că nici măcar n-a împlinit cincizeci de ani. În privințele în care mama este suprarealistă, el radiază de nerușinare. În acelea în care mama este nevinovată, el este gata de orice. Când mama este zâmbitoare, el este simpatic, dar într-un fel de parcă vrea să te păcălească.

– Un îmblânzitor de șerpi, asta este unchiul vostru – era primul lucru pe care îl spunea bunica Ester atunci când, dintr-un motiv sau altul, îl pomeneam pe unchiul Eduardo. Asta chiar dacă, dintre cei doi, el este acela pentru care îmi fac cele mai puține griji, adăuga ea, uitându-se la mama cu ochii aceia de mamă care știe fel de fel de lucruri (care știe totul), dar care preferă să nu vorbească, fiindcă înțelege că părerea unei mame este, de multe ori, aceea care contează cel mai puțin.

Bunica avea dreptate. Încă din fragedă pruncie, unchiul Eduardo știa că se bucura de trecere pe lângă oameni, mai ales pe lângă femei, și înțelesese, de timpuriu, că lumea și viața le rezervau un loc de onoare unora ca el. Făcuse puțină școală, și cu greu, dar a reușit să termine Dreptul și să iasă din facultate cu o mulțime de prieteni, pe care îi mai are și acum și care nu îl lasă baltă niciodată. Mereu este implicat în afaceri și proiecte obscure, chiar dacă niciodată, după câte știu eu, spre deosebire de tata, n-a atras pe nimeni din familie în mânăriile lui. Ba, dimpotrivă. Când am avut nevoie de unchiul Eduardo, a fost întotdeauna prezent, gata să ne dea o mână de ajutor și mereu arborând cel mai frumos zâmbet.

Un capitol aparte în viața lui îl constituie femeile. Femeile *lui*. Au fost atâtea iubite, amante, drăguțe și prietene, de toate vârstele, cetățeniile, rasele și religiile, încât, dacă ai spune despre unchiul Eduardo că este „muieratic", cuvântul n-ar reflecta, nici pe departe, totul.

„În orice femeie există o micuță comoară", este una dintre acele zicale răsuflate pe care el obișnuiește să le împartă ca și cum ar împărți cărți de vizită. „Nu este nevoie decât de un bun explorator", încheie, arcuindu-și o sprânceană și schițând un surâs șters, care îi dă o expresie de copil răutăcios, care știe de unde poate obține un câștig. „Păi, de ce credeți că Indiana Jones le face s-o ia razna? Păi, nu din cauza lui, nu! Din cauza acelei deghizări într-un bărbat dur, care are, întotdeauna, ceva de descoperit. Pe femei trebuie să le faci să creadă că au ceea ce cauți tu, chiar dacă nu ăsta este adevărul."

Acesta nu este singurul raționament celebru al unchiului Eduardo. Mai are și altele, desigur, dar nu chiar așa de reușite.

Tata nu l-a suportat niciodată pe unchiul Eduardo. După părerea lui, unchiul nu era decât un copil râzgâiat, care a făcut întotdeauna doar ce-a vrut el și așa cum a vrut și – tocmai pentru asta tata nu-l iartă – de cele mai multe ori cu succes. Adevărul este că, deși amândoi au personalități aparent asemănătoare, unchiul Eduardo este, în limitele sale, un om cu principii. Principiile sale sunt, în esență, să acționeze așa cum crede el de cuviință și să o facă, întotdeauna, amuzându-se și, dacă se află într-o companie plăcută, feminină, cu atât mai bine. Are acel râs molipsitor al mamei – acela moștenit de la bunica Ester și pe care nu-l avem niciunul dintre noi – și se bucură de tot. Pentru el, este totuna o partidă de cărți după-amiaza târziu ca și un sfârșit de săptămână de petrecere cu prietenii lui. Aceasta este, în esență, diferența dintre tata și el: unchiul Eduardo se bucură de viață ca un triumfător, fără să-i pese de pericolele care îl pasc adesea; la fel ca un echilibrist care trece, pe sârma lui, pe deasupra prăpastiei; convins că are o coardă de siguranță care îl leagă de cablu, dar care, de fapt, nu există. Nu că ar da dovadă de curaj; pur și simplu, ignoră pericolul. Tata, dimpotrivă: trăiește îngrozit să nu piardă ceea ce încă nu a obținut, iar spaima, nesiguranța sunt atât de mari, încât atunci când, în final, se hotărăște să treacă peste prăpastie, se pomenește că acel cablu nu există. Însă, totodată, este atât de orgolios, încât niciodată nu se întoarce înapoi. De aici și veșnicele eșecuri. De aici și furia.

În cazul unchiului Eduardo, a avut atâtea firme, despre care am știut și noi, a fost implicat în atâtea afaceri, proiecte sau „teme“, pe care niciodată n-a știut să ni le explice și nouă, că, de vreo câțiva ani încoace, nici nu l-am mai întrebat. Știm că este amestecat în chestii care niciodată nu ajung să prospere cu adevărat, dar care îi îngăduie să aibă un nivel de trai mult peste cel al nostru și să trateze, ca de la egal la egal, persoane la care noi nu vom avea acces vreodată. În urmă cu câțiva ani, a plecat să locuiască la Lisabona deoarece, după cum ne-a povestit, i se oferise reprezentarea unor vinării australiene, cu sediul în Portugalia, cu toate că, uneori, când o ia pe alături, ne vorbește despre „tranșe de cutii de *foie gras*[1] expirate, pe care le trimitem în Hong Kong"; și, de vreo câteva ori, i-a scăpat ceva despre un oarecare Anguineli sau Manguineli, cu care călătorește câteodată în Brazilia și cu care, fără îndoială, pune la cale lucruri nu prea limpezi.

Până la urmă, așa se face că unchiul Eduardo este o persoană importantă în mica noastră structură familială, mai cu seamă de când tata s-a hotărât să dispară – atât timp cât tata a făcut pe capul familiei, unchiul Eduardo nu a fost niciodată prezent la cinele noastre de Crăciun –, cu toate că apare doar din când în când și aterizează întotdeauna la noi ca un obuz încărcat de zgomot și de culoare. La fel ca mamei, nici lui nu-i plac tăcerile, deși, spre deosebire de ea, el abia dacă le permite să se lase în jurul lui. Dacă mama caută zgomotul – aici, ea și Emma se aseamănă întru totul –, unchiul Eduardo este chintesența zgomotului. Când izbucnește în hohote de râs, aerul din jurul lui tremură, și când vorbește, dialogurile se transformă, pe dată, în monologuri din ce în ce mai sonore, fiindcă arareori lasă pe cineva să intervină și, mai ales, fiindcă nu ascultă. Nu, unchiul Eduardo este unul dintre oamenii care ascultă arareori și cu greutate, întrucât este mult prea plin de sine. De aici decurge și faptul că discuțiile cu el, atunci când reușim să le purtăm, sunt un talmeș-balmeș de lucruri fără sens și de aiureli – care, uneori, te fac să izbucnești în râs, desigur – față de care suprarealismul casnic al mamei pare un suflu de logică aristoteliană.

---

[1] Produs semiconservat, din ficat proaspăt de gâscă sau de rață, care au fost îngrășate înainte, considerat a fi o specialitate culinară de lux. (*n.tr.*)

Acum, unchiul Eduardo stă priponit între masă și perete, cu spatele drept ca un general. Are costumul perfect; cravata de la Hermes; părul pomădat, negru, mai puțin la tâmple, presărat cu un număr perfect de fire cărunte și pe care, după spusele mamei, și-l vopsește singur; pantofii negri, lustruiți, cu șireturi și, la încheietură, un ceas scump, cu cadran alb și cifrele înlocuite cu fanioane cu motive marine. În jurul lui, noi, ceilalți, stăm încă în picioare, iar câinii, în sfârșit, s-au liniștit. Unchiul Eduardo ne privește, dă ocol mesei cu ochii și își freacă mâinile cu un gest energic, pe care îl știm bine.

– Sunt mort de foame, familia mea dragă! spune el. Apoi dă drumul unui hohot de râs ca de pirat și o mângâie pe obraz pe mama, care este emoționată și salivează, uitându-se întruna la el. Mmm! urmează, privind acum spre bucătărie și mijindu-și ochii, ca să distingă ce conțin cele două tăvi care sunt încă în cuptor. Ah, Amalia, cremă de langustă! Felul meu preferat! spune el, cu un surâs de satisfacție. Ești o minune, surioară!

Mama, care încă mai este amețită și gândește cu greu, se uită și ea către cuptor. După o clipă, scoate un chicotit:

– Nu, Eduardo, dragul meu... spune ea. Apoi, cu o figură ca și cum n-ar ști ce să spună, urmează: este cremă de Alvalle[1]. Foarte bună, ai să vezi!

Unchiul Eduardo încruntă dintr-o sprânceană și apoi îl scoate din joben pe îmblânzitorul de șerpi, care îl însoțește în orice moment și, ca și cum n-ar fi auzit-o, ne privește pe toți, rând pe rând, și ne adresează un zâmbet luminos, pe care și-l ține lipit de față câteva secunde, în lumina gălbuie a lustrei.

– Dar așezați-vă, așezați-vă! spune, fluturându-și mâinile în aer. Este Anul Nou, surioară! strigă el, întorcându-se spre mama, care își pune mâna streașină la ochi, ca să se ferească de lumina prea

---

[1] Companie multinațională, lider în fabricarea și prepararea de *gazpacho* și de sucuri din legume. Furnizează o gamă largă de produse atât pentru piața spaniolă, cât și pentru cea franceză. (*n.tr.*)

puternică. Ah, cât de mult îmi doream să ajung aici! Înconjoară masa și ocupă scaunul din partea opusă mamei. Treaba e că nu se poate zbura în zilele astea. Toți enoriașii ăștia, care merg dintr-o parte într-alta, ca și cum ar avea prea mulți bani, urmează el. Cum să nu te întrebi unde este criza? Fiindcă este destul să calci într-un aeroport ca să-ți dai seama că lumea continuă să meargă în vacanță. Sigur, în anumite condiții. Fiindcă la clasa bussiness era gol, așa că nu mai e nimic de spus. Dacă e s-o spunem pe cea dreaptă, cu atât mai bine, pentru că m-au tratat ca-n povești. Ca pe un adevărat marchiz. Și micuțele acelea de la TAP[1] sunt... hmmm... ar trebui să vedeți cum sunt. Atât de dulci și atât de... de...

Silvia, care este așezată în dreapta lui, îi pune, brusc, mâna pe braț. El se uită la ea.

– Unchiule! îl întrerupe ea, cu un chip care arată că nu-i arde de glumă.

El surâde.

– Da?

– Poate te-ar interesa să știi că, exact înainte să vii, Emma și Olga tocmai ne-au dat o veste cu totul... deosebită.

Unchiul Eduardo își lungește gâtul și își aranjează cravata.

– Ah, îmi plac mult veștile! Și cu atât mai mult dacă sunt unele deosebite, spune el, uitându-se, din nou, la Olga și la Emma, care zâmbesc, la rândul lor, radioase.

– Treaba e că suntem... însărcinate, spune Emma, cu vocea ei blândă, în timp ce-și întinde mâna pe sub masă, fără îndoială în căutarea celei a Olgăi.

Unchiul Eduardo le privește, lasă să treacă acele câteva secunde adecvate și, încetișor, dă din cap de câteva ori, în semn de aprobare.

---

[1] TAP Portugal sau TAP este compania aeriană națională a Portugaliei, cu baza la Lisabona, pe aeroportul Portela. (*n.tr.*)

– Păi, fetița de la TAP care s-a ocupat de mine nu... trântește el, cu o expresie derutată. Vreau să spun că nu era însărcinată, însă avea niște curbe și niște rotunjimi care, chiar dacă, sigur, nu se știe niciodată, pentru că apoi rezultă că este ca... și be... bine, be...

– Unchiule! îl întrerupe, din nou, Silvia, dând, cu palma, o lovitură ușoară în masă.

El clipește des din ochi. Silvia nu așteaptă ca el să mai spună ceva.

– Ai putea fi atât de amabil încât să taci un pic, așa, ca să aflăm ce naiba vor să spună Olga și Emma când afirmă că sunt însărcinate?

Unchiul Eduardo clipește iar mărunt, dar, după figura lui, e clar că nu înțelege nimic. Apoi dă drumul pe nas unui suspin contrariat, despăturește șervețelul și și-l atârnă la gât.

– Însăr... cinate? spune cu fruntea încrețită, dându-și seama, brusc, de ce tocmai auzise și uitându-se la Olga și la Emma cu ochii cât cepele. Voi două?

Emma confirmă și zâmbește. Olga o privește, încântată, apoi se întoarce spre el.

– Corect! spune.

– Ah! răspunde unchiul Eduardo cu o expresie de nepătruns. Apoi dă drumul uneia dintre acele cascade de hohote de râs ale sale, care o fac pe Shirley să sară în sus de pe canapea și să caute refugiu în întunericul din camera mamei. Păi, e o întâmplare, nu? spune atunci când râsul face loc unei tăceri încordate. Și, văzând expresia uluită a Olgăi, clarifică: Vreau să spun că este grozav ca două prietene să rămână însărcinate în același timp. Viața ne mai rezervă și astfel de lucruri. Și femeile la fel, încheie, dând ușurel din cap. Misterioase de la natură. Și fac totul împreună. Merg la baie împreună, au ciclu împreună, merg la vânzare la reduceri împreună... Silvia îi dă, iarăși, o lovitură ușoară pe braț, ca să-l facă să tacă, dar el se face că nu pricepe. Hmmm, binecuvântată fie prietenia! Și prietenii, mai ales prietenii! Ce ne-am face fără ei? Dacă v-aș povesti eu cât de mult au contat prietenii în cursul acestor ani de trist exil pe care i-am petrecut la Lisabona – pronunță „Lishbooa", prelungind pe *sh* și pe *o*. Nu știu ce m-aș fi făcut fără ei. Și fără ele, desigur, adaugă, făcând cu ochiul și scoțând, din nou, o cascadă de hohote de râs, pe care Silvia o primește cu un chip alb ca varul. După asta, se întoarce iarăși către Emma și Olga și spune: Cu toate astea, să știți că nu există lucruri întâmplătoare. În mod sigur, copiii voștri vor fi la fel de buni prieteni cum sunteți voi.

Silvia se uită la mine, își dă ochii peste cap și trage adânc aer în piept, după care spune, tăios:

– Unchiule, Olga și cu Emma sunt lesbiene! Asta în cazul în care nu-ți aduci aminte!

Olga strânge din dinți și își încleștează mâna pe șervețel. Lângă ea, Emma se uită la mine. Nu reușesc să-i descifrez privirea.

– Și ce-are a face, sare unchiul Eduardo cu o figură de om jignit. Eu spun că, pe lângă că sunt lesbiene, sunt și prietene, nu?

La celălalt capăt al mesei, mama confirmă cu un surâs puțin amețit.

– Ah! zice repede, dându-și seama de sensul celor abia auzite. Păi, atunci... începe, privindu-le pe Olga și pe Emma și ducându-și o mână la piept, o să aveți... gemeni?

„Dumnezeule!", îmi spun în sinea mea, mângâind capul lui Max în dorința de a mă ascunde sub masă. „În felul ăsta nu mai ajungem la miezul nopții."

– Nu, mamă! îi spun, pe același ton pe care îl folosesc uneori ca să-l conving pe Max să deschidă gura și să dea drumul, pentru a nu știu câta oară, uneia dintre șosetele mele cu care insistă să iasă la plimbare, încercând să aduc puțină rațiune în acest schimb de replici între frați, pe care îl cunoaștem și din alte dăți și care nu are, întotdeauna, un final fericit.

– Ah, nu? întreabă ea, fără doar și poate decepționată. Atunci... începe din nou, dar tace pe dată, încercând să-și pună ordine în mintea rătăcită. Atunci... doar una dintre voi este însărcinată?

Emma aprobă și surâde. Este un surâs pe care îl are numai ea. Răbdător, de o răbdare nesfârșită. Al cuiva obișnuit să îi educe pe alții.

– Eu, spune Olga.

– Ah! Acest „ah!" al mamei nu-i ascunde dezamăgirea. Este un „Ah, ce păcat!" și este și un „Ah" mai serios, mai esențial. Este, printre altele, chiar dacă, poate, ea nu o știe, un „Ah, asta înseamnă că nu este sânge din sângele nostru". Olga încearcă să schițeze un surâs forțat. Însă atunci... reia tema mama, care vrea, cu încăpățânare, să înțeleagă. Tu n-ai făcut nimic? o întreabă pe Emma. Vreau să spun că... hmm... sămânța nu poate fi a ta, e clar.

Mă bufnește râsul. Emma râde și ea. Silvia, nu.

– Nu, mamă, sigur că nu! spune Emma negând din cap.

– Ah! spune mama, profitând de asta ca să-și umple paharul cu vin și să ia o mică înghițitură. Sigur! Cum de nu mi-am dat seama?! exclamă ea, lovind aerul cu mâna. Este chestia aceea cu pântecul de închiriat, nu-i așa? Vai, ce proastă sunt! spune, punându-și mâna pe brațul Olgăi, care o privește fără să înțeleagă. Am citit despre asta ieri, într-una dintre revistele acelea pe care mi le dă Eugenia. Ah, ce fericire! exclamă imediat, încântată. O să fiu bunică, Eduardo! Bunică! La vârsta mea! spune, privindu-ne emoționată. Îți dai seama?

– Dar, mamă, despre ce pântec de închiriat vorbești, ce e și cu prostiile astea? sare Silvia, aprinzându-și o țigară și dând din mână astfel încât fumul să nu vină înspre mine. Nu vezi că, aici, tocmai pântecul este ceea ce prisosește?

– Aha, intervine unchiul Eduardo, pe un ton de fals Yoda. Este adevărat că, în fond, există mult feminism, multe sutiene care zboară, mult vot și mult „noi cu noi și nimeni altcineva“, dar, când ajungem la lucrurile care contează, bărbatul este bărbat, iar restul, doar mitologie. Cum ați scoate-o la capăt fără noi? Trage aer în piept, zâmbește și adaugă: Ce-ați fi altceva decât niște ființe minunate și adorabile? Un pământ fertil, așteptând o sământă sănătoasă și puternică, o hartă incompletă de dorințe rămase nesatisfăcute, un exemplu de...

– Nu fi nesuferit, unchiule, te rog frumos! latră Silvia printre dinți, cu ochii dați peste cap în timp ce, brusc, aruncă scrumul în farfurioara pe care mama i-a pus-o lângă pahar. Zău, uneori parcă...

– Trebuie să sărbătorim asta! sare repede mama, ridicând o mână în aer și măturând, în trecere, sticla de Coca-Cola și unul dintre cele două candelabre, care se stinge, dintr-odată, când se lovește de fața de masă. Apoi mama se ridică de la masă și, după ce ridică sticla, fuge în bucătărie și scoate din frigider o sticlă de vin spumos. Să vedeți când o să-i spun lui Ingrid, zice, cu un suspin de satisfacție. O să-i cadă statuia lui Buddha la pământ! Îmi dă mie sticla, ca să-i scot dopul, și ocolește masa până ce ajunge la Emma și la Olga, pe care le ia în brațe prin spate, strângându-le la pieptul ei. Fetele mele – spune ea, aplecându-se ca să le sărute în creștet –, nici nu știți cât de fericită mă faceți!

Survine un moment de relaxare. Deodată, tot zgomotul a fost stins de imaginea mamei, cu Olga și cu Emma la pieptul ei și cu privirea ei de femeie fericită. Este cu adevărat emoționată, acum, că îl are pe unchiul Eduardo aici, alături de noi, ceilalți, și, în sfârșit, a putut să lase laoparte personajul gazdei agitate și nesigure. Da, mama s-a relaxat fiindcă știe că zgomotul va fi, până la urmă, asigurat de ego-ul plin de ardoare al unchiului Eduardo și că acum ea poate fi cealaltă, aceea care nu se lasă descumpănită în dorința ei ca totul să iasă bine, jucându-și rolul de mamă în felul său.

„Cât de mult s-a schimbat într-un timp atât de scurt!", mă aud gândindu-mă de la locul meu de la masă, fericit, fericit pentru ea și fericit și pentru noi toți. „Cât de mult ne-am schimbat cu toții!" În capsula de tăcere care ne învăluie pe dată, Silvia se întoarce spre mine și, pentru o secundă, privirile noastre se întâlnesc. Are ochi strălucitori, de un albastru aproape ca marea, și ceva înăuntrul lor vrea să zâmbească, deși nu este decât o umbră, și nu o lumină întreagă. Cea care mă privește este aceeași Silvia obosită și rănită de pe terasă, care acum, în această scurtă paranteză de calm, se odihnește de ea însăși. Este Silvia fără rucsac pe umăr, aceea care nu apare decât atunci când n-o privește sau n-o vede nimeni.

Albastrul acestui surâs dansează în ochii ei preț de o clipă, apoi se uită, din nou, în față și vede ceea ce văd și eu: că mama este altfel, mai matură, și că, de când a plecat tata, și-a recuperat versiunile ei pe care și le ținea deoparte și pe care noi nici măcar nu i le intuiserăm. Uneori, apare acea Amalia rătăcită și nevinovată, care se poartă prin viață ca o copilă într-un montagne russe[1], încântată de aventura pe care soarta i-a oferit-o tocmai acum, când se aștepta mai puțin și când cu toții credeam că s-a așezat în cadrul propriei vârste, așteptând bătrânețea. Alteori, vedem la ea o față B, mai ștearsă. Sunt resturi de femeie adultă, care trântește adevăruri așa cum Emma dă drumul bombelor sale, străpungând tot ce o înconjoară. Pentru moment, în timpul care a trecut din noaptea asta, mama s-a comportat în limitele feței sale A, euforică și fericită, văzându-se înconjurată de copiii ei, cu toate că personalitatea fiecăruia a venit până aici încărcată cu propriile secrete și propriile rucsacuri. În noaptea asta, mama

---

[1] Serie de mașinuțe conectate, care se deplasează pe șine pe un traseu de curbe, suișuri, coborâșuri, denivelări, fără motor sau sursă de energie proprie, trenul fiind propulsat de gravitație și de impuls. (*n.tr.*)

a fost zgomotul, un zgomot exacerbat, pe care nu va întârzia să-l atenueze, pentru că, atunci când ea și unchiul Eduardo se află în același loc, ceva o anunță că înlocuitorul ei în materie de stridență și de intensitate a ajuns, în sfârșit, și că ea se poate relaxa. Ceva o calmează acum, când tata nu mai prezidează cinele noastre, cu bastonul lui de mareșal, cu bruștele sale schimbări de ton și cu acea privire a ochilor săi cenușii, cu care ne mătura precum lumina unui far bolnav.

Timp îndelungat am trăit sub această privire, îndelungat pentru mama și îndelungat și pentru noi, ceilalți; și, cu toate că au trecut trei ani de când el nu-și mai împarte prezentul cu noi, trecutul își prelungește umbra asupra ceea ce am învățat să fim.

„Umbra tatei este încă aici", mă aud, deodată, gândind. „Suntem ceea ce el nu mai vede, dar suntem și ceea ce a lăsat el, prin umbra lui asupra noastră."

Aproape că spun cuvintele acestea cu glas tare. Aproape că sunt gata să mă ridic, la rândul meu, și s-o îmbrățișez pe Emma, ca să sărbătoresc cu ea maternitatea sa, împărțită cu Olga. Dar, când încep să trag scaunul, mama își ridică mâinile la obraz și se clatină un pic, ca și cum, brusc, ceva i-ar fi intrat în ochi și ar fi ars-o, sau ca și cum durerea ar fi ajuns-o, pe neașteptate, de dinăuntru, răbufnind ca lovitura unei pietre.

Ne-am speriat. Prima care a reacționat a fost Emma.

– Ai pățit ceva? întreabă ea cu o voce alarmată.

Mama se mai clatină un pic, iar mâinile încă îi acoperă obrazul. Unchiul Eduardo lasă șervețelul pe masă și împinge, la rândul lui, scaunul îndărăt.

– Amalia!

Mama nu spune nimic. Printre degetele care îi ascund chipul, o auzim rostind, cu o voce spartă:

– Sunt atât de... fericită... că... Se întrerupe și se chircește, micșorându-se puțin.

Înghit în sec. Lângă mine, Silvia, cu un gest precipitat, își stinge țigara în farfurioară și își drege glasul, stingherită. Nu-i place să vadă pe cineva plângând; pe nimeni, în general, și pe mama, în special. Acest fapt o dezarmează. O dezarmează slăbiciunea, precum și durerea exprimată așa, organic. Nu știe să facă față emoției pure. Nu o acceptă. Mai ales atunci când vine așa, pe neașteptate.

Însă nu mai este timp pentru altceva, fiindcă, în acel moment, mama își descoperă obrazul, retrăgându-și degetele unul câte unul, dezlipindu-și-le de piele ca pe o bandă adezivă.

Apoi trage adânc aer în piept, cu ochii încă închiși, și dă afară aerul încet, pe gură, suflând și împreunându-și mâinile pe piept, concentrată asupra respirației sale.

Și spune:

– Sunt atât de fericită... Mijește ochii, și-i acoperă cu o mână, pusă streașină, ca să se apere de lumina lustrei, atârnată deasupra mesei, și pe cealaltă și-o duce la burtă, mușcându-și, în același timp, buza de jos, cu o expresie de suferință – și atât de emoționată, încât cred că... hmm... –, inspiră încă o dată, adânc, și, fără de veste, strigă: Fac pipi pe mine! trântește ea, întorcându-se și îndreptându-se, în goană, spre baie, cu picioarele foarte apropiate și cu pași mici, strângând din dinți.

Lângă mine, Silvia înghite în sec, își caută în pachet o altă țigară, o aprinde și trage fumul încetișor, umplându-și adânc plămânii.

– Încă mai are în picioare papucii ecosez, mă pomenesc spunând cu voce tare.

Silvia mă privește, dă afară fumul și murmură, cu o voce epuizată:

– O omor!

Cinci

Pe mama, incontinența urinară a lovit-o când cu divorțul. Sau, mai precis, când, în sfârșit, a fost instalată în apartamentul ei, împreună cu Shirley, și a părut să aibă, din nou, o viață mai mult sau mai puțin organizată. La început, a fost vezica, apoi a venit colonul iritabil și, plecând de aici, au venit incontinențele de altă natură, pe care, chiar dacă ne-au surprins la început – și n-au întârziat să ne alarmeze, mai cu seamă pe Silvia –, nu ne-a luat mult timp să le înțelegem.

– Mama voastră se eliberează, ne-a explicat, pe un ton răbdător, doctorul Martín, care era, și încă mai este, medicul de familie al mamei și care, chiar dacă a ieșit la pensie, încă își mai consultă acasă pacienții mai vechi. Este și normal. După ce a trăit atât de constrânsă, acum se simte liberă și, puțin câte puțin, se va manifesta astfel. Corpul este o mașinărie ciudată, perfectă, dar ciudată, a adăugat el, scoțându-și ochelarii și surâzând. N-ar trebui să ne surprindă dacă, în următoarele luni, sau chiar ani, mici simptome, care, până acum, erau doar afecțiuni fără importanță, vor scăpa de sub control, amplificându-se. Nu vă îngrijorați! Știu, din experiență, că trupurile precum acela al mamei voastre se întorc, la un moment dat, la locul lor, cerând ceea ce le aparține.

Silvia și cu mine ne-am uitat unul la altul. Am văzut că nu era prea convinsă. Și nici doctorul Martín.

– Nu vor fi chestiuni care țin doar de partea fizică, a spus el.

– Ce vreți să spuneți? am întrebat, anticipând expresia de alarmă, pe care Silvia n-a știut să și-o ascundă.

– Vor exista și manifestări comportamentale, a declarat medicul. După câte mi-ați spus, și după câte știu – și-a coborât privirea, și-a plimbat ochii pe suprafața mesei, cu un aer care, vreme de o zecime de secundă, mi s-a părut a fi aproape absent și a continuat –, înțeleg că mama dumneavoastră a trăit, mulți ani, într-un climat de spaimă. Spaima ca nu cumva să se înșele, spaima ca nu cumva să nu facă bine lucrurile, spaima de a lua decizii.

Atât eu, cât și Silvia am confirmat.

– Acum se va afla în situația de a nu mai trebui să dea seamă nimănui, iar libertatea, atunci când vine așa, deodată, nu este întotdeauna asimilată bine, a continuat el. Poate că va începe să cheltuie mai mult decât ar trebui ori să hotărască lucruri care ar putea părea în afara oricărei logici, nu se știe niciodată. Femeile care au petrecut atâția ani în umbră, atunci când se trezesc, brusc, sub cerul liber, sunt pierdute. Și acest lucru, la o vârstă precum aceea a mamei dumneavoastră, nu este ușor de suportat. Singurul sfat pe care vi-l pot da este să fiți vigilenți, dar fără s-o țineți sub control. În mod sigur, și într-un mod absolut inconștient, ea vă va cere să preluați rolul pe care l-a avut, până acum, tatăl vostru. Să nu cădeți în această greșeală! Lăsați-o în voia ei, dar n-o pierdeți din ochi. Are nevoie de un timp ca să-și asume faptul că nu mai există nimeni care să-i poată face rău doar pentru că așa îi e felul.

Silvia și-a plecat capul. Eu am aprobat.

– Și înarmați-vă cu răbdare! a adăugat doctorul. Vă avertizez: uneori, veți avea impresia că vă luptați cu o copilă. În multe dintre aceste ocazii, vă va pune la încercare, ca să vă asumați un rol care nu este al vostru. Acum, cât încă mai aveți timp, faceți-o corect. Viața va lua restul asupra ei. Credeți-mă!

L-am crezut.

Și a mers.

Mai mult sau mai puțin.

Ceea ce s-a întâmplat după săptămânile pe care mama și cu mine le-am petrecut împreună, la mine acasă, trăindu-ne, fiecare, zorii propriei independențe, a fost tocmai contrariul celor pe care ni le-am închipuit. Am avut despărțiri în paralel, procese în paralel și chiar hotărâri în paralel, bineînțeles. Plecând de aici, căile pe care am apucat au fost, dacă nu opuse, sigur divergente. Viața ne uimea și ne captiva pe nepusă masă.

Am crezut că mama trăia un doliu lung și chinuit, că acei șaizeci de ani pe care-i avea cântăreau prea mult pentru o femeie singură, care trăise întotdeauna în umbra unui bărbat care a iubit-o prea puțin și într-un mod chinuitor. Am crezut în tot ce putea fi mai rău, ne-am închipuit tot ce putea fi mai rău și ne-am pregătit pentru tot ce putea fi mai rău.

Ne-am înșelat.

Mama s-a aruncat în noua ei viață cu o veselie și o fantezie pe care nu le prevăzusem niciodată la ea, cufundându-se în noua ei aventură și învățând, încântată, să se înșele în multe privințe, fără să ne mărturisească nimic. În cursul primei luni după ce se mutase în apartamentul din Los Guindos, și-a făcut trei abonamente telefonice, la trei companii diferite, a acceptat două oferte de la ADSL[1] (cu toate că nu are calculator și nici cea mai vagă intenție de a-și cumpăra unul), a pus să i se instaleze un aparat de

---

[1] ADSL este cel mai comun tip de conexiune, care folosește fire care sunt deja instalate pentru serviciul de telefonie, acest lucru făcând din el o opțiune ieftină și viabilă pentru distribuirea conexiunii la internet către case, mai ales că oferă viteze mari de aproximativ treizeci-patruzeci de ori mai rapide decât o conexiune tradițională. (*n.tr.*)

aer condiționat cu care puteai răci o întreagă morgă, și-a cumpărat o sobă pe lemne și o sută treizeci de sculuri de lână norvegiană, ca să-și tricoteze o cuvertură pe care n-a terminat-o nici până în ziua de azi; își investește aproape toate economiile în ceea ce ea ne-a prezentat ca fiind „niște acțiuni la o bancă ecologică, al cărei scop este acela de a le ajuta pe femeile din India, oferindu-le credite fără dobândă, pentru ca soții lor să le lase puțin în pace", când, în realitate, a fost cât pe ce să se înglodeze într-un fel de donație-escrocherie a unei ONG care, până la urmă, a rezultat că făcea trafic tocmai cu femeile acelor soți și cu multe altele, pe care aceștia nu le aveau și nici nu aveau să le aibă vreodată; și-a cumpărat, pe catalog, un automobil electric, pe care Emma a reușit să-l dea înapoi, întrucât mama nici măcar nu poate vedea dacă semaforul este pe verde sau pe roșu până ce nu ajunge sub el, iar în toată viața ei nu a avut decât o singură mașină, aceea pe care i-a cumpărat-o bunicul, când ea a împlinit douăzeci și unu de ani, și pe care a făcut-o praf, lovind-o de o tarabă cu fructe, la două ore și jumătate după ce a ieșit cu ea pe stradă; și-a cumpărat o tonă de casolete, de toate mărimile, formele și inepțiile, fiindcă o prietenă a lui Ingrid vindea așa ceva și „pe biata fată a părăsit-o soțul și are trei copii. Și, dacă pot să o ajut puțin, ce mă costă?", precum și o mie de alte aiureli. Totuși, lucrul care a provocat o neplăcere pentru care ne-a fost cel mai greu să aflăm o soluție și pentru care a fost cât pe ce ca noi să punem punct relațiilor cu ea, mai ales Silvia, a fost intrarea în scenă a lui Ami. Ami, Ahmed, pentru toți ceilalți, în afară de mama, era un tânăr care, în fiecare după-amiază, se instala pe banca din piața aflată drept în fața balconului mamei. La puțin timp după intrarea lui în scenă, ceea ce a început prin a fi un simplu comentariu, de genul: „Aici, jos, este un băiat așa de drăguț și de bine educat, încât pe dată îți vine să mergi să te plimbi", a continuat cu unul care trezea o oarecare bănuială: „Ahmed este atât de fermecător, încât, în după-amiaza asta, m-a ajutat să bag căruciorul cu cumpărături în casă și a luat ceaiul cu mine și am sporovăit pentru câteva momente", ca să devieze, câteva săptămâni mai târziu, într-unul alarmant: „Ar trebui să vezi cât de mult îl iubesc pe Ami copiii aceștia de la licee! Are, cu adevărat, control asupra lor... Cred că este psiholog, sau cam așa ceva, pentru minori, fiindcă, în toate după-amiezile, când vin copiii de la liceu, banca lui este plină, dar știi cum, plină de tot! Și nici nu știi cât de mult îl iubesc! Ah, cât de afectuos este cu vecinii! O încântare, îți spun drept! Astăzi, bietul de el era atât de încărcat, încât mi-a dat câteva sacoșe să i le țin la mine acasă, vreo două dintr-acelea de la El Corte Inglés[1], maro, ca de la produse congelate sau de la Crăciun. Și acum știu cu ce se ocupă. Trebuie că este sculptor, pentru că am aruncat o privire înăuntru și știi ce avea în ele? Noroi! Ei bine, un noroi ciudat, care trebuie să fie acela folosit la școala unde lucrează, fiindcă era înfășurat în plastic și în folie de aluminiu și miroase... puah... a ceva ciudat, dar urât și, când a venit Ingrid să ia ceaiul, mi-a spus că, în cel mai bun caz, este pasta pe care o folosesc bieții mauri ca să facă pâine neagră, pentru că există locuri unde nu au grâu, săracii de ei. Rămâne de văzut, nu?"

A trecut o oră până mi-am făcut apariția în casa mamei. Desigur, n-am omis să arunc o privire în sacoșele pe care îngerașul i le lăsase în custodie. Mirosul de hașiș care umplea apartamentul era atât de puternic, încât se simțea încă de la lift. În ziua următoare, când polițistul, care a venit după Ahmed și după marfa lui de contrabandă, a încercat să o convingă pe mama să nu fie chiar atât de încrezătoare și să aibă mai multă grijă pe cine băga în casă, ea s-a așezat pe canapea, și-a plecat ochii și, cu o figură tristă, a spus: „Nu se poate ca Ami să fie chiar așa cum spuneți dumneavoastră, domnule sergent! Shirley îl

[1] El Corte Inglés este un lanț de centre comerciale din Spania. (*n.tr.*)

adoră, iar animalele, mai ales cele adoptate, nu se înșală". Agentul s-a uitat la mama din pragul ușii, cu sprâncenele încruntate, și mi-a spus: „Doamna aceasta nu este, cumva, cea cu românii ăia cu mobila?" Am confirmat. El a plescăit din limbă. Apoi, coborându-și vocea, a adăugat: „Mi se pare mie, sau pe mama dumneavoastră n-o așteaptă un sfârșit bun?"

Acesta a fost doar începutul. De atunci încoace, independența mamei a fost un fel de instalație de montagnes russes, cu mizerii, reparații, urgențe, astupări de găuri, închideri ale unor conturi, restituiri ale unor aparate inutile care fuseseră cumpărate, anulări ale unor bilete de avion către destinații imposibile și mii de alte operațiuni manageriale. Însă a fost și o aventură. Și, mai ales, a însemnat multă, multă viață.

Da, de două ori amăgiți. Toți. O dată în privința mamei și a doua oară în privința mea.

În ziua în care m-am mutat în garsonieră și ea a plecat, valvârtej, în noul său apartament din partea de sus a orașului, viața – a noastră – s-a întors pe dos: toate cele la care ne-am fi putut aștepta, tot ceea ce părea scris în destinul nostru printr-o logică firească, s-au frânt, dintr-odată, și, în protocoalele noastre – cel al meu și cel al mamei –, rolurile s-au schimbat. Săgeata de pe turn s-a întors pe neașteptate și asupra unuia a suflat aerul înghețat al nordului, iar aerul călduț al sudului a gonit umbra care apăsa asupra celuilalt.

Așa a fost: mama a dus cu ea briza cea caldă în noua sa casă, în viața sa alături de Shirley, alături de vecinii pensionari, cu copiii din piață și cu oamenii din cartier, care n-au întârziat să se predea în fața acestui aer proaspăt, de copilă mare și ingenuă, pe care, din moment ce nu mai era cu tata, îl răspândea în jurul ei pe unde trecea. În numai câteva săptămâni, își găsise locul și se extindea din epicentrul ei precum un cutremur de o magnitudine redusă, balansând ceea ce atingea, aproape ca într-un leagăn. Avea spațiul ei, programul ei, sala ei de gimnastică și pe chinezul de la colț – de la care a început prin a cumpăra șervețele cu desene cu cățăi și de la care acum cumpără până și pijamale din catifea și care, când o vede intrând pe ușă, abordează o expresie de nepătruns și spune, fără să-și dezlipească ochii de pe monitorul pe care îl are deasupra ușii: „Sala 3 fundul drept doamna". Și își avea și adevărurile ei, care nu mai erau secrete, fiindcă tata nu se mai afla lângă ea, ca s-o certe și s-o subaprecieze, folosind-o drept recipient pentru toate incertitudinile sale. Da, mama își avea, în sfârșit, propriile adevăruri, propriile jumătăți de minciuni, precum și propria libertate.

Și, mai cu seamă, ne avea pe noi. Pe toți trei. Doar pentru ea.

– Îmi lipsește doar mama, termina spunând câteodată, când vorbeam despre cât îi era de bine și, pe dată, un văl de umbră îi acoperea privirea. Dacă ar fi fost și ea aici, totul era perfect!

Bunica Ester. Amintirea bunicii mele. Mamei i-a fost teribil de dor de ea, mai cu seamă la început. Erau străfulgerări de dor, care veneau precum niște scurtcircuite, iuți și lucide. Și durere. Când mama își aducea aminte de bunica, ceva durea și ea rămânea lipită în golul rămas în urma aceleia după care tânjea. Auzind-o așa, cum simte atâta dor, cineva care n-ar fi cunoscut-o ar fi putut crede că bunica era singurul lucru pe care îl mai păstra din ceea ce fusese înainte de a ajunge acolo unde se afla. Singura sa comoară. Acea parcelă intactă de căldură, pe care doar ea o cunoștea, și care dădea sens și greutate multor lucruri pe care poate nu le avuseseră ori nu putuseră să le aibă.

Da, adierea caldă plecase odată cu mama. Avea nevoie de ea, la fel de mult ca mine.

Înspre răsărit, în partea de jos a orașului, lângă plajă, pe mine m-a lovit vântul. Cel dinspre nord.

Ciudat!

Eu tocmai împlinisem treizeci de ani. Mama, șaizeci. Am crezut că ea avea să trăiască doliul, iar eu sărbătoarea. Că ea avea să păstreze calmul, iar eu voi avea viața în față. Eu, viitorul, iar ea, rămășițele și repausul.

Am crezut lucruri care sunt crezute pentru că, în vreun colț al istoriilor noastre, ne desenează hărți ale comorii cu piste false. Apoi, când aceste hărți ne duc la cufărul promis, sar lacătele și, odată cu asta, vine surpriza. Cu timpul, învățăm că hărțile sunt ale celui care le desenează, nu ale celui care le urmează și că în viață zâmbește mai mult acela care desenează mai bine, nu acela care depune mai mult efort căutând.

Pe harta comorii mele, am confundat coordonatele și m-am rătăcit. Grăbit să vindec răni, pe care nu mă vedeam dispus să le mai râcâi încă, am crezut că, dacă închizi o casă, înseamnă să închizi tot ceea ce ai trăit în ea, că se poate începe de la zero doar fugind înainte și schimbând scena și secvența, așa cum se pare că făcea mama. Am crezut că anii petrecuți alături de Andrés vor rămâne în arhiva cazurilor închise, cu tot cu documente, fotografii, amintiri, greșeli, imperfecțiuni, reușite și parole. Am crezut că durerea unei relații rupte își pierde puterea atunci când o scoți din scenariul în care a fost reprezentată o noapte după alta, că lucrurile trăite adânc, înăuntru, rămân înăuntru, și că, afară, viața arată cu totul altfel; că schimbarea de lumină atrage după sine peisaje noi, iubiri noi, cabluri noi, de care să te ajuți să treci peste noi prăpăstii.

În noaptea care a urmat cinei de inaugurare a garsonierei, m-am ridicat din pat, mi-am făcut o cafea și am ieșit cu Max să mănânc pe terasă. Era o căldură lipicioasă și, dinspre mare, sufla o briză sărată.

– Aici o să ne fie bine, i-am spus lui Max, mai degrabă într-o încercare de a mă auzi spunând-o cu voce tare decât de a-l convinge pe el, care, în momentul acela, alerga pe terasă, după o porumbiță, fericit ca un cățel ce era. Aici n-o să ne deranjeze nimeni!

Și atunci, auzind ecoul cuvintelor mele și simțind pe limbă greutatea și gustul acelui „aici n-o să ne deranjeze nimeni", am înțeles că viața jucase, în fapt, cu cărți măsluite și că, spre deosebire de ceea ce încercasem eu să cred, harta mea a comorii mă adusese până aici în căutarea unui refugiu împotriva și nu a unei trambuline *către*. Și am mai înțeles și că mama luase cu ea căldura și aventura fiindcă, într-un fel sau altul, știa că eu nu le doream. Eu voiam doar să fiu departe, să nu mai existe aventură, să nu mai vină nimeni și timpul să stea în loc, ca să nu se mai întâmple nimic. „Ca viața să treacă pe lângă mine. Să nu mă mai întâlnească", m-am gândit, în timp ce mă muiam pe dinăuntru, pentru prima dată de câteva săptămâni încoace. În intimitatea terasei mele, cu antenele de pe acoperiș drept singurii mei martori, mi-am permis să mă gândesc la Andrés, la tot ceea ce îmi luase plecând astfel, și mi-am permis și să-mi fie dor de el. Și, imediat, m-am gândit și la tata și la felul în care acei singuri doi bărbați care îmi populaseră viața pe dinăuntru dispăruseră concomitent, pur și simplu, fără să lupte pentru mine și nici pentru ceea ce ne legase, fără să-mi acorde o clipă tristă, ca să cer o revizuire a poveștii noastre comune, oricare ar fi fost aceasta. Amândoi au plecat ca și cum ar fi fost în vizită. Or fi găsit o altă viață. Așa, pur și simplu. O viață mai bună. Or fi deschis un folder nou și l-or fi șters pe cel în care figuram împreună. *Delete?* Da! Or fi golit acel *Recycle Bin*? Da. O nouă parolă, o nouă hartă a comorii. Adio!

După cei patru ani petrecuți cu Andrés, trăind în doi, gândind în doi, fiind parte din, parte cu, parte în, după ce am crezut și m-am încrezut..., convins că ajunsesem într-un port din care nu aveam să mai ies decât pentru a vizita alte porturi, care aveau să ne facă să fim, împreună, mai maturi, mai mari, mai adulți, și că tot acel timp care ne unea îl aveam în față și în linie dreaptă... După ce am întâlnit, modelat, învățat, cârpit, redenumit și reinventat dragostea, tot ceea ce rămânea, biata moștenire pe care o adusesem cu mine în mica mea garsonieră de lângă plajă era un folder ale cărui compartimente își aveau propriile nume, care sunau așa: respingere, durere pricinuită de absență, decepție, furie, mai puțină cunoaștere de sine pentru că nu sunt iubit, pentru că am fost părăsit și pentru că sunt neesențial, mic, neînsemnat... Crezusem că, odată cu mutarea, cu aerul proaspăt, mă voi putea desprinde, precum mama, și îmi repetam fraze răsuflate, de autoconsolare, până ce abuzul le-a transformat în clișee, care acum sună ca și cum ar fi niște vechituri, la un euro bucata, care consolează prea puțin și nu înseamnă nimic. Mă hotărâsem să fug în partea de sus, aproape convins că mintea trebuia să caute alinarea pe care emoția părea că nu știe s-o găsească.

„Timp. Este doar o chestiune de timp", îmi spuneam eu însumi și mi-o spuneau toți. „Trebuie să știi să aștepți."

Mama își luase zborul. Eu dorisem să am un cuib și mă străduisem să mi-l construiesc pe măsura mea și pe aceea a lui Max, fără să știu că, de fapt, ceea ce construiam era un buncăr care să mă izoleze de ceea ce era afară, de ceea ce durea. În vreme ce mama se extindea, eu mă chirceam. În vreme ce ea lăsa ca viața să o surprindă, eu începusem să mă tem de surprize. În vreme ce ea dorea să știe, eu aveam nevoie de timp ca să înțeleg de ce. De ce dau greș lucrurile? De ce nu sunt ceea ce sunt? De ce, de ce, de ce?

M-am așezat pe treapta care face legătura între cameră și terasă, cu cana de cafea în mână, în timp ce Max alerga după porumbiță și lătra fericit la ea, și am avut atunci imaginea noastră privită de sus, eu așezat și el fugind: un bărbat și un cățel. Cățelul fericit; bărbatul copleșit. Și atât de singur!

Am plâns atunci, pentru mine, dar și pentru mama, fiindcă intuiam că intrasem într-un deșert, din care avea să-mi fie foarte greu să ies. Am simțit că sufăr și mi-a părut rău, atât de rău încât, în timp ce-mi mângâiam brațele, mânjindu-le cu sarea care îmbiba aerul, am remarcat finețea pielii și mi-am spus că, în călătoria mea, nu va mai fi loc pentru niciun alt bărbat. Pentru niciun alt abandon.

– Niciun altul, i-am spus lui Max când, până la urmă, s-a apropiat și m-a lăsat să-l iau în brațe. Începând de acum, suntem doar tu și cu mine. Tot restul rămâne afară.

*

De câteva minute încoace, mama cântă închisă în baie. În capul mesei, unchiul Eduardo își drege glasul. Subit, mama fiind temporar absentă, fiecare se adâncește în viața pe care o are afară, aceea pe care o aducem din exterior. Este o încordare timidă, familiară, alimentată de norul mare, metalic, al tutunului Silviei și de strigătele copiilor care, în mod inexplicabil, continuă să se joace în leagănele din piață.

În lipsa mamei, masa este închisă într-o paranteză de lucruri nespuse, în care mă las angrenat ca să pot astfel să mă gândesc în continuare la mine, să revăd, ca și cum ar fi niște titluri, ce au însemnat acești ani fără Andrés, fără tata și cu Max; ani care au început cu o mică schimbare temporară, un „am nevoie de timp, ca să mă gândesc și să hotărăsc", și care s-au prelungit în timp până acum, surzi și lenți. „Anii tăi în far", mi-a spus Emma acum câteva luni, cu acel glas al său care pare să nu vrea să spună, fiindcă se teme ca nu cumva să aibă asupra celorlalți efecte care îi scapă de sub control și care ar putea răni. Petrecusem împreună cu ea câteva zile la casa de la țară și, când a venit momentul să ne întoarcem și ea m-a însoțit până la mașină, nu mi-am putut stăpâni un oftat care suna a neliniște și la care am adăugat un convențional: „A venit momentul să mă întorc în exil". Ea a mers mai departe alături de mine, ca și cum nu m-ar fi auzit, culegând ramuri de pe marginea drumului, până ce a spus, fără să ridice capul: „Cât timp mai ai de gând să mai stai în far?" Am simțit ca o scurtă lovitură în piept. Ea s-a întors, s-a uitat la mine și a zâmbit. Surâsul Emmei este unul larg, sincer, de femeie cumsecade. N-am răspuns. Am continuat să mergem în tăcere, până ce, după câteva secunde, s-a oprit și, încă surâzând, m-a întrebat:

– Îți mai aduci aminte fraza?

Lovitura s-a repetat. În piept.

„Fraza", a spus ea. Trecuse timp, mult timp, de când niciunul dintre noi doi nu mai menționase fraza. Ultima dată, eu fusesem acela care o folosise și, de atunci – de atunci trecuseră... Câți? Cinci? Sau poate șase ani? – nu o mai pomenisem niciodată. Amândoi știam bine fraza, tonul și scena. Văzuserăm filmul împreună și îl revăzuserăm în mai multe rânduri, înainte ca viața să ne silească să o utilizăm, ca pe o invocație. Știam din memorie privirea lui Nicole Kidman, în rolul Virginiei, pălăria cu panglica ornată cu flori portocalii, haina cu gulerul și manșetele din lână maro, peretele din cărămidă roșie al gării, aflat în spatele ei... Și el, Leonardo, din profil, ascultând-o, cu părul său negru și spatele drept, atent la ea cu tot corpul lui, aproape, dar fără să o atingă... Știam din amintire minutul și secunda în care scena marca acel înainte și acel după din *Orele*, și nu întârziam să-l transformăm în fraza care apărea, întotdeauna, în discuții când unul din noi doi dădea semne de slăbiciune, când ne spuneam ceva unul altuia sau când preferam să n-o facem. De atunci, fraza – și scena – a început să ne însoțească precum un cablu de oțel pe care ni-l răsuceam în jurul taliei, ea dintr-un capăt, iar eu din celălalt, tensionându-l odată cu întâmplările, fericite sau nu, care aveau loc în viețile noastre, pentru ca prin el să circule timpul pe care îl trăiam amândoi. De atunci, când vrem să ne spunem că suntem unul lângă altul, unul menționează fraza, iar celălalt știe că, la celălalt capăt, există o lumină. Că un far se mişcă în întuneric. Şi că, într-un fel sau altul, suntem salvaţi.

– Îţi mai aduci aminte fraza? a întrebat Emma, cu braţele încărcate de ramuri şi cu privirea plină de bunăvoinţă.

Iar eu am auzit, pe dată, vocea lui Nicole Kidman şi, înainte să-mi pot aminti ce urma, cuvintele ei şi acelea ale Emmei s-au suprapus în liniştea drumului până la maşină, întinzând, din nou, cablul care ne leagă:

– „Nu poţi să-ţi afli pacea dacă te fereşti de viaţă, Leonard!“, a spus ea. Am simţit cum mi se pune un nod în gât. Ea m-a privit încă vreo câteva secunde, apoi a adăugat: Nu se poate, Fer! Şi o ştim bine. Apoi s-a întors şi, când a început să meargă, am auzit-o spunând: A venit momentul să te întorci!

Câteva minute mai târziu, ne-am luat rămas-bun cu una dintre acele îmbrăţişări pe care ni le dăm doar ea şi cu mine, de fraţi care au trăit mult timp împreună, chiar dacă nu întotdeauna ştiu să-şi redea asta în cuvinte, şi m-am întors acasă. În noaptea aceea, mi-a fost greu să adorm. M-am răsucit în pat, căutând o odihnă care nu venea, în timp ce afară sufla un vânt dinspre răsărit, umed şi violent, care scutura antenele de pe acoperişuri şi frunzele plantelor de pe terasă. M-am tot răsucit în pat până n-am mai putut. M-am ridicat, mi-am făcut un ceai şi am căutat nişte pastile cu valeriană, ca să dorm. Le-am luat stând în picioare, în faţa ferestrei. Afară, frunzele se agitau şi se loveau de balustradă. Când am ridicat ceaşca şi eram pe cale să beau din ea, ochii mei au măturat, automat, panoul cu litere de neon, care mă însoţea încă din prima mea noapte petrecută în garsonieră. Am rămas cu ceaşca în aer.

Mi-am ţinut răsuflarea. Vântul, anii sau poate norocul stinseseră încă o literă de pe panoul luminos. Pe fondul întunecat al mării, literele rămase clipeau slab şi dezordonat, iar mesajul se schimbase.

C-ul.

C-ul de la „Casă". De la „Ca în fiecare zi". De la „Câtă vreme încă". De la „Chestii care trebuie schimbate".

– „ALMA CON ALMA"[1], am citit eu, cu voce tare.

Lungit pe canapeaua extensibilă, Max a suspinat și și-a schimbat poziția. M-am uitat la el, m-am apropiat și m-am lăsat să cad lângă el. Apoi l-am îmbrățișat pe după gât și l-am scărpinat pe bărbie, după care mi-am sprijinit capul de botul lui și m-am ghemuit lipit de el, sperând că astfel mă va lua somnul.

Dimineață, când m-am întors din plimbarea pe care o făcusem cu Max pe plajă, am coborât să iau micul-dejun la barul din colț. Fiindcă în noaptea trecută dormisem prea puțin, am ajuns la bar pe jumătate adormit. Am cerut o cafea tare și un croasant, m-am așezat pe scaun și am luat un ziar din ziua aceea. Când a apărut chelnerul, am ridicat privirea și ochii mi-au căzut pe oglinda mare, care se întindea pe tot peretele, din spatele tejghelei barului și până la tavan, în care se reflecta rândul de mese lipit de vitrina care dădea în stradă. Așezată la masa din colțul din partea de jos a oglinzii, o figură mi-a atras atenția. Deși se afla la distanță și oglinda era presărată cu stropi de murdărie, cu toate că îmi era somn și aveam privirea împăienjenită, a fost ceva în forma capului, în felul în care își apleca trupul într-o parte, ceva care m-a izbit. Au trecut doar câteva secunde. Apoi figura s-a întors încet către tejgheaua barului și a ridicat mâna, căutându-l din priviri pe chelner.

Atunci, ochii noștri s-au întâlnit în oglindă.

Mi s-a uscat gura.

---

[1] Suflet cu (lângă) suflet (în limba spaniolă) (*n.tr.*)

Șase

– Haide, haide! spune, pe neașteptate, unchiul Eduardo, dând drumul unui hohot de râs sec, care a fost cât pe ce să se transforme în tuse. Olga și Emma se uită din nou la el, iar eu mă întorc pe dată la masă, detașându-mă de acele lucruri care nu țineau de clipa de față. Adică însărcinate, ei? Și ce secretoase erați, șmecherelor! spune el, clătinând din cap și dojenindu-le cu degetul arătător, ca un profesor viclean.

Olga încearcă să schițeze un zâmbet, care era, de fapt, tensiune pură.

– Corect, spune ea. Ceilalți nu adăugăm nimic. Mama era tot închisă în baie, fredonând, în legea ei.

– Ah, maternitatea! reia unchiul Eduardo, dându-și ochii peste cap și plescăind din limbă. Ce minune, să simți o viață înăuntrul tău! spune el, punându-și mâna pe burtă. Fără îndoială, unul dintre cele mai frumoase lucruri care ni se pot întâmpla.

„Au!"

Silvia se întinde puțin și ridică din umeri. Apoi își lasă capul și schițează un surâs crispat.

– Da, unchiule! i-o trântește ea. Încă ne mai amintim de când ai rămas însărcinat cu tripleți și am fost să te vedem la spital.

Unchiul Eduardo se uită la ea şi scoate un hohot de râs, care trezeşte ecouri în sticlăria aflată în spatele lui.

– Păi, ar cam trebui să-ţi dai seama cât de ţâfnoasă eşti în seara asta, fetiţo! spune el. S-ar putea zice că ai înghiţit cuie. Ori că te-a părăsit iubitul.

Silvia nu surâde. Îşi dă ochii peste cap şi, cu o figură care numai răbdătoare nu este, i-o arde:

– Asta fiindcă se pare că nu te mai auzi, unchiule! Nu ştiu cum faci, dar parcă toate ţi se întâmplă numai ţie, adaugă ea, pe un ton mai indiferent. Unchiul Eduardo este întotdeauna mai isteţ, întotdeauna ştie mai multe. Dacă tu spui trei, el zice şase. Dacă tu te-ai urcat pe un munte, el a escaladat Everestul. Dacă tu îţi suceşti glezna, pe el l-a lovit un tir. Dacă Emma şi Olga rămân însărcinate, el este expert în chestiuni de maternitate fiindcă, desigur, a născut şapte mirese pentru şapte fraţi. Şi dacă ele s-au hotărât să ţină totul secret, fiindcă aşa au vrut ele şi voiau să ne facă o surpriză, bineînţeles că el, omniprezentul unchi Eduardo, cel care dublează toate pariurile pentru că ştie mai bine, are şi el o surpriză pentru noi – cum să nu!? Şi chiar una mai mare, fără îndoială! Unchiul Eduardo o priveşte cu un surâs de autosuficienţă, dar nu spune nimic, fiindcă, tocmai în acest moment, mama iese din baie şi se apropie de masă, cu o figură uşurată şi fericită. La radio, se aude o melodie pe care o ştiu şi care se încheie cu un anunţ: „Este ora unsprezece. Ştiri".

– O nouă surpriză, Eduardo? spune ea, rămânând în picioare în spatele Olgăi, căreia îi pune mâinile pe umeri. Ah, nu mă speria!

– Nu, mamă! spune Silvia pufnind, în timp ce dă drumul unui val de fum cenuşiu. Era un fel de-a spune.

– Aha! zice mama, cu surâsul ei de gazdă perfectă. Foarte bine! Păi, dacă n-aveţi nimic împotrivă, o să servesc crema!

Emma se ridică pe dată, dispusă să o ajute, în vreme ce unchiul Eduardo, din capul mesei, lasă să-i scape un chicotit de satisfacție.

– Da, spune el, crema aceea de vale miroase delicios!

Mama se întoarce la jumătatea drumului înspre cuptor și, timp de câteva secunde, îl privește cu o figură de nepătruns, până când înțelege.

– Nu, Eduardo! Nu de vale. Este Al-valle, spune cu un gest din mână. Adevărul este că am avut atâtea lucruri pe cap, încât n-am avut timp să o pregătesc eu. Și cele de la tetrabrik[1] ies foarte bune...

Silvia se uită la mine, ca și cum ar fi gata-gata să iasă pe ușă în goană.

– Mamă, spune ea. Ai fi putut să-mi spui. N-ar fi fost nicio problemă să o pregătesc eu și să o aduc de acasă.

– Nu, draga mea! Ce spui? O să vezi că nici nu se observă că nu este făcută în casă! Și nu are în ingrediente niciunul dintre E-urile alea, m-am uitat eu bine, adaugă, privind spre Olga. Este biologică, chiar dacă nu scrie pe ea.

Silvia este tot cu ochii țintă la cuptor, dar acum nu la cremă, ci la tava aflată dedesubt și în care înoată niște chestii întunecate, pe o mare la fel de întunecată.

– Și cealaltă? întreabă Olga.

Mama își lasă capul în jos și se uită, la rândul ei, în cuptor.

– Cealaltă nu este biologică, nu!

Unchiul Eduardo își pune ochelarii ca să se uite, și el, către cuptor. Strânge din ochi și aprobă ușor din cap.

– Hmm, are un aspect...

Silvia își încrețește fruntea.

---

[1] Tetra Brik este numele unei mărci de ambalaje din carton, produse de compania suedeză de ambalaje Tetra Pak. Are formă de cubică sau de prismă și este disponibilă cu sau fără diferite capace. (*n.tr.*)

– Ce este?

Mama își duce mâna la obraz, într-un gest de bucătăreasă cochetă, și, cu o expresie poznașă, spune:

– Ceva.

Se uită la noi. Noi ne uităm la ea. Se lasă tăcerea. Toată lumea așteaptă. Mama rupe tăcerea și spune:

– În salsa[1]. Ceva în salsa. Și lămurește: Cu vin alb.

Silvia își duce mâna la frunte, mă privește, încearcă să nu izbucnească în râs și spune, făcându-mi cu ochiul:

– Ah, mamă, ce bine! Suntem topiți după chestiile cu salsa!

Mama zâmbește, încântată.

– Chiar și așa, dacă nu cerem prea mult, ai putea să ne lămurești, așa, în linii mari, despre ce fel de... ceva este vorba? insistă Silvia, cu o sprânceană arcuită.

– Sigur că da! o întrerupe unchiul Eduardo, luându-și șervețelul și punându-și-l la gât, în timp ce își plimbă privirea peste noi. Dacă vorbim despre vin... continuă el, cu expresia cuiva care are de spus un lucru important, cu toate că aici iubita noastră domniță perfectă desigur că va crede că am să vă mărturisesc ceva ce nu are importanță, aș dori să spun, înainte să sosească acea cremă din vale, că, da, am să vă dau niște vești. Și cred sincer că sunt comparabile, ca nivel și ca valoare, sarcinii voastre de închiriat sau cu... inseminare artificială, sau cum s-o chema asta pe care ați făcut-o, anunță el, întorcându-se către Emma și Olga.

Mama rămâne cu fruntea ridicată și Silvia îmi dă, pe sub masă, un picior, care abia dacă îmi atinge tibia. În fața mea, Olga își drege glasul, stânjenită, iar, lângă ea, Emma își deschide ecranul mobilului, cu un gest care este, mai degrabă, un tic decât altceva.

---

[1] Salsa reprezintă o varietate de sosuri, folosite drept condimente pentru unele alimente mexicane și mexicano-americane. Sosurile pot fi crude sau fierte și, în general, sunt servite la temperatura camerei. (*n.tr.*)

Unchiul Eduardo își ia în mână paharul, îl ridică și schițează unul dintre cele mai frumoase surâsuri ale sale, acelea gândite și proiectate astfel încât să obțină cele mai mari succese:

– Da, draga mea familie! spune cu un glas triumfător. Cu o privire încărcată de semnificații, se uită la Silvia, după care ne ia la rând pe toți ceilalți. Am și eu ceva de sărbătorit în seara asta.

Silvia lovește masa cu palma și confirmă.

– Desigur! Cum altfel! sare ea. Cum avea Super Unchiul Eduardo să rămână mai prejos!

Mama se smucește brusc și o privește, ținând în mâini tava cu cremă, în timp ce clipește mărunt, fără să înțeleagă.

– Dragul meu, ai pățit ceva?

Unchiul Eduardo scoate un mic hohot de râs și spune, uitându-se la mama:

– Fiica ta, care a înghițit cuie.

– Cuie sau nu, se pare că am dreptate! trântește Silvia. Și continuă: Să vedem! Care este surpriza atât de minunată pe care o să ne-o faci? Și, înainte să-i îngăduie să vorbească, urmează: Nu, nu ne spune! Lasă-mă să ghicesc. Ia să vedem, să vedem... da, știu! În mod sigur, ți-au propus să fii regele puilor fripți din Portugalia. Sau nu. Nu! Ai descoperit că ai un fiu pe-aici și rezultă că este însurat cu o fată din familia Kennedy. Sau... sau... sau...

Unchiul Eduardo se uită la Silvia cu zâmbetul calm al cuiva care este obișnuit să surâdă, dar care este și un zâmbet schițat cu o profundă dragoste, bine potrivit pe figura lui. Cu toate impertinențele cu care Silvia îl bombardează întruna de când a sosit, el nu se descurajează fiindcă știe, așa cum știm și noi, ceilalți, că Silvia nu vorbește cu răutate. Cea care se aruncă asupra lui este o copilă care, într-un acces de furie, îl pedepsește pe cel mai în vârstă fiindcă a lăsat-o prea mult timp singură, într-un parc plin de lucruri care nu-i plac. Silvia îi spune unchiului Eduardo că i-a fost dor de el, îl acoperă de reproșuri din buncărul ei, iar el, care înțelege asta, o lasă în voia ei, încântat că îi dă atenție. Știe că, în cazul ei, vine întâi zgomotul și apoi liniștea, iar liniștea este cea care prețuiește mai mult.

Slăbiciune. Slăbiciune și adorație, asta este între ei încă de când Silvia era o fetiță născută prima dintre frați și care a decis că unchiul Eduardo era figura masculină în care dorea să se regăsească, departe, departe de tata și de dragostea lui tulbure, de acel labirint întortocheat de mesaje contradictorii pe care tata îl țesea în jurul lui, delimitându-ne, pe orizontală, pe poziții bine calculate. Naș și fină. Eduardo și Silvia. El întotdeauna atent la ea și întotdeauna absent, ea întotdeauna așteptând veștile care ne veneau de la el prin intermediul mamei și al bunicii, așteptându-i apelurile telefonice, cărțile poștale, precum o iubită în port, plină de speranță. Și apoi, ca și acum, când el, în sfârșit, apărea, Silvia scotea din rucsac catalogul cu reproșuri și le împărțea în rafale, plesnindu-l cu ele ca o nevastă furioasă.

Ceea ce spune Silvia de când unchiul Eduardo s-a așezat la masă înseamnă, de fapt, „Uită-te la mine, unchiule, sunt aici!“ Iar ceea ce îi răspunde el, cu râsul lui viclean și complice, înseamnă: „Uită-te la mine, Silvia, sunt tot aici. Ca întotdeauna, ajung târziu, dar ajung. Și, dacă ajung, înseamnă că totul este în regulă. Că tu și cu mine suntem bine“.

Invidie. Pentru un moment, văzându-i astfel, simt o mușcătură de invidie, întrucât această legătură nu există decât între ei, nu și cu noi, ceilalți. Această dragoste reciprocă, această complicitate atât de relaxată și, totodată, atât de tensionată, atât de vie, este proprietatea exclusivă a Silviei și a unchiului Eduardo și, cu tot timpul care a trecut, cu tot ce a trăit fiecare dintre ei, cu toate distanțele și despărțirile, cu toate că aparțin unor lumi paralele și care, de multe ori, nu se întâlnesc între ele, amândoi știu că sunt așa, că ceea ce împărtășesc este de neatins, chiar dacă, la suprafață, sunt precum câinele și pisica și nouă, celor din afară, ni se pare că frizează conflictul. Pentru o zecime de secundă, în timp ce-i văd cum se joacă astfel, de-a pisica și șoarecele, ea încordată și el fericit, aud, subit, o voce alarmată, care se naște din vreun ungher al acestui Fer care îi observă, așezat fiind pe locul meu. Auzindu-i astfel, cufundați în acest șuvoi de înțepături pe care Silvia le lansează împotriva unchiului Eduardo și care ricoșează în surâsul lui de om-perete la fel cum ricoșează mingea de zidul unei clădiri, intuiesc că, poate, în seara asta, Silvia cere ceva mai mult, pentru că nu este ea întreagă. Și știu că el nu știe și că, poate, pe parcursul serii, vor întinde prea mult coarda – fiecare din capătul lui –, iar jocul se va transforma în ceva primejdios. Nu știu ce este, încă nu. Ceea ce știu însă este că, de câteva zile încoace, Silvia îngroapă un câmp de mine al căror ticăit nu-l poate auzi nimeni, cu excepția mea.

Ceva îmi spune că, poate, pe parcursul serii, cineva – încă nu știu precis cine – va călca pe una dintre aceste mine și Silvia va sări în aer, făcută bucăți. Sper că, dacă se întâmplă una ca asta, unchiul Eduardo va fi la înălțime.

Pentru moment, el continuă să zâmbească și să aștepte, ținând în mână paharul cu apă.

– Pot să vorbesc? întreabă el, în sfârșit, văzând că Silvia nu mai spune nimic.

Ea dă din cap în semn de aprobare. Mama este tot în picioare, cu supiera de argint în mâini și cu ochii foarte larg deschiși. Așteaptă.

Unchiul Eduardo își ridică paharul încet, își drege glasul și ne dăruiește încă un zâmbet, după care spune:

– Prima veste este că... am renunțat la alcool.

Mama se uită la mine și strâmbă puțin din nas, ca și cum ar zice: „Nu ți-am spus eu? Dar tu nu mă crezi niciodată". În fața mea, Olga își drege și ea glasul și spune:

– Păi, dă-mi voie să-ți spun, Eduardo, că mie mi se pare o hotărâre corectă și că meriți, din partea mea, tot respectul și toată admirația. [Emite o tuse seacă.] Vine o vârstă când trebuie să vezi lucrurile din alt punct și să acționezi în consecință. După părerea mea, și iartă-mă dacă mă amestec unde nu-i treaba mea, dar cred că ocazia cere acest lucru... continuă ea, însă unchiului Eduardo nu-i place să fie întrerupt când are toți ochii ațintiți asupra lui și, pe dată, preia cuvântul.

– Cea de-a doua – spune el, întrerupând-o pe Olga, care rămâne cu gura căscată și cu o expresie de enervare pe chip – este că... Trage aer adânc în piept, închide ochii doar pentru o secundă și, dând afară aerul ușurel, trântește, în final. Mă însor.

Tăcere.

De cealaltă parte a ușii din sticlă, un grup de adolescenți strigă și cântă în piață. Trec mai departe, luându-și vocile cu ei. Aici, în sufragerie, noi nu spunem nimic fiindcă, brusc, mama, încă lipită de supiera ei, scoate un „Oh!“ aspirat, despre care cei care o cunosc știu că poate însemna mai multe lucruri. Apoi clipește mărunt din ochi, absolut surprinsă, și, cu un surâs uluit, întreabă:

– Și o spui așa?

Unchiul Eduardo își arcuiește o sprânceană, prins cu garda jos. Mama încheie, concretizând întrebarea:

– Așa? spune ea. Ca și cum... ar fi un fleac?

El rămâne cu paharul în aer, derutat în fața neașteptatei reacții a mamei, care acum se apropie încetișor, lasă supiera pe masă și îi dă ocol până la scaunul pe care îl ocupă unchiul Eduardo, care, între timp, s-a ridicat și surâde radios.

Când ajunge la el, se topesc amândoi într-o îmbrățișare, după care ea se dezlipește de el și o auzim spunând:

– Nici nu știi cât de fericită mă faci, Eduardo! Vorbește cu o voce gâtuită. Mama este, din nou, emoționată. Își duce mâna la piept și surâde iarăși. Surâsul ei este unul fericit, aproape copilăresc. În fața mea, Olga și Emma zâmbesc și ele, molipsite de veselia debordantă a mamei, în timp ce, undeva, într-un colț de noapte, sună un clopot, sec și scurt. Un sfert. Mama își pune atunci mâinile pe obrajii unchiului Eduardo și îl sărută pe frunte o dată, de două ori. Apoi rămâne cu privirea fixă și, în final, adaugă: Mama ar fi atât de mândră de tine, Eduardo!...

El își coboară ochii, însă mama este prea însuflețită, prea euforică.

– Nici nu-ți închipui cât de important este pasul pe care urmează să-l faci. Unchiul Eduardo consimte, emoționat și el. Mama clipește des, gata-gata să plângă. Cât de curajos! Ah, cât de curajos trebuie să fii ca să nu mai bei vin la mese, dragul meu! spune într-un suflet. Și ce veste mare pentru colesterolul tău. Mi-a spus-o Ingrid: omul inițiat iubește animalele ca pe sine însuși, are cel de-al treilea ochi întotdeauna limpede și ține colesterolul în frâu. Ah, da, asta o să te schimbe cu totul! afirmă ea pe un ton de soră mai mare, în timp ce îl mângâie din nou pe obraz și suspină. Nici nu știi ce pas important ai făcut! Nu, nu știi! Este cea mai bună veste pe care mi-o puteai da la acest sfârșit de an. Nici nu pot să-ți spun.

Pentru prima dată în timpul care a trecut din noaptea asta, surâsul unchiului Eduardo pare să ezite și, înainte să și-l poată întipări pe chipul acum încruntat, înainte ca Silvia să se uite din nou la mine și să scoată un hohot de râs, înainte ca Emma să-și plece ochii și să-și stăpânească râsul pentru că se teme ca nu cumva s-o rănească astfel pe mama, înainte ca Olga să-și dreagă glasul și să afișeze acea expresie de nepătruns pe care o are adesea în prezența noastră și care ascunde un mesaj care, fără doar și poate, ar suna astfel: „Cât de puțin creier are femeia asta, cât de puțin serios este totul în casa asta și ce mai familie, atât de... de... atât de destructurată“, înainte ca să vină toate astea și ceva în plus, înainte ca noaptea să aducă tot ceea ce încă mai are pus deoparte pentru noi și să-și descarce sacul cu surprize pe acest ecran mare de radar care este masa din sufragerie, mama, care şi-a recuperat pe de-a-ntregul tot ce are mai bun de pe faţa A a ei, se întoarce pe jumătate, ia supiera de pe masă şi, agitând-o în aer ca şi cum ar ţine în mâini o pernă cu puf, răstoarnă o jumătate din cremă pe coada lui Max, care scoate un lătrat de durere. Apoi mama spune, pe un ton de falsă veselie:

– Şi acum, să mâncăm, că nu mai ajungem la struguri!

Şapte

– Cântăreață?

Cea care întreabă este mama. După cremă, sau după ceea ce am reușit să mai salvăm din ea, tocmai ce a terminat de servit platoul cu acel mic lac plin de „ceva în salsa“, care, până la urmă, s-au dovedit a fi niște gogoși din spanac cu cremă de dovlecei, o rețetă pe care – cum altfel – a scos-o dintr-una dintre acele reviste care tratează despre viața sănătoasă pe care i le dăruiește Ingrid și care, după cât putem vedea, nu s-a dovedit funcțională, fiindcă, în momentul servirii, gogoșile au luat pe ele un cerc de salsa macerată, ca o bucată de crustă, drept care toți cei șase stăm cu farfuria în față, pe care odihnește un fel de planetă, cu inelul ei deasupra. Toate intacte.

Din momentul în care unchiul Eduardo a dat drumul veștii sale despre nuntă și a venit rândul toasturilor, al îmbrățișărilor, al unui nou toast, al reacțiilor, rugăminților, întrebărilor și diferitelor ironii venite din partea Silviei, informația care o șochează cel mai mult pe mama este că viitoarea ei cumnată este portugheză.

Nu reușește să înțeleagă.

– Păi... hmm... portugheză, portugheză, sau portugheză din Portugalia? întreabă ea pentru a doua oară.

Silvia lasă să-i scape o pufnitură, în timp ce Olga se uită la *sputnik*[1]-ul maro pe care îl are în farfurie cu expresia „Eu cu ăsta nu știu ce se face“ și înghite în sec.

– Mamă, îi spun eu, fără să mă pot stăpâni. Dacă este portugheză, mai mult ca sigur că este din Portugalia!

Ea se uită la mine.

– Băiete, nu voiam decât să mă lămuresc puțin! spune ea.

– Da, bineînțeles, Amalia! răspunde unchiul Eduardo, încântat de efectul pe care vestea l-a avut în rândul publicului său. Portugheză din Portugalia.

– Aha! spune ea. Până la urmă, nici nu este atât de ciudat, nu? În fond, am avut întotdeauna relații cum nu se poate mai bune cu Portugalia, nu-i așa, dragul meu?

– Mamă, niciodată n-am avut relații bune cu Portugalia, nu spune prostii! sar eu, imediat. Aș dori să știu mai mult și, dacă mama continuă s-o țină așa, n-o să aflăm prea curând toate detaliile pe care le deține unchiul Eduardo.

– Nu-i adevărat! replică ea, revenind la paharul cu vin. Din punct de vedere istoric, portughezii și spaniolii s-au iubit mult. Dar mult, spune, ridicându-și paharul. Și, dacă nu mă crezi, uită-te la Eurovision. Cine sunt singurii care ne votează? Portugalia. Bine, Portugalia și Andorra, dar cei din Andorra pe cine să voteze, săracii, dacă n-au pe nimeni care să-i iubească pentru ceea ce au de oferit. Doar pentru munții ăia și pentru tutunul ieftin. Ce păcat, nu? Sigur, de asta șofează atât de rău, din cauză că sunt, cu toții, contrabandiști de rom și de Marlboro

---

[1] Programul *Sputnik* a reprezentat o serie de misiuni spațiale, fără oameni la bord, lansate de Uniunea Sovietică la sfârșitul anilor ’50, având ca scop demonstrarea viabilității sateliților artificiali. Numele *Sputnik* înseamnă, în limba rusă, chiar satelit sau tovarăș de călătorie. *Sputnik 1*, primul satelit artificial din lume, a fost lansat pe 4 octombrie 1957. Lansarea acestuia i-a determinat pe americani să creeze NASA și să mărească cheltuielile guvernamentale în domeniile cercetării științifice și învățământului. (*n.tr.*)

Light, fug. Şi, ce vrei, şi eu aş fugi. Nu, aşa proşti nu sunt! Ciudăţei, da, însă proşti...

Lângă mine, Silvia râde. Asta este mama. Când o ia la vale, alunecă fără oprire, iar cu asta, cu acest discurs fără cap şi coadă, pe care îl însăilează ca şi cum s-ar afla în sala comună a unei case de nebuni şi căruia ea nici nu poate şi nici nu ştie cum să-i pună capăt, fiindcă, pe dată, se simte liberă şi în largul ei, reuşeşte să pună stăpânire pe Silvia, dezarmând-o. Pe mine, curios lucru, uneori mă crispează, fiindcă sunt, în acest discurs, lucruri pe care nu le cred. Lucruri care nu sunt adevărate. Prea mult zgomot.

– Păi, da, Sindy este portugheză, confirmă unchiul Eduardo, încântat.

Mama lasă să-i scape un suspin şi încuviinţează, dând uşurel din cap.

– Ah, chestia este că, de la Ioana cea Nebună[1], nimic nu a mai fost ca înainte! spune ea, cu o strâmbătură de regret. Văzând că niciunul dintre noi nu spune nimic, îşi ia avânt şi se lansează, ca pe o planşă de surf. Spun asta din cauza sindromului Ioanei.

Olga se uită la ea ca şi cum ar vedea un ornitorinc luându-i-o înainte pe autostradă.

– Sindromul Ioa... nei?

Mama încuviinţează ferm.

---

[1] Ioana de Castilia (în spaniolă *Juana I de Castilla*) (1479–1555), numită şi Ioana cea Nebună (*Juana La Loca*), a fost regină a Castiliei şi a Aragonului, în comun cu fiul ei, Carol al V-lea, împărat al Sfântului Imperiu Roman, deşi, din 1506, nu a exercitat nicio putere, iar din 1509 a trăit închisă în castelul Tordesillas, mai întâi din voinţa tatălui său, Ferdinand al II-lea de Aragon, şi apoi din voinţa fiului său, Carol al V-lea. A fost numită *Ioana cea Nebună* datorită unei presupuse boli mintale, cauzate iniţial de gelozie faţă de aventurile extraconjugale ale soţului său, Filip cel Frumos, şi apoi de durerea pricinuită de moartea acestuia, argument care a fost folosit de atât de tatăl ei, cât şi, mai târziu, de fiul ei, Carol, pentru a o închide pe viaţă la Tordesillas. Figura ei a fost popularizată în perioada Romantismului în pictură şi literatură. (*n.tr.*)

– Da, spune ea cu o expresie ca și cum ar ști lucruri pe care nu le mai știe nimeni. Treaba e că Ioana n-a fost niciodată nebună. Ceea ce s-a întâmplat a fost că, pe vremea aceea, Spania și Portugalia erau o singură țară, iar ea, care era o prințesă foarte gingașă, nu putea dormi decât în cearșafuri din bumbac portughez, pe care și le aducea de la Lisabona, și, sigur, când s-a căsătorit cu Filip, el nu voia decât lucruri franțuzești, iar Ioana nu putea dormi noaptea fiindcă, întrucât era alergică, se scărpina întruna, așa cum face Shirley când o mănâncă urechile, până ce o șterg cu șervețelele cu aloe, pe care mi le-a recomandat doctorița veterinară, însă pe tot corpul, și nimeni n-o credea. Și, bineînțeles, din cauza atâtor nopți nedormite și a atâtor mâncărimi, biata de ea a luat-o razna și de aici vine vorba cu nebunia dată de bumbacul portughez sau sindromul Ioanei.

Silvia o privește fără să clipească, cu gura căscată. Noi, ceilalți, rămânem muți, până ce Olga se decide, în final, să intervină.

– Ah, Sindy! spune ea, arcuindu-și sprâncenele. Un nume foarte... hmm... dulce.

Unchiul Eduardo oftează.

– Este o adevărată dulceață, sigur, spune el, încuviințând încet. Chiar dacă, sigur, Sindy nu este numele ei adevărat. Adevăratul ei nume este Teresinha.

Silvia se întoarce spre el, dar nu apucă să vorbească, fiindcă mama nu-i dă răgaz.

– Oh! Telesilla[1]! Ce nume frumos, Eduardo! spune ea, dând, la rândul ei, din cap a aprobare, în timp ce își înfige furculița în planeta stâncoasă pe care o are în farfurie și care se desface ca o bucată de ghips, pentru a lăsa să se vadă un amestec verde, despre care se poate presupune că ar trebui să fie umplutura de spanac. Și, în spaniolă, cum ar trebui să fie?

---

[1] În limba spaniolă, *tele-* este un prefix având același sens ca în limba română, iar *silla* înseamnă scaun. (*n.tr.*)

Acum, eu sunt cel care izbucnește în râs. Emma mi se alătură.

– Te-re-si-nha[1], o corectează unchiul Eduardo, dând din cap în semn de negație. O cheamă Teresinha, ca pe mama ei, chiar dacă numele său de artistă este Sindy.

– Numele... de artistă? întreabă Silvia arcuindu-și o sprânceană.

Unchiului Eduardo i se luminează ochii.

– Da, Sindy este cântăreață.

De pe locul său, aflat în capul mesei, mama dă o lovitură ușoară în tăblie, lucru care o sperie pe Olga.

– Știam eu! declară ea. Și sunt sigură că are un locușor într-una dintre acele piețe atât de drăguțe din Lisabona, prin care trec mereu copii și bătrânei fiindcă, desigur, nu știu unde am citit că, fiindcă sunt atâtea pante, se obișnuiesc, încă de mici de tot, să se arunce la pământ ca să se rostogolească pe stradă și, în felul ăsta, nu cad și, apropo, străzile lor sunt curate, dar știi cum, curate ca niște patene[2], nu ca aici, că uită-te și tu cum e piața asta, plină de hârtii și de resturi de tot felul de lucruri. Ah, și sunt sigură că Teresita cântă *fado*[3]-uri care te fac să plângi, nu-i așa? Da, așa este

[1] Pronunțat, în portugheză, Teresinia. (*n.tr.*)

[2] Patenă = vas sfințit, din aur sau din argint aurit, de formă circulară plată, cu picior-talpă, folosit în ritualul bisericii catolice pentru a primi pâinea sfințită. (*n.tr.*)

[3] *Fado* (cuvânt tradus în mod obișnuit ca *destin* sau *soartă*, conform cuvântului din latină *fatum*) este numele unui gen muzical interpretativ și melodic, care a apărut în Lisabona la începutul secolului al XIX-lea, dar care, foarte probabil, are origini mult mai timpurii. Unii admiratori ai genului pretind că la baza originilor *fado*-ului stă o combinație a ritmurilor sclavilor africani și a muzicii tradiționale portugheze, cu accente minore, dar sesizabile, datorate muzicii arabe a maurilor, respectiv a genului muzical brazilian *modinha*. *Fado* este caracterizat prin melodii melancolice și versuri tânguitoare, care se referă foarte frecvent la mare, la trecutul maritim glorios al lusitanilor și/sau la viața săracilor. Acest gen muzical este, de obicei, asociat cu cuvântul portughez *saudade*, care descrie „tânjirea după ceva" sau „dorința puternică de ceva" (acest „ceva" neputând fi, de cele mai multe ori,

Portugalia! Așa de... tropicală! Când o să-i spun lui Ingrid, nici n-o să-i vină să creadă! Unde mai pui că ei îi place așa de mult să plângă de când șamanul a luat-o de după umeri și i-a spus că, pentru ca să se descotorosească de toată electricitatea pe care o acumulase de pe când lucra în turism, cel mai bun lucru este să plângă.

Unchiul Eduardo lasă furculița lângă farfurie și bea o înghițitură de apă din paharul său.

– Păi... spune el, nu e chiar așa.

– Ah, nu? întreabă Silvia pe un ton interesat, dar care sună ușor prefăcut.

– Nu, spune unchiul Eduardo. Sindy este mai... cum să spun? își lasă capul într-o parte și își freacă bărbia cu un gest despre care, în mod sigur, cineva i-a spus că îi dă un aer interesant. Hmm, mai revendicativă, spune el, închizând pe jumătate un ochi. Mai... așa ca Portugalia de acum.

Zâmbetul mamei se transformă într-o grimasă care denotă întristare și îngrijorare.

– Oh! Este foarte... săracă?

Silvia dă drumul unui hohot de râs. Eu, la fel, cu toate că mi-ar place să-l las puțin să vorbească pe unchiul Eduardo. Când mama vorbește din universul ei de felurite conexiuni și întreruperi, acesta este rezultatul și, cu toate că știu asta – o știm cu toții –, întotdeauna mă surprinde.

Unchiul Eduardo, care, desigur, este complet imun la logica marțiană a mamei, neagă din cap, lasă paharul pe masă și oftează. Apoi își dă scaunul în spate și se ridică. Își duce mâna la borsetă și scoate o cutiuță de la Louis Vuitton, pătrată. Deși, în primul moment, aceasta pare un portofel, atunci când o deschide putem vedea că este un iPad.

---

transpus în cuvinte, dar care este, probabil, foarte apropiat de semnificația cuvântului românesc *dor*). (*n.tr.*)

Când se așază din nou, atinge ecranul cu degetul și se aude un șuierat. Apoi lasă iPad-ul pe masă, în poziție verticală, și spune:

– Veniți să vedeți! Vreau să vi-o prezint pe Sindy!

Ne ridicăm repede și ne așezăm, în picioare, în spatele lui. După o clipă, când este sigur că se bucură de toată atenția noastră, trece, din nou, degetul pe ecran și fundalul negru se transformă, ca prin farmec, într-un clip de pe YouTube, care începe cu un fel de zornăituri sintetice, în timp ce pe ecran, cu litere galbene și roșii, apare numele complet al lui Teresinha și titlul în portugheză al cântecului, subtitrat în spaniolă, pe care suntem pe punctul de a-l asculta.

„Sunt o cățelușă de pe stradă. Dă-mi *crack*[1], dă-mi *crack!*", citim în subtitrare. Și, dedesubt: Sindy Lopes.

Silvia îmi dă un cot, care este cât pe ce să mă lase fără aer, în timp ce articulează, în șoaptă: „Sindy Lopes" și Olga clipește mărunt, neîncrezătoare, aplecându-se puțin în față, sprijinită de umărul Emmei. Lângă mine, mama aplaudă, încântată.

– Îi plac cățeii! Îi plac cățeii! sare ea. Ah, am început bine. Un punct pentru Teresita.

Acum, creanțele dispar și ceea ce vedem că apare pe ecran este mai mult decât oribil și nu chiar catastrofal: un fel de Michael Jackson slab și înalt, cu părul ca pielea unui pește-dragon și niște ochi rotunzi și enormi, care par gata să iasă afară din orbite, ca să treacă prin ecran, deasupra unei mustăți de sârmă ghimpată. Este Sindy, care se lasă văzută din prim-plan, îmbrăcată cu un costum argintiu, cu guler și manșete violet, cu niște sâni mici, cu sfârcurile proeminente și niște pantofi sport, cu talpă groasă, albă, ca aceia care erau la modă în anii '80 și pe care un suflet caritabil i-a aruncat, de oribili ce erau.

Sindy Lopes.

---

[1] Cocaina *crack*, cunoscută, în mod obișnuit, drept *crack*, precum și sub numele de *rock*, este un tip de cocaină care poate fi fumată. Este considerată ca fiind forma de cocaină care dă cea mai mare dependență. (*n.tr.*)

– Cerule mare! spune Olga lângă mine, cu un glas care seamănă cu un gâfâit reținut. Păi, asta este...

Nu auzim ce spune Olga că ar fi, fiindcă, tocmai în acel moment, zăngănitul sintetic se transformă în versiunea infernală a unui zgomot care îți sparge timpanele, iar peștele-dragon cu mustață începe să se clatine în spatele ecranului, în timp ce dă drumul unei mulțimi de atrocități, în ritmul drăcesc al unei chestii care ar putea fi rap în sos de cod și care pronunță lucruri drăguțe – sau, cel puțin, așa citim în traducere – ca acestea:

> Dă-mi bastonul, dă-mi bastonul
> Atinge-mi chestia, hai, pune mâna!
> Dacă mă scoți la plimbare, eu îți dau o
> scuturătură bună,
> ia acuma, sunt un *crack*, știi că-mi place
> mult pe la spate.
> Ai, ai, ai,
> Ai, ai, ai.

Unchiul Eduardo urmează ritmul muzicii bătând cu degetele în masă, încântat. Noi, ceilalți, nu spunem nimic. Pe ecran, Sindy se plimbă clătinându-se toată, până ce, brusc, își smulge pantalonii ca o dansatoare de striptease dintr-un bar de pe autostradă și rămâne în chiloțeii săi tanga. În acest moment, unchiul Eduardo reduce sonorul și se uită din nou la noi.

– Ei? Cum vi se pare?

Tăcere.

– Nu că este... ceva deosebit?

Tăcere.

Silvia se apleacă puțin în față, ca să vadă mai bine ce se întâmplă pe ecran, în timp ce, lângă mine, mama spune, cu o voce șovăitoare:

– Păi, când iese ea?

Unchiul Eduardo o privește.

– Asta este Sindy, Amalia!

Mama înclină capul, scoate un chicotit de râs și își duce o mână la obraz.

– Hi, hi, hi! Ce creatură! Și apoi, mișcându-și mâna în aer ca și cum ar fi o lăbuță, spune: Ah, Eduardo, ce figură ești! Ăsta o fi fratele ei, omul lui Dumnezeu! Ar părea o minciună să o confunzi pe iubita ta cu fratele ei, spune ea, dând din cap în semn de negație. Chiar și așa, îți spun ceva: asta este ce ai văzut. Dar acum, că ai renunțat la alcool, sunt sigură că ai să începi să vezi mai bine.

Silvia profită de asta ca să-și încălzească motoarele.

– Este foarte șic, unchiule, zău așa! El surâde, întorcându-și, din nou, privirea către ecran. Și văd că este foarte intensă. Aproape... hmm... spirituală, aș putea spune!

Mama clatină un pic din cap și, vreme de câteva secunde, urmărește mișcările lui Sindy de pe ecran.

– Bărbat, fata mea, spune ea, până la urmă, nu întinde nici tu coarda, fiindcă făptura, dacă, într-adevăr, este asta, lucru de care mă îndoiesc, prea aproape de Sfânta Teresita nu este, nu! Să luăm lucrurile așa cum sunt! Se apleacă puțin către iPad, punându-și o mână streașină la ochi, ca să evite lumina care o orbește și, întrucât pare că nu reușește să vadă limpede, întinde degetele și le plimbă pe ecran, ca și cum ar vrea să-l curețe. Apoi deschide larg ochii și spune: Păi, eu o văd puțin cam... neagră?

Olga, pe umărul căreia se sprijină mama, își arcuiește o sprânceană și dă ochii peste cap:

– *Este* neagră, Amalia!

– Ah! spune mama, apropiindu-și ceva mai mult obrazul de ecran. Și adaugă, cu un zâmbet de fetiță fericită: Desigur! De asta are părul atât de creț! Apoi își coboară privirea și strânge puțin din buze. Ascultă, ăsta este unul dintre lucrurile pentru care întotdeauna mi-a fost milă de negrese!

Silvia se întoarce către ea și se uită la ea din nou, pe îndelete, ațintindu-și asupra ei o privire neîncrezătoare, dar nu spune nimic. Așteaptă ca mama să-și termine ideea. Mama, care o vede, se lansează, în viteză, în cea mai bună versiune a ei.

– Da, spune, aprobând încetișor din cap. Părul. Și, cum nimeni nu spune nimic, lămurește: Cred că îl au atât de aspru, că sigur nu pot să doarmă, fiindcă, atunci când își pun capul pe pernă, li se înfige în gât și trebuie că asta doare cumplit. De asta trebuie să doarmă cu capul în afara patului, așa, cu fața în jos, ca liliecii.

– Taci, mamă! spune Silvia, pe chipul căreia se citește că nu vrea s-o mai îngăduie nici măcar o secundă. Mama se uită la mine, căutând sprijin, dar eu nu-i accept jocul și, atunci, Silvia profită ca să spună, pe un ton de o falsă blândețe: Și, când ai zis că împlinește 15 ani, unchiule? Unchiul Eduardo se întoarce și se uită la ea, cu sprâncenele încruntate. Apoi, după ce ezită câteva secunde, se preface că nu a auzit comentariul și se concentrează, din nou, asupra iPad-ului, în timp ce zisa Sindy se leagănă acum pe ecran, în tovărășia a doi adolescenți, cu nenumărate piercinguri, care trag în cameră cu niște pistoale false și o acompaniază în cor. Cuvintele cântecului conțin, acum, atâtea chestii reprobabile, încât Olga înghite în sec și își duce mâna la obraz. Lângă mine, Emma se uită la ecran cu o privire absentă și îi pune unchiului Eduardo mâna pe umăr: Păi, unchiule, dacă ție îți place, mie mi se pare fantastică, spune cu o voce nevinovată, în timp ce Olga se întoarce spre ea și își lungește puțin gâtul, înclinându-și ușor capul.

– Hmm... poate că totuși este puțin cam... (își drege glasul) radicală? spune ea tocmai când se aude soneria unui telefon și mama, căreia, când aude sunând un telefon, i se ciulesc urechile ca unui câine și care lasă orice are în mână ca să răspundă, se ridică brusc în picioare și se întoarce, fără veste, măturând cu mâna de pe masă iPad-ul, care zboară și se zdrobește de podea, în timp ce ea aleargă către blatul din bucătărie strigând „Vin, vin acum!", până când se năpustește asupra mobilului ei.

Pe podea, Sindy pare să fi amuțit, cu fața în jos, pe când mama se îndepărtează, pe coridor, către camera ei, în timp ce o auzim spunând:

– Ah, Ingrid, draga mea, nici n-o să-ți vină să crezi când am să-ți povestesc! Așază-ți bine statueta lui Buddha, fiindcă... ah... nici nu știi!

Am rămas cu toții tăcuți, uitându-ne, fără să ne mișcăm, cum dispare mama și, când, în final, se pierde pe coridor, în timp ce unchiul Eduardo se apleacă să-și culeagă iPad-ul de pe jos, Silvia își plimbă privirea pe *sputnik*-urile învăluite în crustă maronie, care au rămas intacte pe farfuriile de pe masă, și spune, coborând vocea:

– Repede, Emma, ajută-mă să arunc pietrele la gunoi! Așa o să trecem direct la struguri. Își privește ceasul și își stăpânește un gâfâit. Dumnezeule! Este aproape douăsprezece fără un sfert! Șampania! Trebuie să desfacem șampania!

Totuși, cea care se ridică, săritoare și îndatoritoare ca întotdeauna, este Olga, care împarte cu Silvia acest simț al eficienței menajere și acea dorință de a „face ordine în dezordine", care le apropie mai mult decât ar dori ele să admită. În capul mesei, unchiul Eduardo este aplecat, adunându-și de pe jos iPad-ul, în care Sindy Lopes continuă să dea drumul pe gură unor porcării, acompaniată de cei doi criminali tatuați ai ei și, în fața mea, Emma se uită la mine cu niște ochi plini de o lumină care este aceea din sufragerie, dar în care strălucește și o alta, o lumină mai ermetică, anterioară. Este o lumină pe care o recunosc, întrucât a fost o vreme când eu și cu ea o împărțeam, zilnic, un limbaj inventat între noi, de frați care au trecut prin multe împreună.

Privirea nu durează decât câteva secunde. O întrerupe glasul Olgăi, cu un ton încordat:

– Emma, pentru Dumnezeu, poate ne ajuți și tu!

Se uită la ea și consimte, și, când Olga se întoarce la ale ei, în bucătărie, își ia telefonul mobil pe care și-l ține pe masă și îl manevrează repede, cu amândouă mâinile, apăsând tastele cu o viteză aproape uimitoare, în timp ce Olga și Silvia pun farfuriile și paharele în mașina de spălat vase, aruncă resturile de mâncare la gunoi și aranjează vinul spumos, strugurii și nugaua.

După câteva clipe, în mobilul meu vibrează un mic zumzet. Îl scot din buzunar și văd un nou mesaj pe WhatsApp. Este de la ea, desigur.

Spune așa:

„Da, este fetiță și o să o cheme Sara!"

Când ridic privirea, mă pomenesc că ochii ei verzi sunt ațintiți asupra mea. Degetele îi sunt încă lipite de tastatura mobilului, încordate, gata să continue.

– Ești sigură? o întreb fără să articulez cu voce tare întrebarea.

Ea zâmbește și încuviințează ușurel din cap, cu un gest care vrea să fie discret, dar care pare automat. Apoi își pleacă privirea și mai scrie o frază pe mobilul ei.

Al doilea mesaj pe WhatsApp vine după numai o secundă, după ce degetele ei au zburat pe tastele aflate pe ecran. Spune așa:

„Nu poți să-ți afli pacea dacă te ferești de viață, Leonard!"

Fraza, e limpede. Când ne uităm unul la altul, ea zâmbește. Eu, la fel. În fundal, mama vorbește și râde în camera ei, discutând cu Ingrid; lângă noi, unchiul Eduardo murmură printre dinți în timp ce pornește, din nou, iPad-ul, pe care l-a așezat iar pe masă; dincolo de ușa din sticlă se aud strigătele și râsetele reînnoite ale oamenilor care străbat piața și anticipează sărbătoarea. Mai la distanță, aproape în același timp, un automobil frânează brusc, în întuneric, cu un scârțâit care este aproape un strigăt, tăind din rădăcină râsetele, vocile și noaptea, și, de pe locul ei de la masă, Emma se ghemuiește brusc pe scaun, închizând ochii, așteptând să vină lovitura. Sunt doar câteva secunde, care rămân suspendate în aerul din sufragerie, ca un șir de meduze care plutesc în marea falsă a unui acvariu, imponderabile și letale.

Și, printre aceste secunde care se succed, simt o lovitură surdă în piept, când înțeleg că chipul înspăimântat pe care îl văd la Emma, gestul prin care ridică din umeri și linia care îi încordează maxilarul sunt aceleași pe care le-am văzut la ea în ziua când n-a sunat Sara, în după-amiaza aceea toridă de iunie în care Sara s-a lovit de oțelul vieții și în care pe Emma a lovit-o timpul, târând-o în valul lui de spumă murdară, de bușteni, de sticle goale și de pagini cu lucruri care nu fuseseră trăite până aici, până la această masă.

Până în această noapte.

Sara.

Sara și Emma.

Spre deosebire de după-amiaza aceea, azi, lovitura nu vine și secundele de așteptare se împrăștie, până la urmă, deasupra noastră. Un clopot sună de trei sferturi și Emma deschide ochii, relaxându-și umerii, ridurile și tendoanele. Apoi trage ușor aer în piept, îl dă afară pe nări, după care este din nou Emma cea plină de ferestre închise care, de câțiva ani încoace, copiază, iar și iar, numele Olgăi peste acela al Sarei, pentru ca memoria să nu o trădeze.

Atunci zâmbește către nimeni și, cu acea voce plină de lumini limpezi, a Emmei care a fost, aceea de dinainte ca totul să se răstoarne cu susul în jos, spune, întorcându-se spre fereastră:

– Sara este un nume foarte frumos pentru o fetiță, nu-i așa?

Cartea a treia
Această navă care ne poartă pe toți

Există două feluri de persoane:
acelea care trăiesc, joacă și mor,
și acelea care își păstrează echilibrul
pe muchia vieții.
Actorii și dansatorii pe sârmă.

Neige, MAXENCE FERMINE

Unu

Totul a fost foarte simplu, până într-atât, încât povestit astfel, privind retrospectiv, aproape că pare una dintre acele anecdote pe care le auzim întâmplător, într-o conversație a unor necunoscuți, sau un titlu oarecare ce, în lipsa altor informații, cade rapid în uitare, întrucât peste el se suprapune altul. A fost simplu, așa cum sunt lucrurile care se întâmplă fără termene sau procese, ori cum cade piatra în apa lacului: cădere, lovitură, unduire, calm.

Acțiune, reacție.

Fizică. Viață și moarte.

Treaba e că, uneori, se întâmplă lucruri care au asupra noastră un astfel de efect încât, la început, nu contează decât prin ele însele, fiindcă au atâta greutate și o dimensiune umană atât de mare, încât creierul nu este în stare să le înțeleagă decât ca pe un context închis. Apoi timpul face astfel încât să ne arate că, oricât de brutal a fost impactul, ceea ce contează cu adevărat nu este atât lovitura, cât unda prin care aceasta se extinde, aceeași care reamplasează fișele pe tabla vieții și schimbă un peisaj pe care, până atunci, îl credeam imuabil. Uneori – și numai uneori –, se petrece ceea ce s-a întâmplat cu Sara. Atunci, viața se desfășoară pe un plan nou, ca un scenariu al cărui decor se ridică în aer, în timp ce actorii își văd de-ale lor, brusc străini de schimbarea de lumină, de mobilier, de spații. Ceea ce înainte era sufrageria unei case se transformă într-o stradă. Noaptea adâncă, în zi. Frigul, în căldura verii. Penumbra, în strălucirea luminii. Aceasta este atât magia ficțiunii, cât și oroarea realului: că viața nu este întotdeauna ceea ce se întâmplă, ci resturile a ceea ce pare să fie. Și că dimensiunile pe care timpul li le dă întâmplărilor sunt, de multe ori, cele care le dau măsură lucrurilor pe care le-am trăit.

Asta a fost exact ceea ce s-a întâmplat cu Sara. A existat, la început, un fapt real, care a căzut în viața Emmei ca o piatră în apă și, de aici, s-a extins în cercuri asupra noastră, zgâlțâindu-ne așa cum zgâlțâie trecerea unei nave geamandurile care flanchează digurile. Apoi, când apa și-a recăpătat calmul, am înțeles că nu mai eram aceiași. Nu. Niciunul dintre noi.

Sara a plecat într-o zi de 13 iunie, după-amiază. Emma și cu ea se înțeleseseră să se întâlnească la o terasă de pe Gran Vía[1], ca să meargă împreună la notar să semneze hârtiile pentru apartamentul pe care tocmai ce-l cumpăraseră. Era în anul 2010, deși acest lucru contează acum prea puțin. Ceea ce contează – sau contează cel mai mult – este ora. Ora și minutele care au urmat. Și viața care a urmat începând de atunci. A tuturor.

Emma a intrat în cafenea la ora cinci. A cerut o apă minerală și o madlenă și s-a așezat la o masă de pe terasă, cea care era cel mai aproape de trotuar. La cinci și două minute, a primit un mesaj de la Sara.

> „Chiar acum plec de la școală. În zece minute sunt acolo.
> Te sărut."

---

[1] Gran Vía de les Corts Catalanes (în catalană) este una dintre cele mai importante străzi din orașul Barcelona, pe care îl străbate în lungime, pe un traseu de peste 13 km. (*n.tr.*).

În cele zece minute care au urmat, Emma a mâncat madlena, a băut o jumătate din apa din sticlă, a fumat o țigară – pe atunci, și ea, și Sara fumau – și a revăzut actele pe care le avea pregătite în dosar. Apoi s-a lăsat pe spate în scaun, și-a pus ochelarii de soare și a început să aștepte, privind la oamenii care treceau pe trotuar, învăluită de zgomotul traficului, de fumul autobuzelor și de căldura care se ridica în aer din asfalt.

Chiar în acel moment, la două străzi de acolo, un taxi s-a oprit în fața unui semafor pe roșu. Taximetristul a apăsat pe butonul de la aerul condiționat, aflat pe bord, și a ridicat privirea către oglinda retrovizoare, ca să riposteze la comentariul pe care îl făcea clienta aflată pe bancheta din spate. Însă glasul său nu a ajuns să mai rostească vreo vorbă. După o fracțiune de secundă, automobilul primea atacul violent venit din partea unui camion, care nu reușise să frâneze la timp, și era aruncat în față, lovind grupul de pietoni care așteptau să traverseze strada, zdrobindu-se de semafor, care a căzut la pământ cu o lovitură surdă și un zgomot de sticlă spartă. Cei mai mulți dintre pietoni au reușit să se miște la timp și să evite, cu câțiva milimetri, botul taxiului. Doi n-au izbutit s-o facă. Sara, care, în acel moment, sprijinită de semafor, îi trimitea un mesaj Emmei, anunțând-o că avea să întârzie câteva minute, nici măcar n-a putut ridica ochii. Niciodată nu vom ști care a fost ultimul ei gând și nici ce a văzut sau a simțit. Știm, da, ceea ce a apucat să scrie. Pe ecranul mobilului ei, pe care încă îl mai ținea strâns între degetele înțepenite la câtva timp după ce a fost urcată în ambulanță, au rămas, în mod ciudat, înscrise trei cuvinte și jumătate, ale unui mesaj rămas fără sfârșit:

„Iubito, așteaptă-mă! Vin a..."

Nu, n-o să știm niciodată ce a trăit Sara în acea clipă de despărțire. Și nici ce a trăit Emma pe parcursul celor aproape trei ore cât a rămas așezată la masa ei, privind la lumea care trecea pe trotuar, în vreme ce timpul și neliniștea alunecau peste așteptarea ei și ambulanțele și mașinile poliției treceau prin fața terasei, în direcția Sarei. Nici atunci n-am știut și nici până astăzi n-am aflat, fiindcă Emma n-a vorbit niciodată despre acele trei ore și niciunul dintre noi n-a îndrăznit să întrebe. Pentru ceilalți, pentru aceia care, în respectivul moment, încă nu figuram în acel scenariu, tragedia a început imediat după aceea. În seara aceea, la ora opt și paisprezece minute, în timp ce mă plimbam cu Max, am primit un telefon de la Emma. Îmi amintesc că ne-am oprit la un magazin de înghețată și că ne așteptam rândul, în vreme ce un cuplu de japonezi o amețea pe vânzătoarea dominicană, cerând informații despre diferitele arome pe care le avea în cutiile din vitrină, și îmi amintesc și privirile obosite ale vânzătoarei, figura ei plictisită și căldura de plumb care cădea pe prelata de deasupra. Mobilul a sunat de trei ori. În primele două dăți, n-am preluat apelul fiindcă, până la urmă, japonezii se săturaseră să tot întrebe și, în final, aveau în mână o înghețată cu trufe și plăteau. A treia oară, am răspuns. La celălalt capăt al firului, Emmei i-a luat un timp până să vorbească. Am auzit-o respirând rar, ca și cum ar fi suflat în telefon. Am crezut că era vântul. Când, în cele din urmă, a vorbit, vocea ei a sunat ca și cum ar fi fost plină de cenușă.

– Sara nu m-a sunat, a spus ea.

Asta a fost tot. „Sara nu m-a sunat.“ Ca o piatră căzând în apă cu greutatea unei bucăți de plumb. Impactul a provocat o undă tăcută, care s-a extins de la terasa cafenelei până în estul orașului, inundând străzi, piețe și bulevarde, până ce a căzut peste mine, ca un val de noroi. Am așteptat, foarte tăcut. Ea, la fel. După care, după o tăcere care a devenit eternă, a repetat, de data asta mai rar:

– Sara nu m-a sunat.

Apoi:

– Saranu m-a sunat. Saranum-a sunat. Saranum-asunat. Saranumasunat. SaranumasunatSaranumasunatSaranumasunat.

Am remarcat gustul neliniștii sale în gura mea și, pe loc, înghețata cu trufe a avut gust de nisip. După o secundă, am văzut cum globul de înghețată îmi cădea jos din mâna desfăcută și pe Max cum se apropia și îl lingea, lent, încântat.

Apelul Sarei. Acela a fost impactul. Toate celelalte au venit după aceea.

Aș putea să-mi dedic o viață întreagă ca să povestesc ce s-a întâmplat și cum s-a întâmplat. Aș putea relata în detaliu despre apelurile telefonice, așteptare, confuzie, spital, părinții Sarei, mama, Silvia, funeralii, îngrijorare, groază... Aș putea eviscera scene, emoții, amintiri... însă, după tot acest timp, știu că nu acestea sunt cele mai importante. Ceea ce contează cu adevărat este ceea ce s-a întâmplat efectiv, că Sara și-a pierdut viața pe o stradă, cu un mesaj trimis pe jumătate, și că acest fapt a provocat lucruri care au schimbat multe altele. Contează că, brusc, a trebuit să ne punem în gardă, dispuși să o peticim pe Emma între noi, când, nu cu mult timp în urmă, familia rămăsese trunchiată prin dispariția tatei, iar eu începeam să merg înainte fără Andrés. Ne-am pregătit în pripă, improvizând un protocol de prim ajutor, pe care n-am avut ocazia să-l utilizăm, fiindcă Emma ne-a surprins cu o integritate la care nu ne așteptam și care ne-a prins pe picior greșit, inducându-ne în eroare.

Emma a refuzat, sus și tare, să meargă la spital ca să identifice cadavrul Sarei. Nu, nu s-a dus la spital. Și nici la înmormântare. N-a vrut să vorbească despre asta. N-am văzut-o vărsând nici măcar o singură lacrimă. Mama s-a dus la ea acasă și acolo au stat împreună primele două zile, însă, când i-a propus să mai rămână la ea o vreme, Emma a refuzat cu o fermitate și o hotărâre care ne-au buimăcit. Nu a vrut să-și părăsească apartamentul – cel pe care îl împărțise cu Sara în cursul ultimilor patru ani – și nu s-a lăsat convinsă să ceară un concediu medical de la institut. „Este prea îndurerată", am gândit noi. „Uneori, reacționează astfel", ni s-a spus. „Lăsați-i timp!" Așa am și făcut. Timp, am presupus că totul era o chestiune de timp, că șocul era încă prea recent, prea nemăsurat, prea tot. Ne-am hotărât să o ținem sub observație, să o supraveghem, să o monitorizăm. „Când o să cadă, va trebui să fim lângă ea, ca să o sprijinim", a prevestit Silvia. „Fata asta are nevoie de ajutor", insista îngrijorată mama, dați fiind cu toții laoparte de masca de fată calmă și de dulceață pustie pe care Emma o adoptase brusc și pe care o scosese nu se știe de unde.

La prima vedere, după moartea Sarei, în viața Emmei se schimbaseră prea puține lucruri. În ziua în care, după primul sfârșit de săptămână în care fusese ținută în casă de mama, revenise în apartamentul ei, m-a sunat în cursul după-amiezii ca să mă întrebe dacă putea să-l scoată la plimbare pe Max. Îmi amintesc că era luni și că plouase toată dimineața. Pe terasă, aerul cald al verii timpurii scotea nori de abur din băltoace și mirosea a sare și a asfalt. Cu toate că apelul și întrebarea mă găsiseră nepregătit, i-am spus că da. Am presupus că, de fapt, avea nevoie să iasă din casă, să se aerisească, să-și abată gândurile. Când a venit să-l ia pe Max și m-am oferit să-i însoțesc, ea m-a privit fix și, cu aceeași blândețe pătrunsă de hotărâre, pe care o folosise în multe dintre refuzurile sale de la accident încoace, a răspuns:

– Nu.

Asta a fost tot. „Nu." A fost un „nu" lent și crud, care s-a desfășurat asupra mea ca o prelată fină și aproape transparentă, o nouă piatră pe suprafața apei, care nu a lăsat loc de replică.

Am rămas țintuit la jumătatea camerei, fără să știu ce să spun, în timp ce ea și Max ieșeau pe ușă și se pierdeau pe scări în jos, ca să se întoarcă după câteva ore. Apoi am luat cina împreună.

– Te deranjează dacă rămân să dorm la tine? a întrebat după ce a strâns masa.

Din ziua aceea, ritualul a fost mereu același: Emma sosea la mine acasă pe la patru și jumătate, după ce pleca de la institut. Mergea la plimbare cu Max și revenea după ora opt. Apoi luam cina, ne așezam la masa din cameră. Ea corecta lucrări sau își pregătea ultimele ore de curs, iar eu făceam subtitrarea la filmul care venea la rând pe laptop sau spălam farfuriile și făceam un pic de ordine, după care ieșeam cu Max, ca să facem împreună ultima plimbare pe ziua aceea. Uneori, jucam șah sau vizionam vreun film și, în multe seri, ieșeam pe terasă cu un pahar de Coca-Cola și ne așezam cu Max pe pragul care făcea legătura cu camera și stăteam de vorbă ore întregi. Discuțiile cu Emma erau relaxate, foarte calme și vremea senină din nopțile de iunie ne ținea companie. Vorbeam despre mama, despre orele pe care le ținea Emma la institut, despre viață, în general, și despre nimic, în special. Ea punea multe întrebări. Mai cu seamă îi plăcea să-i povestesc lucruri de la locul meu de muncă.

– Povestește-mi, hai, spunea ea, punându-mi mâna pe braț. Acest gest îl mai păstrează încă și astăzi. Când Emma îți cere ceva, îți pune mâna pe braț și o lasă acolo pentru o clipă. Este o mână ușoară, dar care oferă căldură, ca lăbuța unei pisici când nu vrea să zgârie. Eu îi povesteam ce făcusem în ziua aceea, iar ea asculta, întrerupându-mă adesea. O captivau detaliile, acele lucruri care pentru cineva înseamnă rutină, dar care, din afară, sunt atrăgătoare pentru că sunt ciudate sau neobișnuite, mai ales dacă eu eram implicat în dublarea vreunui actor care ei îi plăcea în mod deosebit. Atunci îmi cerea să repet vreun dialog, oricare, și ea inventa scena sau improviza o replică. Îi plăcea, de asemenea, să mă vadă făcând subtitrări pe calculator. Se așeza lângă mine și îi plăcea să-i vorbesc despre ceea ce făceam, presupun că, în parte, fiindcă era ceva nou și pentru mine, și, în parte, și pentru că, de când nu mai era Andrés, eu nu prea aveam cu cine să comunic. Nu trecuse mult timp de când, la munca mea de subtitrare a filmelor și de traducere a scenariilor, se adăugaseră mai întâi dublajul și apoi textele de publicitate, și, în scurtă vreme și printr-o succesiune de întâmplări a căror amintire mă surprinde încă, viața mea la serviciu luase o întorsătură de o sută optzeci de grade, și m-am văzut lucrând într-un ritm pe care, cu câteva luni înainte, nici măcar nu mi l-aș fi putut închipui. Subtitrarea filmelor mă dusese la dublaj – unul dintre clienții mei mă îndemnase să dau o probă de voce pentru un studio de înregistrare cu care el lucra adesea și care căuta o voce ca a mea. „Întotdeauna este nevoie de voci răgușite, ca a ta, Fer, și n-ai nimic de pierdut, crede-mă!", mă încurajase el. Și așa a și fost. Într-o zi, sunase telefonul și cineva, de la celălalt capăt al firului, îmi ceruse să vin la studio, să dau o probă. M-am dus, am dat proba, le-a plăcut și am făcut dublajul la primul meu film, iar dublajul m-a dus, în chip aproape firesc, la publicitate, și cu atât succes, încât al doilea anunț pe care am ajuns să-l rostesc a fost acela pentru o mașină și care, nu se știe cum și de ce, avea să schimbe modul de a face publicitate în domeniu, așa că vocea mea a rămas, imediat, legată de acest nou mod de a rosti un anunț.

În vremea în care Emma a început să doarmă la mine, eu trăiam cufundat într-un intens ritm de lucru care mă obliga să fiu activ și să ies din casă în fiecare zi. Zilele mele erau marcate de o dublă coordonată, care ușura lucrurile întrucât le simplifica: pe de o parte, munca, pe de altă parte, Max. Elementele personale, tot ce era mai intim, acel șirag de lucruri prost rezolvate care veniseră, dintr-un salt, cu mine în garsonieră, a trebuit să le las laoparte, pentru mai târziu. Deodată, în jurul meu era zgomot: vocea mea, cu multiplele sale tonuri, timbre și fațete, anunțând mașini, periuțe de dinți, benzină, energii regenerabile, mașini de spălat, gume de mestecat și mari magazine suedeze; incluzând în mine, zi după zi, o nouă terminologie – „*claims*[1]“, „labiale[2]“, „*takes*[3]“ – care îmi insufla aer și mă ajuta să fiu mai puțin și să fac mai mult. Am început să fiu un om care muncea mult și am început să mă văd și eu astfel: „Sunt crainic, sunt dublură, sunt un tip care are succes în ceea ce face“, îmi spuneam, satisfăcut să mă văd transformat într-un om care, în sfârșit, înțelesese că „un om nu este ceea ce este, ci ceea ce face“, mai ales când ceea ce faci depinde de tine și nu-ți cere să ai încredere în nimeni. Venirea Emmei în casă a coincis cu nașterea acestui Fernando și, departe de mine gândul să o judec – să mă judec –, ea se mărginea să întrebe, să vrea să știe și nimic mai mult. Mă asculta așa cum ascultă copii care, cu toate că așteaptă un răspuns care nu vine – și care poate că nici nu trebuie să vină –, nu încetează să aștepte. În multe nopți, stăteam de vorbă până târziu și apoi ne culcam pe canapeaua extensibilă, înghesuiți, cu Max la picioarele noastre. Ea îmi dădea un sărut de noapte bună, își punea mobilul sub pernă și se întorcea spre fereastră, după care stingea lumina. În zilele obișnuite, se scula devreme, cobora cu Max să facă prima plimbare și pleca la lucru. La sfârșit de săptămână, dinamica era aceeași: se trezea la șapte și jumătate, lua micul-dejun, îl scotea pe Max și pleca.

Așa au mers lucrurile aproape un an: nicio lacrimă, nicio referire – voalată sau nu – la Sara. Niciodată n-am auzit-o pomenind-o. Și, dacă vreodată întrebam, comentam, insinuam, ea nici măcar nu clipea. Zâmbea ca și cum ar fi știut ceva ce noi nu știam, întotdeauna cu telefonul în mână sau pe masă, mișcându-se lent, aproape cu încetinitorul. Mama și Silvia s-au liniștit când au aflat că, practic, trăia în aceeași casă cu mine și, puțin câte puțin, au coborât complet garda. „Este Emma, dar nu

---

[1] Aici cu sensul de drepturi de autor (în limba engleză în original) (*n.tr.*)
[2] (Despre sunete): Care se articulează cu ajutorul buzelor. (*n.tr.*)
[3] Aici cu sensul de duble de înregistrare (în limba engleză, în original) (*n.tr.*)

este Emma“, spunea mama, în felul acela al ei, atât de propriu, de a rezuma lucrurile și care, uneori, este atât de simplu că nu mai este nevoie de altceva. „Este ca anesteziată, asta nu poate fi un lucru bun“, insista Silvia. Și aveau dreptate. Emma era ea, esența și scheletul erau acelea ale Emmei, dar exista ceva care nu era al ei. Râsul ei era gol; surâsul, absent. Te privea țintă când vorbea, dar era o privire închisă în ea însăși, în care rămâneam captivi când ne mătura cu ea. Mânca bine, mergea la înot în fiecare zi, încetase chiar să fumeze și reluase orele și partidele de padel la gimnaziu, dar totul nu era la ea decât un gest studiat, un personaj cu dialoguri scrise de mâna altcuiva, precum acelea pe care le dublam eu, în fiecare zi, în cabina de înregistrare: sunau bine și aveau un fir logic. Ordinea și intonația erau cele adecvate, însă, printre rânduri, nu exista emoție, ci aer.

Și, apoi, mai erau și ochii ei.

Unul dintre lucrurile pe care înainte, sau pe urmă, le învățăm noi, cei care facem dublaje, este că în ochii noștri există un limbaj mult mai bogat decât acela de pe buzele noastre. Ochii anunță momentul exact în care personajul este pe cale să intervină și emoția pe care o va întipări în ceea ce dorește să comunice. O dublură bună știe că mare parte din munca noastră constă în a descifra ce apare în priviri, și nu pe buze, fiindcă buzele sunt, mai mult sau mai puțin, purtătorul de cuvânt al ochilor. În cazul Emmei, ochii săi nu anunțau ceea ce spunea vocea, întrucât expresia pe care o anticipau era una goală. Eu o auzeam vorbind și, uneori, dacă făceam exercițiul de a-mi imagina că aș dubla-o, vedeam că ar fi cu neputință. Desprinsă. Emma era desprinsă de propria sa fântână cu emoții: vorbea cu blândețe, întotdeauna impasibilă, aproape cu dulceață în nuanțe. Părea că alunecă pe un strat subțire de gheață, de o fluiditate aproape lichidă, care nu se crăpa decât atunci când primea vreun mesaj pe mobil sau când, brusc, credea că nu are telefonul la vedere. Atunci, privirea i se umplea de noroi, ochii i se închideau pe jumătate și ea se ghemuia, ca un pumn, în ea însăși, până ce citea mesajul sau își găsea telefonul. Trăgea adânc aer în piept și își afișa, din nou, surâsul fin, ochii triști și își punea mâinile în poală.

Și așa am continuat să mergem toți, în nava aceea care ne purta: Emma, cufundată în doliul său voalat și ermetic, de o parte a canapelei, eu, cu noua mea viață inventată, de cealaltă, și Max la picioarele amândurora, bucurându-se atât de dragostea ei, cât și de a mea, martor al unei rutine și al unei tovărășii zilnice, pe care mai întâi săptămânile, și apoi lunile, au prelungit-o în timp, ca pe un calm plat, pe care nici ea, nici eu nu am fi știut și nu am fi putut să-l rupem și care, fără îndoială, s-ar fi eternizat dacă întâmplarea sau destinul nu ar fi jucat, încă o dată, cu cărți măsluite.

Și dacă mama n-ar fi făcut ceea ce a făcut, uluindu-ne pe toți și căzând, la rândul ei, ca o piatră pe pojghița subțire de gheață pe care alunecau patinele noastre.

Schimbând totul.

Doi

Din sufragerie, peste clinchetul paharelor, al tacâmurilor și al farfuriilor se suprapun vocile stinse ale Emmei, Olgăi și Silviei, în timp ce, în camera ei, mama vorbește la telefon cu Ingrid. Deodată, se aud un râs nervos al Olgăi, un comentariu al unchiului Eduardo și replica seacă a Silviei, pe care nu reușesc s-o deslușesc de aici, în timp ce noaptea se închide în jurul nostru și, din exterior, răbufnirea unei rachete anunță că plecăm, că decembrie se termină. Dorințele de a sărbători impregnează aerul.

Baia mamei sau, mai bine zis, pereții acesteia sunt reflexul femeii în care ea s-a transformat de când a venit în acest apartament și a putut să-și pună amprenta pe ceea ce decorează, fără să aștepte nici permisiunea, nici critica nesigură a tatei, care a detestat dintotdeauna – și care trebuie că încă mai detestă – să vadă lucruri pe pereți. Pereții trebuiau să fie albi și goi. Niciun tablou, nicio firidă. Nicio plantă.

„Plantele sunt precum câinii: trebuie să trăiască afară“, spunea el. Și gata. Dacă, în vreun moment, încercam să-l convingem să ne lase să punem pe perete, în camera noastră, un poster, o fotografie, o carte poștală ilustrată, el refuza dând din cap și scotea un pufnet prost-dispus. Apoi comentariul era, întotdeauna, același. La fel și tonul: „Atât timp cât o să mai trăiți în casa mea, pereții vor continua să fie albi și plantele vor crește în parcuri! Când o să vă câștigați singuri traiul și o să fiți independenți, o să puteți face cum o să vă vină la socoteală".

Pereții acestei băi au avut aceeași soartă cu cei din restul casei. Când mama s-a instalat aici, nu a întârziat să-i umple cu fel de fel de lucruri. Sunt lucrurile „ei" și, oricât de oribile li s-ar putea părea celorlalți – și oricât ne-am dat silința, eu și Silvia, să o facem să înțeleagă că nu este nevoie să le aibă pe toate la vedere –, ea nu se lasă și încearcă să ne facă să credem că, da, se gândește la asta, că, atunci când va zugrăvi casa, o să le dea jos sau „mai degrabă atunci când voi schimba acest dulap, că a venit vremea" ori „când am să pun la păstrare hainele de vară și o să le scot pe cele de iarnă, o să profit de asta".

Întotdeauna există o scuză ca să nu se atingă de ceea ce, pentru ea, este de neatins, cu toate că niciodată n-am auzit-o spunând: „Nu, astea sunt ale mele și vreau să stea unde sunt". Nu, mama nu vorbește așa. Au fost prea mulți anii în care s-a sustras autorității – mai întâi celei a bunicului și apoi celei a tatei – evitând confruntarea. Prea mulți ani în care a recurs la subterfugii, încercând să scape de golurile pe care i le-au lăsat viețile altora, iar acum, când nu mai are pe nimeni care să o coordoneze, face cum vrea ea, dar tot fără s-o declare în mod deschis. A învățat să vadă și să acționeze din umbră, și este deja prea târziu ca să se mai schimbe.

Peretele de deasupra toaletei este ocupat de un dreptunghi mare, din placă de plută, plin de decupaje, postere din filme în miniatură și alte hârtii, care îl umplu, practic, cu totul. Deasupra ramei din lemn care înconjoară pluta, stă numele meu, scris cu litere albe. Cunosc bine placa din plută și ceea ce conține: este rezumatul a tot ceea ce au fost ultimii trei ani ai mei, un gen de ecran solid, pe care mama a țintuit, cu mici piuneze colorate, ceea ce am făcut, semnele pe care le-am lăsat în urmă, săptămână cu săptămână, lună cu lună, pe harta ei cu amintiri. Piunezele cu cap galben prind în ele tăieturi din ziare sau reviste în care apare vreun anunț rostit de mine. Sunt de tot felul: supe, automobile, lanțuri de magazine unde se vând hamburgeri, paste de dinți, lapte de soia sau cereale light. Piunezele cu cap albastru țin postere în miniatură ale filmelor în care am dublat vreun actor; iar cele cu cap roșu, postere ale celor pentru care am făcut subtitrarea, plus vreo câteva interviuri, publicate într-o revistă de cinema și într-un supliment duminical. Întregul meu CV, ultimii trei ani ai mei sunt aici, la vedere. Asta este ceea ce mama arată despre mine, este modul ei de a spune oricui trece prin baie cât de mândră este de fiul său și modul ei de a-mi spune că ceea ce o preocupă sunt spațiile unde nu este pus nimic, golurile care nu țin de muncă și care sunt goale de orice altceva. „Muncă“ spune dreptunghiul din plută. „Ești ceea ce faci, Fer.“ În realitate, este un rezumat complet a ceea ce a fost viața mea de când am terminat-o cu Andrés și m-am mutat, împreună cu Max, în garsoniera de pe plajă: muncă, muncă și iar muncă. Puțin și nimic mai mult. Am vorbit mult despre asta, eu și mama, și amândoi știm ce crede ea.

– Nu poți să continui așa, bănuind pe toată lumea, Fer! îmi spune ea, cu acea încredere oarbă pe care continuă s-o aibă în ceilalți și pe care, după ce a trăit ce a trăit cu tata, mie îmi vine greu s-o înțeleg. Andrés a trecut. A ieșit prost, dar a trecut. Știe că la mijloc n-a fost numai Andrés, că a fost el, dar și cele întâmplate înainte, că nu aleg bine fiindcă, în fond, sunt ca și ea. Știe că n-am ales bine prima dată, că am repetat greșeala a doua oară și că am recidivat la cea de-a treia. Mereu același tipar, mereu același profil: dresorul de șerpi, îndoielnicul care se vinde bine, râsul larg, umbra mărginită, reflexul repetat al tatei. Mama știe asta, așa cum știu și eu, și știe și că Andrés contează la fel de puțin precum cei dinaintea lui, pentru că acela care alege sunt eu. În privința asta, Emma și cu mine semănăm mult. Fiecare dintre noi în felul său, cerem puțin de la celălalt, ne mulțumim să știm că prezentăm interes, că suntem în stare să obținem o privire. Emma n-a știut să se oprească. Eu am hotărât că n-o să se mai întâmple.

Ajunși în acest punct al discuției, ea nu spune niciodată nimic. Se uită la mine cu regret, plescăie din limbă și înfige piuneze colorate în bucata de plută, ca să-mi aducă aminte că, de fiecare dată, rămân în viață tot mai puține goluri de umplut. Cât despre mine, eu o văd înfigând piunezele ei colorate și continui să sper că timpul îmi va da vreun semn, sau vreun brânci, sau nu știu... ceva care să îmi arate că poate că sunt pregătit să mă întorc și să fac o alegere mai bună, să mă înșel mai puțin sau altceva.

Pe peretele opus, lângă ușă, sunt alte două panouri din plută, mai mici și identice. Cel din dreapta este acela al Silviei. Este cel mai puțin încărcat. În afară de o fotografie recentă, de pașaport, pe care mama trebuie că a scos-o dintr-unul dintre dosarele ei, singurele care apar pe bucata de plută sunt niște cărți poștale ilustrate: Miami, Rio de Janeiro, Auckland, New York, Oslo... Unele sunt lipite cu imaginea către foaia de plută, lăsând la vedere scurtul mesaj, cu scrisul ascuțit și îngrijit al Silviei, care, aproape întotdeauna, este același: „Bună, mamă! Aici, din... Sper că ești bine. Mi-e dor de tine. Un sărut fierbinte. S.“ Panoul din stânga – cel al Emmei – este plin de fotografii în care Emma apare, întotdeauna, cu cineva: Emma cu mine, Emma cu mama, cu Silvia, cu Olga, cu niște prietene în Patagonia, cu fetele din echipa de padel, Emma cu... În niciuna nu apare singură. Există și unele în care Emma este cu Sara.

Cele trei panouri din plută sunt cele trei ferestre pe care mama le ține întotdeauna deschise pentru noi, din care ne vorbește fără glas. Sunt ceea ce vede din copiii ei, lumina roșie pe care o recunoaște în noi trei. Baia este, prin pereții ei, scrisoarea pe care mama i-o scrie, de la un timp încoace, fiecăruia dintre noi, felul ei de a spune, în tăcere: „Îmi dau seama. Sunt mama voastră și îmi dau seama de ceea ce se petrece cu voi, de locul în care vă aflați". Prin panoul din plută pe care i-l dedică, mama îi spune Silviei că nu știe cum să ajungă la ea, că două fraze și jumătate, de la distanță, la fiecare cincisprezece zile, nu reprezintă nimic și că îi e dor de lucruri pe care nu știe cum să le explice. Mama expune cărțile poștale ilustrate precum cineva care oferă bucățile unui puzzle. „Fata mea, uite aici tot ceea ce nu-mi spui!", îi zice ea Silviei. „Uite cât ești de departe!"

În cazul Emmei, mesajul este altul: „Copila mea mijlocie, care nu știe să fie singură", spune panoul ei, plin de însoțitoare. „La fel de dependentă ca și mine, la fel de rătăcită ca și mine." Asta îi spune, prin colajul ei, Emmei, care nu citește în el niciun mesaj. Mama ne dedică pereții băii sale și eu știu că acest lucru este important, că nu o face doar ca să-și înveselească pereții. Este felul ei de a ne spune că este mama noastră și că, așa cum poate, este aici, încercând, acum că tata și umbra lui n-o mai întunecă, să-și recâștige locul.

Auzind-o acum la telefon, nu pot să-mi stăpânesc un zâmbet. Hohotele de râs cu care își presară spusele sunt atât de molipsitoare și comentariile ei atât de... ale ei, că întotdeauna mă surprinde că a făcut ceea ce a făcut ca s-o tragă pe Emma înapoi, în viață. Cu toate că nu a contat prea mult ce a făcut, nici cum a făcut-o, ci mai cu seamă ceea ce am văzut la ea, ca reacție, acea Amalia întreagă și matură care, până în acel moment, nu figurase pe hărțile noastre. Mama s-a maturizat, s-a descoperit protagonistă, fără tata lângă ea, și, prin gestul său, ne-a micșorat pe toți, reordonând, încă o dată, un scenariu pe care îl credeam imuabil.

Îmi usuc mâinile cu prosopul și deschid ușa. Când sunt pe punctul s-o iau către sufragerie, mă opresc. Fraza presupusă a fi șoptită a mamei ajunge la mine din camera ei și mă țintuiește de podea.

– Crezi? spune ea. Ah, nu știu, Ingrid! Nu cred că ar fi o idee bună. După cum se prezintă atmosfera, dacă o spun în noaptea asta, cred că or să sară pe mine ca fiarele, mai ales Silvia! O scurtă tăcere. Da, astăzi este gata să muște.

O nouă tăcere, de data asta mai îndelungată.

– Aha, revine mama la subiect. Este multă vreme de când fata asta nu se simte bine, este destul să o vezi. Dar, desigur, nimeni nu-i spune nimic. În plus, cum pe mine niciodată nu mă cred, una ca asta...

Tăcere. Mă întorc spre stânga și înaintez pe coridor până ce ajung la ușa camerei sale. Când mă uit prin deschizătura ușii, o văd lungită în patul ei, cu spatele sprijinit de câteva perne enorme, cu Shirley sforăind pe gâtul ei, ca un guler de blană viu. În timp ce vorbește la telefon, ținând receptorul între capul înclinat și umăr, lucrează la unul dintre pătratele cuverturii pe care, de câteva luni încoace, o face pentru mine. Are ochii întredeschiși. Prea multă lumină. Nu mă vede.

– Păi, adevărul este că nu știu, spune ea. Între povestea cu fetele mele gravide și aceea cu fratele meu... Își duce mâna la obraz și strânge din buze. Este îngrijorată, aproape înfricoșată, și se exprimă așa cum o face orice mamă într-un moment de intimitate cu o prietenă care este obișnuită să o asculte. Uneori, am senzația că nu contez, Ingrid, spune ea pe un ton plin de tristețe. Că nu țin seama de mine. Și... bine, îmi aduc aminte de Manuel, de faptul că îmi era întotdeauna teamă ca nu cumva să nu fac lucrurile bine, fiindcă niciodată nu erau bine și...

Tăcere. Înghit în sec. Pe dată, mă simt prost că stau și ascult. „N-ar trebui", îmi spun eu. „Nu e bine." Dar nu mă mișc din loc. Mama și fața ei B vorbesc din nou, iar eu rămân unde sunt.

– Și, pe deasupra, Eduardo cu această... fată, sau ce-o fi... Ah, Ingrid, fratele meu n-o să afle niciodată! Lasă să-i scape un oftat, între trist și împăcat. Adevărul este că nu știam ce mutră să fac. Încuviințează, atentă la ceea ce îi spune Ingrid de la celălalt capăt al firului, lucrând în continuare și acoperind-o cu lâna pe Shirley, după care urmează: Chestia este că nici măcar nu sunt sigură că este o fată. Cu mustățile alea, cu labele alea păroase și... chiloții ăia tanga, spune, cu o figură îngrețoșată. Eu nu prea mă pricep, dar te asigur că în treaba asta este ceva grav, foarte grav, pe care noi nu-l înțelegem, ca să nu mai vorbim de... Tace, părând să fie întreruptă de Ingrid. După câteva clipe, deschide larg ochii, dă încet din cap în semn de aprobare și își duce mâna la piept. Dumnezeule, spune, cu un gâfâit îngrozit. Atunci. Închide ochii pentru câteva secunde, după care îi deschide, mari cât cepele. Crezi că Eduardo ar putea fi... gay?

Tăcere.

– Sigur! Cum de nu mi-a dat prin cap până acum? sare ea, lăsând andrelele cu vârful în sus și ridicând vocea. Apoi își dă seama că am putea-o auzi și își duce mâna la gură, lipind-o de receptor. De asta trăiește mereu în străinătate și n-are noroc la femei. Siiigur! Respiră adânc și dă ușor din cap, în semn de aprobare. Of, Ingrid... asta înseamnă că fratele meu... și el!? Și gândește-te tu cât trebuie să fi suferit, bietul de el, trăind totul în tăcere. Și atât de singur. Își arcuiește o sprânceană și își apleacă puțin capul. Să-ți spun drept, nu știu de ce mă mir, fiindcă, e limpede, dacă homosexualitatea este genitală, și trebuie că este, fiindcă am citit mai ieri în *El País*[1], atunci înseamnă că se moștenește, știi și tu: nu există doi fără trei. Și nu mai trebuie să-ți spun că acum avem deja doi.

Au! Discul mamei s-a întors pe neașteptate și acum acul se mișcă pe fața A, aceea a zgomotului și a interferențelor. Brusc,

[1] *El País* este cel mai mare ziar în limba spaniolă, având peste șaizeci și cinci de milioane de cititori, în Spania și în America Latină. (*n.tr.*)

se luminează la față și face, din nou, ochii cât cepele. Expresia ei este aceea a unei fetițe.

– Of, Ingrid! Genetică, genitală... ce mai contează? Nu fi și tu așa de năzuroasă. Chestia este că se moștenește, spune ea, agitându-și o mână prin aer. Urmează o tăcere. Foarte scurtă. Da! Bine, eu nu știu dacă este ceea ce este, însă îți spun sigur că, în ceea ce o privește pe așa-zisa Sindy Teresilla, nu e lucru curat și are păr și umflături unde nu trebuie. Ți-o spun eu! Și, dacă am ajuns aici, îți spun că nu știu cum or să doarmă împreună cu claia aia de păr atât de țeapăn pe care îl are băiatul pe cap și pe picioare. Fiindcă somnul este foarte important, cu toate că lumea nu crede asta. Fiindcă, uite, treaba cu sexul ține cât ține, căci, mulțumită lui Dumnezeu, durează puțin, dar somnul... ah, de dormit, trebuie să dormi, da, da! Sau nu ești de părere?

Tăcere.

– Da, sigur că sunt în stare de șoc, Cerule Mare, cred și eu! O scurtă tăcere. Și că niciunul nu ne-am dat seama până acum... Din nou tăcere. Da, este adevărat. Ce curaj a avut să ni-l arate așa pe iubitul lui, nu? Închipuie-ți ce i-am fi putut spune, cu limba ascuțită pe care o au Silvia și Olga, și băiatul ăla așa de negrișor și de... portughez. Neagă ușurel din cap și plescăie din limbă. Cât de prost trebuie să se fi simțit! Tăcere. Dă din cap ca o fetiță ascultătoare. Da, bineînțeles! Dacă Eduardo a hotărât să iasă din dulap, trebuie să-l ajutăm să spună tot. Pauză. Da, o să mă implic! Imediat ce mă întorc la masă, n-avea nicio grijă!

Se lasă o tăcere mai îndelungată. Mama ascultă atentă, în timp ce o mângâie pe Shirley, care acum se întoarce cu burta în sus pe gâtul ei și își dă capul pe spate. Mama consimte cu un gest lent și, fără veste, încruntă din sprâncene:

– Al... nostru? întreabă ea cu o voce derutată.

Tăcere.

– Aha, al nostru, da! Nu înțelegeam. La gâtul mamei, Shirley începe să alunece, foarte încet, în gol, cu capul în jos. Mama nu-și dă seama. Nu, Ingrid. Știe oricine cum o vor lua, spune ea, mângâind-o, distrată, pe Shirley cu vârful andrelei. Shirley scoate limba și își lasă capul să atârne în golul dintre cele două paturi, ca un liliac drogat. Însă s-ar putea să ai dreptate. În total, aici, fiecare cu ale lui, unul care iese din dulap, celelalte care rămân însărcinate într-un pântec comun, ori cum s-o chema, și oricine ar putea spune că mie nu mi se întâmplă nimic, adaugă ea cu o expresie de fetiță contrariată. Păi, uită-te și tu! sare ea, brusc încurajată. Mai bine să știe deja și așa or să-și facă o idee, nu crezi? În plus, între o treabă și alta, timpul se va scurge peste noi! Scoate un chicotit fericit, iar Shirley își urmează căderea lentă către podea, lunecând relaxată. Ah, nici nu știi cât de mult aș vrea. Abia aștept să port chimonoul pentru prima dată! exclamă ea, coborând vocea și punându-și, încă o dată, mâna la gură, ca și cum, fără de veste, și-ar fi dat seama că o poate auzi cineva.

Nu este greu de ghicit că mama și cu Ingrid pun iar la cale vreo nebunie, cu toate că, dacă e s-o spun pe cea dreaptă, asta n-ar constitui nicio surpriză. De când se cunosc, cele două conspiră fără încetare, braț la braț, ca două fetițe aflate în vacanță, iar noi încercăm, când și cum putem, să le oprim, chiar dacă nu întotdeauna o facem bine sau la timp. În timp ce mama își ia rămas-bun de la Ingrid, eu mă retrag din dreptul ușii și încep să mă îndepărtez încet, pe culoar, către sufragerie, pe jumătate amuzat, pe jumătate curios, până când, brusc, o aud spunând:

– Și cum era aia că trebuie să spunem când ajungem? Se lasă o scurtă tăcere, după care, cu un accent aspirat pe care îl disting imediat și care declanșează toate alarmele de pe radarul meu cu lumini roșii, adaugă, cu un râs obraznic pe care îl cunosc bine și care nu anunță nimic bun: Păi, chiar așa: Mereu înainte, până la victorie[1], tovarăşă Che! O foarte scurtă tăcere. Ah, fără Che? Hmm, bine, atunci Mereu înainte, până la victorie, tovarăşă Fărăche!

Tăcere. Mama aprobă cu o expresie enervată şi plescăie din limbă.

– Ah, fata mea, te rog să nu mă confunzi! Da, spuneam eu bine. În plus, nu ştiu ce ţi-a venit acum să-ţi dai numele ăsta, atât de... de oriental. Sau trebuie să ne schimbăm numele fiindcă suntem comuniste şi poate că nu ne lasă să intrăm dacă ştiu că suntem divorţate de biserică?

Atunci înţeleg, cu un scurt fior de anticipare, că noaptea asta, noaptea asta unică a acestui an care este pe cale să se încheie, doar ce a început şi trebuie să fiu pregătit. În orice caz, nu mai este timp. Glasul Silviei rupe tăcerea din sufragerie cu fraza: „Mamă, suntem gata să servim strugurii! Vrei să ne faci favoarea şi să vii?", la care mama răspunde, din camera ei, cu un oftat răbdător.

– Hai să mergem, iubita mea! spune ea, incluzând-o, ca de obicei, şi pe Shirley în pachet. Pune-mi doar o picătură, zău! Ştii doar că vinul spumos îmi provoacă gaze.

– Poate că ceea ce îţi provoacă gaze este faptul că vorbeşti atâta la telefon, mamă, îi dă replica Silvia, al cărei comentariu vine însoţit de un hohot distonant al unchiului Eduardo.

– Bine, te las, Ingrid! spune mama, coborând vocea până la şoaptă. Da, ai auzit-o, nu? Ce ţi-am spus eu? Este im-po-si-bi-lă!

– Mamă, vii odată sau nu?!

– ...şi aminteşte-ţi să-mi faci puţin reiki, însă dintr-acela din care le faci instructorilor de la canisă, ei? Ah, acum, că mi-am adus aminte, nu ţi-am spus ieri că l-am întâlnit, la bancă, pe Isidro, băiatul în scaun rulant care plimbă căţei!

---

[1] Formula reprezintă o expresie bine cunoscută a lui Che Guevara: „¡Hasta la victoria siempre!", prin care acesta şi-a luat adio de la Fidel Castro, în 1965. A fost înscrisă pe soclul monumentului său. (*n.tr.*)

– Mamă!!!

Mă opresc pentru o secundă pe hol, aproape în fața ușii de la baie, și, întorcându-mi ochii la stânga, dau peste propria imagine, reflectată în oglinda înaltă, pe care mama a plasat-o pe lung și transversal, ca pe un fel de fereastră alungită. Pentru un moment, mă văd din nou așa cum m-am văzut cu câteva luni în urmă, la tejgheaua barului, în timp ce așteptam chelnerul să mă servească, și simt, din nou, fiorul, amintindu-mi momentul în care ochii siluetei care mânca într-un colț s-au întors spre mine și privirile noastre s-au întâlnit în oglindă. Îmi amintesc și ce s-a întâmplat după aceea, sau, mai degrabă, încep să-mi amintesc, pentru că imediat imaginea se sparge în cristalul oglinzii, când glasul mamei frânge străfulgerarea.

– Shirley, ai grijă!

Ceea ce urmează este o lovitură surdă, la care se adaugă un chelălăit lung și ascuțit, precum cel al unui șobolan bătrân și, după o secundă, o văd pe Shirley trecând ca fulgerul printre picioarele mele, mârâind și târând în dinți pătratul la care lucra mama, cu andrele cu tot, în timp ce, în camera ei, mama pare să se fi pus, până la urmă, în mișcare, în vreme ce rostește, printre dinți: „Vai, iubita mea, adevărul este că mama este foarte neîndemânatică și nu te-a văzut! Nu pleca așa, regina mea! Vino, vino, că mama o să-ți facă un masaj dintr-acelea minunate pe care le face mătușa Ingrid și ai să vezi că n-o să te mai doară!“

În oglindă, întâlnirea dintre priviri a dispărut și am rămas doar eu. Buclele mele roșii sunt luminate din spate, învăluite fiind acum într-un halou portocaliu, iar pielea albă pare și mai albă astfel, reflectată lângă albul peretelui.

Mama apare în pragul ușii camerei sale. În spatele capului, părul i-a rămas turtit și poartă încă papucii în carouri.

Văzându-mă, zâmbește și privirea i se luminează, până ce, din sufragerie, Silvia o strigă din nou, iar mama dă ochii peste cap și scoate limba la ea, după care ridică din umeri și râde pe înfundate, căutând complicitatea mea, pe care, în mod inevitabil, o găsește.

Apoi îmi pune mâna pe braț și se privește în oglindă. Ochii noștri se întâlnesc. Ea surâde. Eu la fel.

– Mergem, Fer? îmi spune ea, zâmbind.

Îi ofer brațul și ea îl ia, după care se privește, din nou, în oglindă și își dă seama că, în partea din spate, are părul lipit de cap. Cască ochii, îngrozită.

– Doamne, Dumnezeule! spune, ridicându-și mâna rămasă liberă până în creștet și pipăindu-și părul pe dibuite. Îmi lipsește o bucată din cap!

Râdem. Amândoi.

– Și n-aveai de gând să-mi spui nimic, drăcușorule? spune, luând o figură serioasă și umflându-și părul, însă fără succes. Hmm, e mai bine? mă întreabă ea.

– Mult mai bine!

– Mincinosule!

– Ultimele bătăi ale orologiului, ultimele! strigă Silvia din sufragerie. O vedem cum se ridică de la masă, împingându-și scaunul pe parchet. Mamă! Fer!

Mama trage adânc aer în piept, se agață iar de brațul meu și spune, dându-și, din nou, ochii peste cap:

– Să mergem, băiatul meu! Dacă sora ta și cu Shirley continuă să țipe așa, vecinii or să creadă că ne omorâm unii pe alții și or să cheme poliția.

Și așa, râzând amândoi, am început să pășim către sufragerie, unde eram așteptați. Afară, bătăile ceasului termină de încheiat anul și mai jos, către mare, primele rachete brăzdează aerul, luminând ușa din sticlă a sufrageriei ca niște licurici colorați. În jurul mesei, toţi sunt în picioare, cu castroanele cu struguri în mână: unchiul Eduardo, în capul mesei: în dreapta lui, Silvia. În stânga ei, tacâmul intact şi scaunul gol. Urmează Emma şi Olga.

Curând, foarte curând, va veni momentul să ciocnim paharele.

Şi apoi vor veni alte lucruri.

Noaptea continuă.

Trei

Este ora unu și un sfert și, doar cu puțin timp în urmă, au încetat să se mai audă pocniturile rachetelor care umpluseră noaptea după bătăile de clopot. Acum, în piață este o liniște aproape totală, întreruptă, din când în când, de vreun claxon sau de strigătele clare ale unui grup de adolescenți, care trec pe acolo spre gura de metrou. Aici, în sufragerie, vinul spumos și nugalele s-au terminat și nu au mai rămas decât cafeaua și discuțiile calme. După struguri, urări, sărutări și îmbrățișări, a urmat o seară liniștită.

Silvia fumează lângă mine, în timp ce, de ceva vreme încoace, Olga ne povestește, cu lux de amănunte, ce schimbări vor face în casă pentru momentul în care se va naște copilul. Mama o ascultă cu o expresie de interes prefăcut și cu un zâmbet lipit pe față. Aprobă pe alocuri, adăugând, din când în când, una dintre obișnuitele sale formule: „ce drăguț", pe care Olga le salută cu o mică tuse seacă, după care detaliază materialele – toate ecologice, mai cu seamă vopseaua –, culorile, texturile și mărcile pe care doresc să le utilizeze în acea lucrare.

Mai cu seamă mărcile.

– Sunt atât de importante!... insistă ea pentru a treia oară, punându-și degetele pe încheietura mâinii mamei, care clipește mărunt, ca să-și recapete concentrarea. Fiindcă te rog să-mi dai voie să-ți spun [își drege glasul] că, deși nu s-ar părea, mărcile contează. Și încă mult. O marcă reprezintă o garanție. Și cu copiii trebuie să cauți garanții, încheie ea, pe un ton de vânzătoare de asigurări.

Silvia se uită din nou la mine, cu o față plictisită, în timp ce-mi dă, pe sub masă, o lovitură de picior de care reușesc să mă feresc. Văzând că nimeni nu spune nimic, Olga înghite în sec și o ține pe-a ei.

– Adevărul este că, în fond, niște părinți buni – se întrerupe și privește din nou la Emma care, în acest moment, își manevrează, distrată, telefonul mobil –, sau mame – spune ea, aplecându-și puțin capul și încordându-și o expresie care vrea să fie un surâs – trebuie să fie precum o bancă bună.

Unchiul Eduardo ridică privirea de pe iPad-ul pe care și-l ține lângă paharul său, aproape gol, și aprobă de mai multe ori, ca și cum s-ar fi aflat pe terasa unui bar și ar fi văzut trecând o bicicletă fără nimeni în șa. În capătul opus al mesei, mama deschide ochii și își pune mâna în aceea a Olgăi.

– Ah, fata mea, ce lucruri spui acolo! Olga se uită la ea cu o figură care arată că nu înțelege dacă spusele mamei reprezintă o critică sau un compliment, însă mama îi spulberă îndoielile. Cât de bine se vede că nu ești obișnuită să tratezi cu oamenii! Mă rog, cu oamenii, cu persoanele! Mie, niciodată, nu mi-ar fi venit în minte o imagine atât de... hmm... poetică.

Silvia îmi mai trage un picior pe sub masă care, de data asta, își atinge ținta. În fața noastră, Olga zâmbește, încântată, și își drege glasul. Când vrea să-și continue trăncăneala, mama preia discuția.

– Este adevărat, Olga, spune ea, aprobând încetișor din cap, ca și cum și-ar măsura bine cuvintele. O mamă bună trebuie să fie precum o bancă bună.

– Corect! spune Olga.

– Da, insistă mama. O bancă precum cele de altădată. Olga clipește mărunt, brusc dezorientată, iar mama își dă seama de asta. Știi și tu, fetițo: o bancă dintr-acelea pe care te puteai așeza, cu cele patru piciorușe ale sale și stinghiile din lemn verde, puse astfel încât să nu-ți lase urme, nu ca scaunele acelea de tortură pe care ni le-au pus în piață. Își înclină capul și zâmbește, încântată de ceea ce tocmai a spus. Știi că, un timp, când m-am mutat aici, am crezut că erau coșuri de hârtii, nu-ți spun mai mult. Și eu, care îi vedeam pe bătrâni așezându-se așa, cumva aduși de șale, unii privind încolo și ceilalți cu spatele, îmi spuneam: „Amalia, cartierul ăsta, ce știu eu... Multe pretenții și mulți copii blonzi, dar, în fond, suntem cu toții egali: pe cei bătrâni ne pun la coșul de gunoi și copiii fumează iarbă", nu-i așa, Eduardo?

Câteva momente, Olga rămâne încordată. De la convorbirea ei telefonică purtată cu Ingrid, mama încearcă, prin orice mijloc, să-l atragă în conversație pe unchiul Eduardo, care continuă să fie concentrat asupra ecranului iPad-ului său, mormăind printre dinți și care participă la ceea ce vorbim cu fraze scurte și banale.

– Ei? spune acum, ridicându-și ochii. Ah, da! Povestea cu băncile este cumplită, consimte cu un surâs forțat, în timp ce lovește, de câteva ori, carcasa tabletei. Văzând că Olga se uită la el cu o sprânceană arcuită, rectifică. Atât de... obscure, adaugă, fluturând o mână în aer. Și atât de... neprimitoare.

Mama se luminează la față ca un foc de artificii și, cu un clinchet, își lasă ceașca de cafea pe farfurioară.

– Așa cum zici, Eduardo, spune ea. Și apoi: Neprimitoare precum... precum selva[1], sau precum oceanul, sau precum... precum... precum dulapurile, nu-i așa?

---

[1] Pădure ecuatorială virgină, veșnic verde, care acoperă bazinul fluviului Amazon. (*n.tr.*)

Unchiul Eduardo își ridică, din nou, privirea.

– Dulapurile?

Mama aprobă cu gesturi ușoare din cap și o expresie jenată.

– Da, nu există nimic mai neprimitor decât un dulap!

Silvia se întoarce spre ea.

– Mamă!

– Da?

– Putem să știm și noi ce vrei să spui?

Mama întinde gâtul.

– Ah, fata mea! Păi, asta, ce știe toată lumea: că dulapurile sunt groaznice, dar cu adevărat groaznice! Nu știu unde am citit că există un studiu al unui ONG, dintr-acelea care tratează traumele căpătate în urma războiului sau cam așa ceva, care spune că mulți la sută din lumea occidentală au coșmaruri cu dulapuri. Dar coșmaruri groaznice: dulapuri cu dinți, cu mitraliere, dulapuri pline cu soacre, cu bufoni ca acela de la McDonald și de la scriitorii norvegieni, și dulapuri care sunt ca prăvăliile chinezilor, dar fără băiatul ăla din Salvador care să te însoțească prin coridoarele acelea pline cu lucruri din plastic și perdele de duș, care...

– Mamă! Silvia se uită la ea ca și cum nu i-ar veni s-o creadă. Ai pățit ceva?

Mama, care s-a lansat, nici măcar nu o aude.

– Sau, dacă nu crezi, de unde vine vorba asta care zice să cazi din dulap?

– Zice să ieși, Amalia, o corectează unchiul Eduardo, lăsându-și iPad-ul cu fața în jos, pe masă, cu o figură enervată. Să ieși din dulap, nu să cazi!

– Așa, da! sare mama, dând o palmă ușoară pe masă, care face să vibreze ceștile și tacâmurile și pe care Shirley, care stă încolăcită pe genunchii ei, o salută cu un tresărit și un lătrat. Să ieși din dulap! Și apoi, uitându-se la unchiul Eduardo, spune: Trebuie să ieșim din dulapuri, Edu!

Olga își drege glasul și încearcă o tentativă de mediere, care sună astfel:

– Amalia, pentru Dumnezeu, când ai să vrei să pui la păstrare lucrurile de iarnă și să le scoți pe cele de vară? Dacă vrei, vin să te ajut. Nu știam că te afectează până într-atât...

Mama o privește fără s-o vadă și zâmbește. Apoi se concentrează din nou asupra unchiului Eduardo, dar, întrucât nu știe cum să abordeze ceea ce vrea să spună, începe să-și miște mâinile în aer, chiar dacă nu rostește niciun cuvânt. Repede, apuc sticla de vin spumos pe care o are în față și care a fost cât pe ce să o ia din loc, în zbor, spre Olga. Asta, această tăcută fluturare din aripi, este ceva ce mama obișnuiește să facă atunci când, de la un timp, dă târcoale unei probleme și încearcă s-o abordeze în felul cel mai blând cu putință. Vrea să ajungă și știe unde, dar drumul care o duce într-acolo nu reușește să se contureze. Brusc, se blochează, ca și acum, și trece printr-un șir de forme, începuturi și formule care, în proporție de nouăzeci și nouă la sută dintre cazuri, se încheie rezumându-se la opțiunea cea mai proastă. Lângă mine, Silvia mă privește și își arcuiește sprâncenele. Intuiește ceea ce eu știu deja, dar mama nu-i dă nici răgaz, nici timp ca să meargă mai departe. O ia înainte.

– Eduardo, pentru Dumnezeu! începe, ridicându-și mâna la gât și masându-și-l cu grijă. Mă gândeam că... bine, că, hmm... dacă te însori cu Teresita la Lisabona, poate că o să fie cam incomod pentru tine, întrucât, e limpede, portughezii sunt așa cum sunt, sau, mă rog, un pic cam păroși, și cu sprâncenele acelea unite, fiindcă, așa cum vine peste ei aerul Atlanticului, dacă n-ar avea smocurile alea de păr, n-ar putea să vadă și, în plus, nu știu dacă sunt foarte deschiși, nu-i așa?

Tăcere. Silvia își aprinde o țigară și Olga întinde mâna, fără să spună ceva, cu un gest mecanic, cerându-i și ea una. Mama nici măcar nu le vede. Știe unde vrea să ajungă. Închid ochii și trag, adânc, aer în piept.

– Zic deschiși, fiindcă acum nu știu dacă, în Portugalia, se căsătoresc și cei care sunt gay, lesbienele și transgenderii, și, bine... n-aș vrea să ai de suferit, Eduardo, neagă ea din cap, mișcându-se toată și scuturând-o pe Shirley, care își ridică botul deasupra și și-l pune pe fața de masă. Și acum, dacă am ajuns aici, o să-ți spun alt lucru care mă îngrijorează. Unchiul Eduardo încruntă din sprâncene. Nu înțelege nimic: Umflătura.

Îmi cobor privirea și mi-o ațintesc asupra ceștii, dar, oricât aș încerca să nu izbucnesc în râs, mama învinge și dau drumul unui hohot pe care, repede, îl transform în tuse.

– Umflă... tura? întreabă unchiul Eduardo, care este, în mod clar, depășit de situație. Brusc, ceva îi trece prin minte, fiindcă se încordează și se uită la mama cu o figură alarmată, gest pe care îl imită și Emma, de pe locul ei. Ce umflătură, Amalia?

– Chestia... aia, răspunde mama, luând o înghițitură de apă. Chestia aia durdulie.

Știu că, dacă îmi ridic privirea, n-o să mai pot să-mi transform râsul în tuse, fiindcă mi-e greu să respir, așa că aleg să-mi privesc întruna mâinile, ca și cum, fără de veste, aș fi învățat să-mi citesc linia vieții, pe aceea a sănătății și pe cea a banilor, într-un trei într-unul instantaneu. Silvia fumează lângă mine, scoțând fum ca o apucată. Când o privesc cu coada ochiului, văd că este concentrată asupra mamei, observând-o fără să clipească. După o clipă, o aud că întreabă:

– Mamă, nu vrei să te înregistrez cu mobilul și apoi, înainte să mergi la culcare, să te asculți un moment, ca să înțelegi și tu de ce, uneori, este atât de greu pentru cineva să fie fiica ta, încât nu poate dormi două săptămâni?

Mama se uită la ea și plescăie din limbă, enervată, în mod sigur, nu atât de comentariu, cât de momentul în care a venit acesta.

– Eduardo, pentru Dumnezeu, revine ea, ceea ce vreau să spun este că, uite... Teresita are o umflăturică în chiloții tanga, care nu este... normală. Ce să spun, normală. Nu este sănătoasă. Dar, sigur, este din Portugalia și, se știe, portughezii... Ingrid spune că, întrucât cântă atâta prin baruri și mănâncă numai cod, care are mult mercur, păi, au un exces de testosteron, și rezultă că testosteronul le umflă toate celea pe dedesubt și îi lasă fără păr deasupra. Neagă dând ușurel din cap și își încrețește buzele. Ceea ce vreau să spun este că... ezită, brusc nesigură, dacă ai să te căsătorești cu Teresita sau cum s-o chema creatura asta, eu cred că ar trebui să se opereze înainte, ce zici? Unchiul Eduardo cască și mai tare ochii și puțin gura, dar nu spune nimic. Silvia scoate un pufnet, în dreapta mea. Nu te uita așa la mine! spune mama. Chestiile astea se operează de mulți ani și, crede-mă, este mult mai sănătos! Să coși și să cânți, haide! Aici, pace și apoi glorie. Astfel, Teresita o să-și accepte de tot propria sexualitate, la fel și tu, dragul meu! Asta voiam să-ți spun, Edu, că ai fost foarte curajos când ni l-ai arătat pe iubitul tău, așa, cu pieptul descoperit, și că acest lucru te onorează și sora ta este foarte mândră de tine! Brusc, vocea îi devine puțin răgușită și înghite în sec înainte să continue. Și, de asemenea, îmi pare foarte rău că a trebuit să trăiești ascunzându-te în toți acești ani, prefăcându-te de teamă și ieșind cu toate acele femei care... în sfârșit, bietele fetele alea nu aveau nicio vină pentru... problema ta!

Pentru un moment, scena se șterge în fața ochilor mei și, într-un fel de scântei, apar, unul câte unul, chipurile celor mai distinse dintre iubitele unchiului Eduardo, care defilează prin memoria mea ca pe o pasarelă a absurdităților: îmi amintesc de Irina, o fată foarte frumoasă, nepoata unei contese rusoaice – sau așa spunea ea –, pe care unchiul Eduardo o cunoscuse în Buenos Aires, și care era atât de puțin obișnuită cu bucătăria și cu administrarea unei case încât, în prima zi în care unchiul Edu și cu ea au locuit împreună, Irina i-a pregătit un pui în sos Stroganoff, și n-a dus-o capul decât să pună puiul în oală cu pene cu tot și cu toate cele, punând astfel capăt aventurii rusești a unchiului Eduardo; îmi amintesc și de Lorena, o stewardesă boliviană, cu cincisprezece ani mai mare decât el, care, după cât ne-a povestit unchiul Eduardo la câțiva ani după aceea, nu purta niciodată chiloți și făcea pipi din picioare, dar cel mai rău lucru nu era că nu se așeza ca să facă, ci că făcea oriunde, fiindcă zicea că, dacă așa făceau indigenele din țara ei, așa făcea și ea; și mi-o amintesc și pe Rose, o nemțoaică din Hamburg, care bea bere la micul-dejun și era degustătoare de tutun, cu niște dinți galbeni precum paletele unei mori de extras ulei și un păr roșu, pe care nu și-l spăla cu săptămânile și care pe mama o speria. Sunt doar trei dintre multele profiluri feminine care au trecut prin viața unchiului Eduardo, dar, dacă este să spunem adevărul, nici celelalte nu au fost un exemplu de normalitate, și ăsta este un amănunt care pe mama a ținut-o, întotdeauna, cu sufletul la gură. Acesta este motivul pentru care înțeleg că, în mintea ei, lipsa de noroc la femei a unchiului Eduardo are o explicație simplă, corectă și ușor de înțeles, la fel cu aceea pe care ea și cu Ingrid au pus-o la cale la telefon. Trebuie că unchiul Eduardo este gay, a spus Ingrid. Și, bineînțeles, mama a văzut lumina, așa cum o vede întotdeauna când neliniștea pentru vreunul dintre noi pune stăpânire pe ea și ea se agață de primul lucru care-i cade în mână.

Și, când se agață de ceva, mama este ca un bull terrier[1]: nu dă drumul la ceea ce ține în gură nici măcar ca să bea apă. Acum, intervine din nou.

---

[1] Rasă de câini de talie medie, cu corp scund și o structură musculară bine definită. Este cunoscut pentru natura sa dominantă, ce necesită un control ferm din partea proprietarului. Este un luptător tenace, deseori agresiv față de alte animale. Este numit de specialiști și „gladiatorul câinilor“, deoarece, în trecut, acești câini erau puși să participe la lupte. Dresat corespunzător, devine un câine prietenos, cu temperament plăcut. (*n.tr.*)

– Nu! spune ea, dându-și ochii peste cap și ridicând puțin mâna, ca să-l facă să tacă pe unchiul Eduardo. Nu trebuie să spui nimic, Edu! Îmi închipui cât de mult ai suferit și vreau să știi că s-a terminat. Mai mult, cred că ar trebui să-l aduci pe Tonino aici, ca să-l cunoaștem și noi. I se luminează fața și deschide ochii, radioasă. Sigur! Și să se opereze aici! Își duce mâna la piept și scoate un fel de șuierat. Oh! Ați putea chiar să vă căsătoriți după ritualul șamanic. Sunt sigură că Ingrid poate vorbi cu Osvaldo, sau cum l-o chema pe băiatul cu săbiile pe care le ia curentul, ca să vă căsătorească. Ah, ar fi nemaipomenit! Și poate că tot el l-ar putea opera și pe Tonino. Cu totul, dacă este vorba doar să taie, nu? spune ea, întorcându-și privirea spre Olga, care a împietrit cu totul și nici măcar nu mai clipește. Între degetele ei, țigara se consumă fără s-o fi atins, iar, lângă ea, Emma își plimbă degetul pe ecranul mobilului, ca și cum ar răsfoi un volum de Pagini Aurii, căutând, în mare grabă, o adresă.

Atunci, în tăcerea care urmează, unul dintre acele intervale care o deranjează atât de mult și care o împing către cea mai bună versiune de calmare a tensiunii pe care o posedă, mama declară:

– Treaba e că homosexualitatea este o chestiune foarte serioasă, spune ea. Și apoi: Și foarte genitală. Sunt convinsă că este așa.

Olga deschide gura și o închide imediat, cu un gest absolut mecanic. Apoi se întoarce spre Emma și îi aruncă o privire alarmată:

– Draga mea! îi spune, luând-o de încheietura mâinii și uitându-se ce oră arată ceasul ei. Cred că s-a făcut târziu și că mama ta este obosită. În plus, n-am încredere în trafic într-o noapte ca asta. Știi cum umblă oamenii...

Silvia, care a încetat să mai râdă, își sprijină bărbia în podul palmei și, surâzând încă, spune:

– Mamă, hotărât lucru, o să te înregistrăm! Dar nu ca să te torturăm înainte să mergi la culcare, ci ca să te ducem la ¡Tú sí que vales![1] Mama se uită la ea și încruntă din sprâncene, fără să înțeleagă, iar Silvia își apleacă puțin capul, după care o privește atent timp de câteva secunde și întreabă: Tu te-ai auzit ce ai spus?

Mama este în vervă, lucru clar, și știm cu toții că ar putea-o ține așa până dimineață, înfășurându-se în jurul ei însăși și pătrunzând, din ce în ce mai adânc, în acele mlaștini suprarealiste din care, în final, iese trecând peste orice obstacole, după care nu întotdeauna oprește motorul. Văzând-o astfel, atât de prinsă în capcană, recunosc în ea ceea ce ea ascunde, fiindcă am auzit o parte din discuția cu Ingrid și fiindcă o cunosc foarte bine. De câteva minute încoace, ne joacă feste. Ceea ce o preocupă cu adevărat nu este nici căsătoria, nici sexualitatea imaginată a unchiului Eduardo. N-o interesează nici Teresinha, și cu atât mai puțin umflătura sau părul ei ca sârma, fiindcă, în momentul acesta, lucrurile astea țin de trecut. Calculatorul personal pe care îl are încorporat în creier a pus ștampila „chestiune revizuită" pe tema referitoare la unchiul Eduardo, în momentul în care și-a dat seama că pusese greșit problema și, temându-se de tăcere și de rușine, a continuat să țeasă o ciudățenie după alta, lucru care, pe de altă parte, este foarte frecvent la ea. Și, când liniștea o amenință, mama atacă folosindu-se de primul lucru care îi trece prin minte, fie el logic sau nu, ca o fetiță care, după ce a trântit prima minciună, se încurcă într-un ghem de minciuni, tot mai flagrante, până când ceva din afară – întotdeauna din afară – îi vine în ajutor, captând atenția care, până în acel moment, se concentrase asupra ei.

Ceea ce face mama în aceste ultime minute este să lase să treacă timpul, în speranța că cineva va spune ceva care s-o scoată

---

[1] ¡Tú sí que vales! este un spectacol-concurs de talente, produs de Gestmusic Endemol pentru canalele de televiziune spaniole Telecinco și La Sexta. (*n.tr.*)

din poziția de protagonistă și să-i permită să-și pregătească, din umbră, următoarea ei intervenție, acel „al nostru" pe care am auzit-o menționându-l la telefon, în timp de ascultam de pe culoar. Știu, de ani de zile de când mă bucur de ea și o suport, că acest lucru este, măcar în parte, cel care o ține sub tensiune în noaptea asta, și mai știu că unchiul Eduardo a fost modul ei de a pregăti terenul pentru ceea ce trebuie să vină.

O vestă de salvare, asta este ceea ce așteaptă mama. Și asta este exact ceea ce primește când vocea blândă a Emmei umple sufrageria cu timbrul ei discret, căzând ca plumbul peste această noapte, precum o altă piatră și udându-ne, pe toți, cu unda ei.

– Sara spunea mereu că nu există lucru mai frustrant decât să nu știi ceva, spune ea, trecându-și mâna pe șervețelul roșu, care, intact ca la început, se află pe farfuria din dreapta ei. Este un gest distrat, aproape automat. Chiar dacă eu cred că, mai cu seamă, cele mai cumplite sunt absențele, adaugă ea cu un zâmbet trist. Și continuă, aproape ca și cum și-ar cere scuze: Absențele sunt mai neprimitoare ca orice.

Mama se uită la mine și eu îi întorc privirea. Această frază, exact aceste cuvinte au fost cele pe care le-a rostit ea în urmă cu ceva timp, ca s-o salveze pe Emma din groapa ei cu noroi și să o readucă la viață după moartea Sarei. Aceasta a fost fraza care a încheiat ceea ce niciunul dintre noi nu mai credeam cu putință, aceea care a confirmat minunea. Acum, după atâta timp, faptul că o aud rostită de buzele Emmei este ca și cum, brusc, ne-am întoarce și am retrăi cele întâmplate în ziua aceea, ceea ce mama și cu mine am descoperit la exact un an după moartea Sarei și ceea ce a survenit apoi, după numai câteva zile.

În tăcerea care ne leagănă acum, o privesc pe Emma și ochii mei se abat și asupra tacâmului gol pe care îl are alături, cu cele două farfurii ale sale, cu paharele, șervețelul și scaunul pus la locul lui. Știu că indiferent oricine ne-ar vedea din afară ar putea crede că aşteptăm pe cineva care nu a venit, şi ştiu că aşa aş gândi şi eu, dacă n-aş şti ceea ce ştiu. Dar nu sunt în afară, ci înăuntru. Nu sunt nici tata, nici Andrés şi nici Sara, ci o parte dintre cei care încă mai suntem, din această familie care, datorită mamei, a învăţat să-i venereze pe aceia din rândul ei care lipsesc şi să le aranjeze un loc în lumea reală. Este ceva ce recunoaştem cu toţii şi pentru care îi mulţumim. Mai ales Emma.

Chiar dacă înainte nu era aşa. Lucrurile nu stăteau astfel.

Dar întâmplarea sau cărţile măsluite ale destinului au vrut să înceapă ca totul să se schimbe în ziua în care mama şi cu mine am descoperit secretul Emmei şi mama a hotărât să acţioneze singură, să iasă în arenă şi să joace: totul sau nimic.

După asta, niciuna din ele două nu avea să mai fie cea care fusese până atunci.

Patru

A fost o întâmplare. Sau poate că nu, poate că a fost chiar ceva mai simplu. Poate că a fost doar faptul că, uneori, viața ne ia anumite lucruri și alteori, când credem că avem mai puțină nevoie, decide să aibă grijă de noi, conform unei legi a compensației care nu seamănă nici cu aceea din fizică, nici cu aceea din chimie, ci ține de o ordine pe care nimeni n-a știut să o explice până acum. Chiar dacă nu știu ce a fost, îmi amintesc cum a fost. Îmi amintesc că era cald și că mai erau câteva zile până la Sfântul Ioan, fiindcă, uneori, după-amiaza, se auzea explozia vreunei petarde care cădea și în piețe începeau să se acumuleze mobile și vechituri pentru focuri[1]. În afară de asta, ziua a început ca oricare alta: Emma a plecat de acasă foarte devreme, după ce l-a scos la plimbare pe Max, iar eu am rămas să pun lucrurile la loc și să fac ordine, până către prânz. Convenisem cu Silvia să ne întâlnim în centru, să luăm masa împreună la un restaurant vegetarian. Și, la patru, trebuia să fiu la studioul de înregistrări ca să repet textul unui anunț pe care îl înregistrasem cu o săptămână înainte și care

---

[1] Focurile Sfântului Ioan sunt un festival tradițional și popular, celebrat în întreaga lume în timpul verii, care are loc în seara zilei de 23 iunie, în ajunul Sfântului Ioan. Este obișnuit în multe orașe din Spania; cel mai mare are loc în Alicante, unde este cel mai important festival din oraș. (*n.tr.*)

nu reușise să-l convingă pe client. Întrucât presupuneam că – dacă totul avea să meargă bine – înregistrarea n-avea cum să-mi ia mai mult de o jumătate de oră, mă înțelesesem cu mama ca să ne întâlnim la ora patru și jumătate în poarta studioului, ca să mergem împreună la un magazin de articole pentru persoane cu probleme de vedere, să cumpărăm un mobil pe care Silvia îl văzuse în vitrină.

Totul a mers așa cum prevăzusem, inclusiv noua înregistrare a anunțului în studio și, la câteva minute după ora cinci fără un sfert, mama și cu mine coboram pe una dintre străzile care dădeau în Gran Vía, foarte aproape de Piața Universității, vorbind despre toate și despre nimic și căutând umbră la care să ne adăpostim de soarele din primele ore ale după-amiezii, care începea să nu mai fie chiar plăcut. Când am ieșit în Gran Vía și am făcut la stânga, în direcția centrului, m-am oprit brusc. După câteva secunde, mama a făcut și ea la fel. S-a întors și s-a uitat la mine și și-a pus mâna streașină la ochi, fără să înțeleagă.

– Ce se întâmplă?

În fața noastră, la mai puțin de zece metri de la colț, am văzut-o pe Emma, așezată la o masă, pe o terasă, cu Max culcat la picioarele ei. O vedeam din profil și purta ochelarii de soare. Pe masă era o sticlă cu apă și o chiflă sau un sendviș mic, n-am putut să-mi dau seama bine ce era. Vreme de câteva clipe, m-am uitat la ea fără să spun nimic. Nu m-am clintit din loc. În acele momente, n-aș fi știut să spun de ce, dar în scena respectivă era ceva ce pâlpâia în roșu, pe fundalul real al străzii, al traficului și al asfaltului. Era ceva ce nu era bine. Ceva distorsionat.

– Emma, am spus eu fără să ridic prea mult vocea, ca și cum m-aș fi temut că m-ar putea auzi. Mama a întredeschis ochii, încercând să vadă, chiar dacă în zadar.

– Unde? a întrebat ea.

Tocmai acest „unde“ a fost cel care m-a țintuit locului și mi-a oferit, pe dată, răspunsul la o întrebare pe care încă nu fusesem în stare să o formulez.

Unde. Clar, asta era.

Emma era așezată la terasa cafenelei unde o așteptase pe Sara în ziua în care totul se rupsese în două. Terasa era aceeași. Masa, la fel. Sticla era una cu apă. Și sendvișul nu era altceva decât o jumătate de madlenă.

Am simțit un fior, care m-a înșurubat în trotuar, în timp ce un val de transpirație îmi cobora pe spate, udându-mi tricoul. Mama s-a apropiat încetișor și m-a luat de braț.

– Ce se întâmplă? a spus, trăgându-mă, cu blândețe, înspre ea.

Pentru moment, am avut o ezitare. Știind cât de prost se orienta mama în oraș și cât de derutată era, mi-a trecut prin minte că, dacă acționam repede și mă prefăceam că totul este normal, senzație pe care eram departe de a o simți în acea clipă, cel mai probabil era ca ea să nu-și dea seama că terasa și cafeneaua erau cele care erau. Am fost cât pe ce să-i spun că mă înșelasem, că mi se păruse că o văd pe Emma, și că era mai bine să traversăm Gran Vía pe la semaforul de la colț, profitând de faptul că era pe verde, și să continuăm să mergem către magazin pe trotuarul din față. Am fost cât pe ce, și aș fi făcut-o dacă, în secunda de dinainte de a vorbi, nu mi-aș fi întors privirea către terasă, tocmai în momentul în care ceasul de la universitate suna ora exactă, abia auzindu-se peste zgomotul traficului.

Au fost cinci bătăi de clopot metalice și cavernoase, precum bătăile pe un geam ale celor cinci degete ale unui automat, după care Emma încetase să mai fie femeia destinsă și așezată la o masă, alături de câinele său, pentru a se transforma într-o spinare rigidă, sprijinită de spătarul scaunului, cu capul căzut și mobilul în mână. Am văzut-o bând apa care mai era în pahar și mușcând o bucățică mică din madlenă, gesturi făcute, toate, cu aceeași mână, în timp ce ținea mobilul sus, deasupra mesei.

– Ce se întâmplă? a insistat mama, de lângă mine.

Atunci am înțeles că era deja prea târziu și că, pe lângă că mi-ar fi fost foarte greu să mă prefac, voiam să văd. M-am întors și am privit-o pe mama.

– Este Emma, am spus, căutând în baza mea de date de crainic un ton al vocii care să poată fi liniștitor.

– Și?

Am tras adânc aer în piept.

– Este aceeași oră și aceeași terasă, mamă!

Asta am spus. Oricât de surprinzător mi-ar putea părea acum, n-a fost nevoie de mai mult. Mama s-a mai apropiat puțin de mine și a spus:

– O vezi bine?

Am confirmat.

– Mai mult sau mai puțin, am răspuns.

– Să mergem puțin mai aproape! a spus ea. Și apoi: Crezi că o să ne vadă?

Imediat ce am auzit întrebarea, am știut că nu. Emma stătea cu profilul către noi, prea înaintată pe trotuar ca să poată vedea ce se întâmpla în spatele ei. „Da, ne putem apropia puțin", m-am gândit.

Am mers în direcția cafenelei, practic, lipiți de fațadele primelor câteva clădiri care făceau trecerea între colț și mesele de pe terasă. Când am ajuns la cea de-a treia intrare, ne-am oprit și ne-am așezat în ușa magazinului de electrocasnice, lipit de aceasta. La numai câțiva metri de noi, Emma își lăsase telefonul pe masă și ridicase capul. A băut puțină apă din sticlă și a terminat de mâncat resturile de madlenă din farfurie. La picioarele ei, Max dormea, cu capul pe labe, întors, și el, cu spatele.

Mama, care mă ținea încă de braț, a întredeschis ochii, încercând să vadă.

– Ce face? a întrebat ea.

N-am răspuns imediat. După vreo câteva secunde, Emma a ridicat un pic mâna stângă, s-a uitat la ceas, și-a încordat și mai mult spatele și a făcut o mișcare bruscă din cap, în timp ce lua telefonul de pe masă și și-l apropia de obraz. Fără să mă gândesc, i-am imitat gestul și m-am uitat și eu la ceas.

Era cinci și două minute.

– Ce face? a insistat mama, trăgându-mă de braț, de data asta cu o neliniște în glas pe care nu a încercat să și-o ascundă.

Am vrut să-i spun că nimic, să nu se îngrijoreze, că poate era mai bine să plecăm. „Haidem!", am fost gata să-i spun. Dar, când am vrut să vorbesc, Emma a făcut ceva care mi-a blocat vocea în plămâni: așezată la masă, cu spatele țeapăn și mobilul în mână, începuse să se legene, la început puțin, cu o mișcare ușoară și aproape imperceptibilă – din spate spre înainte și înapoi –, dar, cu trecerea secundelor, mișcarea a câștigat în spațiu, dar nu și în viteză. În foarte scurt timp, se legăna ca o geamandură în largul mării, înainte și înapoi, înainte și înapoi, fără să-și ia ochii de la ecranul mobilului decât ca să se uite la ceas. M-am sprijinit de vitrina magazinului și am continuat să mă uit la ea în tăcere, fără să pot scoate un cuvânt.

Lângă mine, mama m-a strâns de braț cu mâna.

– Fer, a spus.

M-am uitat la ea.

– Se... leagănă?

N-am știut ce să inventez.

– Da, se leagănă. Și, văzând că mama stătea tot nemișcată, uitându-se la mine ca și cum mai aștepta ceva, am înghițit în sec și m-am aruncat cu capul înainte, conștient că nu mai exista cale de întoarcere. Se leagănă în timp ce se uită la telefon și, din când în când, la câteva legănări odată, se uită și la ceas. Apoi începe din nou.

Mama nu și-a luat mâna de pe brațul meu în timp ce se întorcea către silueta despre care, cu vederea ei slabă, trebuie că intuia că este Emma.

– Și... apoi? a întrebat cu un fir de voce.

M-am uitat la Emma și, în timp ce o vedeam legănându-se ca o nebună în scaun – legănare, telefon, legănare, ceas și de la capăt –, m-am întrebat dacă această scenă, această Emma pierdută pe această terasă, cu Max la picioarele ei, era o scenă de acum, o simplă întâmplare, sau, dimpotrivă, era ceea ce se petrecea mereu, în fiecare zi de când Sara nu mai era și de când venise să-l caute pe Max, ca să iasă, prima dată, la plimbare cu el. Pe dată, detaliile au început să-mi cadă în cap, ca o ploaie de pietre, plasând o piatră după alta într-un puzzle pe care eu nici măcar nu știam că îl am desfășurat pe masă. Mi-a trecut prin minte punctualitatea crispată cu care Emma sosea să-l ia pe Max, refuzul ei ca eu sau altcineva să o însoțim, bucuria cu care Max ieșea să-și facă, alături de mine, ultima plimbare a zilei, când, în urmă cu ceva mai mult de trei ore, se întorsese de la lungile plimbări pe plajă cu Emma și ar fi trebuit să fie epuizat. Totul se potrivea.

– Poate că ar trebui să plecăm, am început eu să spun, fără să știu prea bine de ce.

Lângă mine, mama nici măcar nu m-a privit.

– Nu, mi-a tăiat-o ea. Așteaptă! Și, după câteva secunde, a continuat. Poate că îi trece, a spus, cu o voce stinsă, care mie mi-a rupt inima. Era atât de puțină speranță în glasul acela, că am știut, pe dată, că mama începuse să zărească, și ea, golurile din acel puzzle și că mintea ei căuta răspunsuri, motive, material de urgență cu care să astupe găurile, fiindcă durerea pe care o anticipa amenința să pună stăpânire pe ea. Atunci, trăgând aer adânc în piept și dându-i drumul pe nas, a spus: Nu putem să o lăsăm așa.

– Nu putem face nimic, mamă! i-am răspuns.

Ea s-a uitat la mine. Glasul ei, care a rostit, în continuare, ceea ce a rostit, a fost primul semn că, la ea, ceva începuse să se schimbe.

– Putem să o privim, a zis. De aici. Și să știm. Și, înainte ca eu să mai pot spune ceva, s-a așezat lângă mine, în ușa magazinului, a aplecat puțin capul, până ce mi-a atins cu el umărul, și a adăugat: Povestește-mi, dragul meu. Ce face acum?

Emma se legăna, prinsă în capcană, între ecranul telefonului și ceasul ei. Asta am vrut să-i spun mamei, fiindcă asta a fost ceea ce am văzut. „Se leagănă, mamă", am fost cât pe ce să zic. Totuși, nu asta am spus.

– Emma așteaptă, mamă!

Mama mi-a dat drumul la braț și mâna ei a căutat-o pe a mea.

Da, Emma aștepta și a continuat să aștepte pe parcursul celor trei ore în care mama și cu mine am rămas acolo unde eram, ținându-ne de mână, tăcuți și nemișcați. Privind.

Din când în când, mama întreba:

– Și acum?

Răspunsul era mereu același, fiindcă la masa Emmei se petrecea mereu același lucru: legănare înainte, pauză foarte scurtă, legănare înapoi, privire nervoasă către ecranul telefonului mobil, o nouă legănare, o privire către încheietura mâinii, ceasul, și totul reîncepea, în timp ce după-amiaza distila căldură și orașul aduna umbre de prin colțuri, în zgomotul neobosit al traficului, al lumii și al cotidianului. Da, pe parcursul acestor ore, răspunsul a fost mereu același, iar tăcerea cu care mama îl accepta a fost, la rândul ei, aceeași. Oamenii se mișcau, timpul trecea, iar clopotele din turnul universității au sunat întâi ora șase, apoi ora șapte și, în final, ora opt. Când ultimul sunet al clopotelor s-a amestecat cu zgomotul autobuzelor, al bicicliștilor și al automobilelor de pe Gran Vía, mama m-a strâns de mână și a spus:

– Mergem, Fer?

Vocea ei a fost atât de sfâșietoare și atât de istovită, încât nici măcar nu i-am răspuns. M-am mărginit să o iau cu brațul pe după umeri și să o sărut pe creștetul capului. Apoi am început să mergem pe Gran Vía, în direcția opusă locului unde se afla Emma, și am cotit-o pe prima stradă care urca spre vest, până ce am văzut un taxi cu lumina verde aprinsă și cu indicatorul pus pe „Liber" și am ridicat mâna.

Mama s-a agățat de brațul meu.

– Nu, a spus ea. Aș vrea să merg pe jos.

Am coborât mâna.

– Sigur! Te însoțesc!

Am mers încet, fiecare dintre noi înghețat în propria tăcere. Noaptea începea să topească străzile în tonuri cenușii, iar traficul era altul, în regres. Când am ajuns în poarta casei ei, mama s-a despărțit de mine cu un sărut, a pus cheia în broască și, înainte să închidă ușa în urma ei, s-a întors spre mine și m-a privit. Cu un zâmbet obosit, a zis:

– Mâine mă întorc.

N-am știut ce să spun. Și eu eram foarte obosit.

– Nu trebuie să vii cu mine, Fer! a spus ea, fără să-și șteargă surâsul de pe buze. Pot să merg și singură.

Din tonul glasului ei, am știut că nu avea sens să încerc să o conving să nu se ducă.

– Nu, mamă! i-am spus. O să vin cu tine!

Ea a încuviințat. Apoi, înainte să se întoarcă și să închidă încet ușa, a adăugat:

– Ar fi mai bine să nu-i spunem încă nimic Silviei, ce crezi? Și apoi: Știi cum se tulbură ea. În plus, dacă mâine pleacă în călătorie, va lipsi câteva săptămâni, așa că nu trebuie s-o îngrijorăm.

– Sigur!

Când, după o plimbare lungă, am intrat, până la urmă, în casă, Emma și Max tocmai ce sosiseră. Emma era aceeași dintotdeauna: neutră, calmă, pustie. Pregătea cina și am vorbit despre una și despre alta, nimic important. Se purta atât de firesc - ea - încât, pentru un moment, am ajuns să mă întreb dacă nu cumva ceea ce văzusem, eu și cu mama, pe terasa cafenelei, fusese o închipuire, însă îndoiala n-a durat prea mult; sau a durat doar puțin. Când ne-am așezat să luăm cina, am primit un SMS de la mama în care spunea:

„Mâine, la cinci fără un sfert, în același colț, bine?"

În cele trei zile care au urmat, după-amiezile - ale mele, ale Emmei și cele ale mamei - au fost identice: când a ieșit de la institut, Emma a venit, ca întotdeauna, să-l ia pe Max. După ce ei doi plecau, eu plecam de acasă și urcam, pe bicicletă, pe Las Ramblas[1], cotind pe Pelayo[2], până în Piața Universității, unde lăsam bicicleta în parcarea aflată lângă gura de metrou. Mama mă aștepta. La puțin timp după aceea, ajungeau Emma și Max, mereu la aceeași oră. Ceea ce urma, ritualul așteptării, era, și el, același: apă, madlenă, timp, clopotele orologiului, rigiditate, legănare, mobil, ceas, întotdeauna la fel, totul identic, o zi după alta, în timp ce mama își intercala întrebările cum se intercalau loviturile de clopot ale orologiului de la universitate în fluxul traficului și în cel al după-amiezilor:

– Și acum, ce face?

Ce-aș mai putea să spun despre cum au fost acele zile? Mi le amintesc acum pline de tăcere - cea pe care mama și cu mine am împărțit-o în picioare, lângă vitrina noastră - și, mai cu

---

[1] La Rambla, cunoscută și sub numele de Las Ramblas, este una dintre principalele artere ale Barcelonei și unul dintre cele mai cunoscute locuri din oraș. Este o promenadă plăcută, lungă de 1,3 kilometri, care leagă Plaza de Cataluña de vechiul port al orașului. Las Ramblas sunt mereu pline de viață, de turiști și artiști de stradă, care se comportă ca niște statui umane. Promenada este o zonă turistică, având numeroase terase. (*n.tr.*)

[2] Calle de Pellayo (în catalană Carrer de Pelai) este o stradă comercială importantă din Barcelona, una dintre cele mai aglomerate din oraș în timpul zilei. (*n.tr.*)

seamă, de așteptare: Emma așezată la masa ei, așteptând în zadar ca telefonul ei să sune, iar eu așteptând ca mama să se trezească din acel gen de labirint mintal în care părea că se instalase și din care eu nu știam cum s-o scot. În puținele dăți în care am încercat să vorbesc cu ea pe timpul acelor ore de veghe, mama a reacționat într-un fel care nu prea o caracteriza: încrunta din sprâncene, deranjată, și, fără să-și ia ochii, nicio clipă, de la terasă, spunea, aproape cu asprime: „Așteaptă! Mă gândesc", și din asta nu puteai s-o scoți. M-am gândit chiar s-o sun pe Silvia, la Tokio, și să-i povestesc totul, dar niciodată nu am reușit să mă decid. Și, acum, trebuie să recunosc că mă bucur că m-am oprit la timp. Probabil că, dacă aș fi făcut-o, ceea ce a survenit pe urmă nu s-ar fi întâmplat niciodată, că mama nu și-ar fi putut găsi spațiul liber și nu și-ar fi putut revendica rolul și nu ar fi făcut ceea ce a făcut, iar Emma nu s-ar afla în noaptea asta aici, așezată, cu Olga într-o parte și cu tacâmul liber și intact în partea cealaltă.

Dacă mama n-ar fi conspirat, așa cum a făcut-o, scoțând din joben chestia asta, pe care, la puțin timp după aceea, a numit-o Scaunul Absențelor, probabil că Emma ar fi înnebunit și am fi pierdut-o.

Și noi alături de ea.

Cinci

La trei zile după acea primă zi, pe care am petrecut-o sprijiniți de vitrina de pe Gran Vía, văzând-o pe Emma cum se leagănă în scaunul ei de pe trotuar, am primit un SMS de la mama, în care spunea astfel:

„Mâine nu mergem. O să te sun! Să spui da la tot!"

Așa a și fost. Telefonul a sunat la cinci minute după aceea. Era aproape zece și tocmai terminasem cina. Mama și cu mine am vorbit ca și cum nu ne văzuserăm în după-amiaza aceea, povestindu-ne nimicurile obișnuite și, când eu am început să mă întreb dacă mesajul din text nu era, cumva, o alarmă falsă sau una dintre năzărelile acelea ale ei, pe care ulterior le uită și pe care, pe deasupra, nu recunoaște niciodată să le fi avut, mi-a spus că o prietenă a lui Ingrid deschisese un restaurant la două străzi distanță de casa ei și că se gândise că ar fi bine să mergem să mâncăm acolo în ziua următoare, profitând de faptul că era vineri și că Emma ieșea devreme de la institut. Am acoperit microfonul și m-am consultat cu Emma, care a fost de acord. Apoi a părut că se mai gândește.

– Păi, mâine ies la două și jumătate! a spus ea. Am ședință și rămânem după ore.

I-am spus asta mamei.

– Perfect! a răspuns ea, cu o voce hotărâtă, de la celălalt capăt al firului. Cu cât mai târziu, cu atât mai bine! a adăugat, coborând vocea, ca și cum Emma ar fi putut-o auzi. După care, reluându-și tonul obișnuit: La trei este bine?

Am întrebat-o, din nou, pe Emma, care a încuviințat, cu toate că nu părea foarte convinsă.

Ne-am întâlnit la ușa restaurantului la trei fără cinci, așa cum conveniserăm. În timpul mesei, nu s-a întâmplat nimic deosebit, în afara unui mic detaliu, un comentariu căruia, la momentul respectiv, nici eu, nici Emma nu i-am dat importanță, dar care avea să marcheze tot ce urma să se întâmple cu o limpezime care nici măcar acum nu-mi explic cum de nu m-a făcut să bănuiesc ceva.

Ceea ce s-a întâmplat a fost că, atunci când ne-am așezat la masă, chelnerul i-a înmânat fiecăruia dintre noi câte o listă de mâncăruri, a lăsat coșul cu pâine și o farfurioară cu măsline în mijlocul mesei și, când se pregătea să ia tacâmul aflat lângă mine – fuseserăm așezați la o masă de patru persoane –, mama a ridicat puțin mâna și, cu zâmbetul unei persoane care a fost clientă toată viața, obișnuită să trateze bine personalul, a negat din cap.

– Nu te deranja, băiete! i-a spus chelnerului. El a privit-o fără să știe ce să facă, însă mama nu și-a ferit privirea și nici nu și-a întrerupt gestul, iar chelnerul a ridicat din umeri și a plecat. Apoi fiecare s-a concentrat asupra listei sale.

Nu-mi mai amintesc ce am mâncat, și nici nu cred că mai contează acum. Ceea ce contează este că mama era așezată lângă Emma, iar eu în fața mamei. Asta contează, precum și faptul că, din cauză că era târziu, peste puțin timp, restaurantul s-a golit și, curând, am rămas numai noi trei, pe lângă o masă de două persoane, aflată în capătul celălalt al localului, care părea ocupată de un cuplu prieten cu responsabilul, un tip în vârstă, cu părul cărunt și ținută de filfizon argentinian, care adesea se apropia de cei doi și stătea, câteva minute, flecărind și râzând cu ei.

Când am cerut desertul, era trecut de patru și un sfert. Văzând cât era ceasul, Emma s-a încordat.

– Ar trebui să plec, a spus ea. Trebuie să merg să-l iau pe Max.

Mama s-a uitat la mine.

– Nu, draga mea! a spus pe un ton lipsit de griji, întinzând mâna și punând-o pe aceea a Emmei, înainte ca eu să pot să zic ceva. L-am scos noi, înainte să venim, nu-i așa, Fernando?

– Dar... a început Emma, uluită, uitându-se la mine. Păi, Max este obișnuit să iasă la ora asta!

Am zâmbit. Am încercat să fie un zâmbet liniștitor, dar nu știu dacă am și reușit.

– Nu-ți face griji! i-am spus. Am făcut o plimbare bună, așa că poate aștepta până mai târziu.

Emma a înghițit în sec, dar n-a insistat, fiindcă, în momentul acela, a venit chelnerul ca să ne întrebe de deserturi, iar mama a profitat de întrerupere ca să adauge, privind la ea pe deasupra listei:

– În plus, mi-a spus Ingrid că o să vină și ea, să bem cafeaua împreună. Vrea atât de mult să te vadă!

Emma n-a cerut desert. La cinci fără douăzeci, a sunat telefonul mamei. Era Ingrid.

– Da, suntem aici! Tăcere. Sigur, sigur că te așteptăm! O nouă tăcere. Da, Emma este și ea aici. I-am spus deja că vii. O ultimă tăcere, de data aceasta mai scurtă. Bine, să nu întârzii! Te pup.

Când Emma a încercat să spună ceva, mama a întrerupt-o:

– Spune că este chiar aici, acasă la o clientă, făcându-i un pic de reiki la papagal. Coboară imediat.

Emma s-a uitat la ceas și a strâns din buze. Apoi a tras adânc aer în piept, s-a uitat pe ecranul mobilului ei, pe care îl ținea lângă farfurie, și a părut să se destindă. Când chelnerul s-a apropiat ca să întrebe dacă doream cafea, mama a negat din cap și eu am cerut un café frappé. Totuși, Emma a ezitat puțin. Apoi și-a ridicat ochii și a spus:

– Pentru mine, o sticlă cu apă și o brioșă.

Mama s-a uitat la mine.

Cele cincisprezece minute care au urmat au durat o veșnicie, mai cu seamă pentru Emma, care se uita la noi cum stăm de vorbă, fără să audă ce spuneam, încordată uneori, tăcută și cu o privire goală și plată, care nu anunța nimic bun. Din când în când, lua câte o înghițitură de apă, doar atât, și mușca rar din madlenă, pe care o tăiase în bucăți mici, în timp ce mama făcea conversație cu mine, iar eu îi răspundeam, cu stomacul ghem și atent, în fiecare clipă, la Emma.

La cinci, în mobilul Emmei a sunat un semnal care a făcut-o pe mama să tacă. A durat numai două secunde și s-a stins, acoperindu-ne, imediat, cu un val de tăcere, care ne-a zdrobit de tăcerea șoptită a restaurantului. Mama s-a întors spre ea.

– Este ora cinci, nu? a spus, pe un ton surprins. Trebuie s-o vedem pe Ingrid! În ritmul ăsta, ne închid aici! a adăugat, cu o expresie contrariată. De lângă ea, Emma nu o asculta. Brusc, și-a încordat spatele, îndepărtându-l puțin de spătarul scaunului, și s-a uitat din nou la ceas, ridicând telefonul în aer, cu un gest mecanic care, văzut așa, de aproape, m-a băgat în sperieți. Am văzut-o cum înghite în sec o dată, de două, de trei ori, ca și cum ar fi vrut să spună ceva.

– Eu... a început ea cu o voce răgușită, clipind foarte des, trebuie să plec!

Mâna mamei s-a închis peste încheietura ei ca o gheară, atât de repede, că n-am apucat să văd gestul, ci numai degetele înconjurând pielea măslinie a Emmei, care și-a răsucit capul spre ea, perplexă.

– Nu, draga mea! a spus mama cu o voce atât de dulce și de cristalină, că a părut să vină direct ca un ecou din fereastra pe care o aveam chiar în față. Nu trebuie să pleci!

Emma a scos un gâfâit și și-a coborât ochii către mâna mamei. Apoi și-a încruntat sprâncenele, ca și cum n-ar fi înțeles, și, cu un susur, a întrebat:

– Nu?

Mama a negat, cu o mișcare foarte lentă din cap, și a surâs, dar nu i-a dat drumul.

– Nu, fata mea! Apoi, cu un început de zâmbet, a adăugat: Poți să aștepți aici!

Emma a clipit des și atunci eu am fost cel care, de pe locul meu, am înghițit în sec, pentru că, în momentul acela, chipul ei s-a strâns ca o hârtie boțită și, timp de o secundă, a deschis puțin gura, ca și cum n-ar fi putut să respire în voie.

– Mamă, a spus, întorcând privirea către mobil și închizând ochii.

Mama s-a uitat la mine fără să-i dea drumul, după care s-a întors către ea, aplecându-se asupra Emmei cu tot corpul. În timp ce îi da, cu mâna cealaltă, câteva lovituri blânde peste degete, a șoptit:

– O să așteptăm împreună, Emma!

Emma n-a spus nimic. S-a întors să se uite spre ușă și a refuzat ușor din cap.

– Vrei? a insistat mama.

Din nou tăcere.

– Cât o să mai continui, fata mea? a întrebat atunci. Emma a încruntat din nou din sprâncene, fără să înțeleagă. Cât o să mai continui să o aștepți?

Emma a tras de mâna mamei, încercând să se elibereze, dar fără succes. Mama nu i-a dat drumul.

– Poți continua să aștepți oricât timp vei dori, iubita mea! a spus mama, pe un ton atât de sigur și de calm, că glasul nu părea să fie al ei. Toată viața, dacă vrei. Emma a încetat să mai tragă. Dar, știi? Dacă există ceva ce am învățat de la viață, este că să aștepți ceea ce n-o să se întâmple niciodată este o moarte mult prea oribilă. Și eu n-o să las ca să i se întâmple una ca asta uneia dintre fetele mele.

Emma și-a arcuit spinarea, fără să reușească să atingă spătarul scaunului, și a plescăit din limbă în timp ce își trecea degetul mare al mâinii drepte peste ecranul mobilului. Mângâia ecranul din ce în ce mai repede, cu un gest automat și respingător.

– Nu, Emma, draga mea! a spus atunci mama. Sara n-o să te sune!

Emma a scos atunci un fel de tuse, care a părut a fi un suspin sec și, după numai o zecime de secundă, s-a aplecat în față cu un gest brusc, care aproape că a luat-o pe mama prin surprindere. Mama s-a uitat la mine și, când privirile noastre s-au întâlnit, Emma s-a tras ușor înapoi, revenind la poziția pe care o avusese inițial pe scaun, ca un automat. Apoi a început să se legene, în timp ce clipea des și nega din cap, în vreme ce, printre dinți, lăsa să-i scape o singură vorbă, care a sunat ca un foc de armă înăbușit:

– Nu.

Mama și cu mine am rămas cu ochii la ea, în timp ce balansul devenea tot mai amplu și primul „nu" se contopea cu un lent și treptat șir de „nu-uri", care ieșeau de pe buzele Emmei ca o mantră sincopată.

– Nu, nu, nunu, nunununununununununu!

Și așa am rămas toți trei, timp de ceea ce ar fi trebuit să fie doar câteva secunde, dar pe care le-am trăit ca și cum ar fi fost o viață întreagă, cu copilăria, tinerețea, maturitatea și agonia sa: Emma – închisă în ecoul său de „nu-uri", iar mama și cu mine – cu inima strânsă, până ce, pe nepusă masă, mama s-a ridicat din scaun, împingându-l cu tot corpul, s-a apropiat de Emma pe la spate și a luat-o în brațe, înfigându-și bărbia între gâtul și clavicula ei și lipindu-și, cu duioșie, obrazul de al ei. Atunci, Emma a tăcut, dar numai pentru o clipă, timp suficient pentru ca mama să-i spună, lipindu-și gura de obrazul ei:

– N-am să îngădui să te pierzi astfel, iubita mea! a spus ea. Pentru că, dacă te pierzi, îți jur că eu n-o să vreau să mai trăiesc!

Emma a înghițit în sec și a închis ochii, strângându-i puternic și retrăgându-se puțin, dar mama i-a pus mâna pe bărbie, i-a ridicat-o cu forța și a obligat-o să privească înainte.

– Uite! a spus ea, lipindu-și din nou obrazul de cel al Emmei. O clipă mai târziu, Emma a deschis ochii. Aici, așezată în fața noastră, stă Sara. Emma a strâns din fălci. O vezi? Emma a negat ușurel din cap. Avea privirea rătăcită. Și tot aici stă și bunica Ester, îți mai aduci aminte de ea? Emma a confirmat, dând încet din cap, cu ochii strălucitori și sprâncenele încruntate.

– Mamă!... a bâlbâit ea. Dar mama nu terminase.

– Eu trăiesc, în fiecare zi, alături de bunica, fata mea! a continuat ea. Acasă la mine, când voi credeți că iau masa singură, în multe zile, pun masa pentru două persoane: scaunul ei, farfuria ei, tacâmurile și chiar paharul ei, cel din cristal albastru, care îi place cel mai mult. Sunt zile în care stăm de vorbă și altele în care mai întâi ascultăm un moment la radio, după care profit ca să-i povestesc lucruri despre mine, despre voi sau, dacă ne plictisim, lucrez și îi arăt cuvertura pe care o fac pentru fratele tău, iar ea râde, cu râsul acela al ei, și îmi spune că sunt nebună fiindcă, dacă văd așa de prost, cum se face că lucrez o cuvertură cu niște andrele așa de ascuțite, că aș putea să-mi scot un ochi, spune ea, că și așa nu sunt buni de nimic.

De la locul meu de la masă, am tras adânc aer în piept și am strâns în mână șervețelul. Mi-am adus, pe dată, aminte de bunica și de râsul ei deschis și molipsitor și am simțit un val de dor atât de mare, de umed și de sărat, că a fost aproape ca și cum o spirală de crampe mi s-ar fi născut în gât și mi-ar fi comprimat vertebrele și coastele până la baza coloanei. Nu-mi fusese dor de ea, așa cum, de o vreme încoace, nu-mi mai era dor de nimeni și, brusc, am înțeles cât de singură trebuie că se simțea mama fără ea, fără tot ce scotea din ea bunica și fără ochii ei, care să vegheze asupra ei, să o încurajeze să meargă înainte. Și care să o aștepte. Când am vrut să spun asta, vocea mamei a stins-o pe a mea.

– Eu mi-aș da viața să o mai pot strânge în brațe pe mama o singură dată, una singură, și să-i pot spune că am izbutit, că am reușit să trec prin ce am trecut și că îmi lipsește privirea ei ca să știu că am făcut-o bine. Aș da tot ce am, fata mea, a spus, cu o voce tristă. Tot, mai puțin pe voi trei, fiindcă fără voi, fără frații tăi și fără tine, nu mi-ar mai rămâne niciun dar și nicio speranță. Și asta, nu! Să trăiesc fără să mai am nicio speranță, nu!

Mi-am coborât privirea și am căutat aer cu gura, dar degeaba, fiindcă atunci când am inspirat, m-am pomenit cu plămânii blocați. Ridicând din nou privirea, în fața mea am văzut că Emma gâfâia, cum trebuie că făceam și eu. S-a uitat la mine, dar nu m-a văzut.

– Bunica spunea că toți avem câte un scaun al absențelor, draga mea! a urmat mama pe același ton. Este aici de când ne naștem, așteptând să-i dăm viață. Pe scaunul meu, stă așezată întotdeauna ea. O așez acolo ca s-o simt, ca să n-o pierd și ca să nu mă pierd nici eu.

Emma a închis ochii și strălucirea unor lacrimi mici i s-a prelins, foarte încet, pe obraji, aproape ca și cum ar fi explorat o albie uscată și dură, care nu le era familiară. Apoi a început să se legene din nou, de data asta mai încet. Cu toate că privirea ei era tot goală, nu și-o lua de la scaunul pe care îl avea dinainte. I se legăna corpul, nu și privirea, iar mama, care o ținea în brațe pe la spate, cu fața cufundată în gâtul ei, a început, și ea, să se miște în ritmul Emmei, înainte și înapoi, înainte și înapoi.

– Da, iubirea mea, da! a spus dându-i o sărutare. Uită-te la ea, în timp ce eu te legăn! Și spune-i că, începând de acum, întotdeauna când te vei așeza la masa mea, va fi și ea acolo! Că o vom așeza pe același loc cu bunica, împreună cu toți cei care au fost și care, de acum înainte, nu vor mai suna, cu absențele noastre! i-a povestit ea Emmei, cu gura lipită de obrazul ei, în vreme ce amândouă continuau să se legene în fața mea și eu înghițeam în sec întruna, ca să nu mă prăbușesc pe masă și să nu cer să-mi facă și mie un loc pe scaunul acela pentru pierderile mele și să-mi lase un spațiu, ca să mă pot legăna împreună cu ele. Spune-i că să iubești nu înseamnă să aștepți ceva ce n-o să primești, a șoptit mama. Nu. Asta nu înseamnă să iubești, a spus, sărutând-o din nou.

Trăsăturile de pe chipul Emmei erau atât de crispate, încât lacrimile săreau din ochii ei direct pe fața de masă. A așteptat o secundă înainte să vorbească și când, în sfârșit, a făcut-o, vocea ei era răgușită, sufocată.

– Doare.

Asta a fost ceea ce a spus: „Doare".

Mama a strâns-o și mai tare în brațe și a continuat să o legene, ușurel.

– Da, Emma, sigur că doare! am auzit-o spunând. Doare să începi să trăiești din nou, dar și mai rău doare să nu o faci. A așteptat un moment până să înceapă să vorbească iar. Știu foarte bine ce spun, fata mea! Crede-mă!

Emma a aprobat, închizând ochii. Pentru o secundă, i-am închis și eu. Când i-am deschis, legănatul părea că-și mai pierduse din amploare.

– Dar eu sunt aici, a continuat mama, și o să ne tot legănăm împreună atât timp cât va fi nevoie. Și, dacă eu trebuie să mă cufund ca să plutești tu, o să mă cufund! Și, dacă trebuie să te scot din apă ca să-mi trăiești, o să te scot, oricât de mult ar durea!

Fiindcă nu am nimic mai bun de făcut în viață, fata mea. Și apoi, ridicând ochii către mine și țintuindu-mă cu ei de scaun, a adăugat: Nu există nimic mai bun de făcut în viață. Pentru o mamă, nu!

Puțin câte puțin, legănatul a încetat de tot și cele două au rămas tăcute, Emma gâfâind pe gură și mama mângâind-o duios pe cap, fără să-și dezlipească obrazul de al ei. După câteva secunde, și-a întins mâna și a strâns-o pe telefonul Emmei, care și-a chircit degetele pe ecran.

– Gata, Emma, gata! a spus mama.

Emma a continuat să gâfâie, din ce în ce mai rar, până ce mama a scos telefonul și Emma și-a desprins degetele de pe el. Mama a rămas cu mobilul în mână și l-a lăsat pe masă, cu fața în jos.

– Gata, iubirea mea! Gata!

Atunci, Emma s-a ghemuit toată și s-a făcut mică, strângându-se și chircindu-se, ca și cum ar fi vrut să dispară în brațele mamei, care a acoperit-o cu totul.

Suspinele răgușite ale Emmei au ricoșat destulă vreme de pereții goi ai restaurantului, în timp ce mama continua să o mângâie pe cap și îi șoptea la ureche lucruri pe care n-am reușit să le aud. În fundal, în colțul de lângă tejghea, responsabilul și cei doi prieteni ai săi își vedeau de ale lor, bând câte un pahar, printre râsete și pălăvrăgeli, iar timpul trecea pe deasupra noastră, legănându-se și el, până ce, în final, s-a așternut liniștea.

Când am ieșit în stradă, după-amiaza începuse să-și întindă umbrele pe trotuare. Aerul mirosea a sare și a umezeală și un vânticel cald mătura cartierul venind dinspre răsărit. Am făcut o plimbare până la casa mamei, Emma și cu ea în față, mergând îmbrățișate. Eu mergeam în spate, studiind, fără să țin neapărat, spatele dublu al volumului lor.

Obosiți, extrem de obosiți toți trei.

Șase

Din ziua aceea, întotdeauna când ne întrunim să mâncăm sau să cinăm ca să sărbătorim ceva în familie, Scaunul Absențelor nu lipsește niciodată, cu farfuriile, paharele și șervețelele sale. Este primul tacâm pe care îl așezăm și ultimul pe care îl strângem și este, invariabil, plasat într-unul dintre colțurile mesei, adesea lângă Emma. Pentru noi, este „Scaunul". Pentru Olga, este „obiceiul acela al mamei voastre care trebuie respectat, pentru că mamele sunt mame, asta se știe". Acum, în timp ce Emma așază la loc furculița pe care a atins-o când și-a pus, din nou, telefonul pe masă după ce s-a uitat cât este ceasul și a anunțat-o pe Olga că „s-a făcut deja trei și jumătate. Când vrei, plecăm", ne învăluie una dintre acele tăceri stingheritoare, întreruptă de câteva sunete scurte de clopot, care vin de afară și pe care mama, cu acea politică a ei îndreptată împotriva tăcerilor, o rupe cu una dintre formulele ei:

– Ah, ce bine, nu-i așa?

Unchiul Edu se uită la ea și își arcuiește sprâncenele, în timp ce Olga se întoarce spre ea.

Mama, care, în urmă cu un moment, s-a hotărât să aducă la masă cuvertura și să lucreze la ea în timp ce stăm de vorbă, se oprește puțin din tricotat și spune, cu un surâs încântat:

– Chestiile alea cu yoga.

Silvia și cu mine ne uităm din nou unul la altul, în același timp.

– Yoga? întreabă Silvia. Care yoga?

Mama ridică încet o andrea în aer și cască larg ochii.

– Ah, păi, nu v-am spus? zice ea. M-am înscris la un curs de yoga.

Olga se uită la Emma cu coada ochiului, după care rostește:

– Ce bine, Amalia! declară ea cu vocea ei de ghișeu. O să te simți minunat, ai să vezi1 De la o vârstă, nu există nimic mai bun decât activitatea fizică moderată, ca să-ți menții sănătoase corpul și mintea. De fapt, fii atentă, așa au făcut și la bancă, anul ăsta ne-au dat un bon gratuit pentru niște cursuri de...

– Da, sunt încântată! o întrerupe mama cu un oftat satisfăcut. M-am înscris cu Ingrid. Tace o clipă, apoi adaugă: Pentru Săptămâna Mare.

Silvia încruntă dintr-o sprânceană.

– În Săptămâna Mare?

– Da.

– Și, de ce tocmai în Săptămâna Mare?

– Ah, păi... hmm... eu cred că din cauza procesiunilor!

După figură, se vede că unchiul Eduardo nu pricepe nimic, dar aprobă ușurel, încercând să înțeleagă ceea ce tocmai a auzit, iar eu, înainte să izbucnesc în râs, prefer să preced proasta dispoziție a Silviei și să întreb, cu calm.

– Dar, mamă, ce au de-a face procesiunile cu yoga?

– Păi, multe, răspunde ea, postându-se în defensivă. Câteva secunde, nimeni nu spune nimic, iar ea, care fuge de tăcere ca de ciumă, adaugă: Ingrid spune că acele capișoane pe care le poartă sclavii în procesiuni atrag vibrațiile cosmice rele și, în cursul Săptămânii Mari, trupul trebuie să se curețe de atâta gunoi spațial.

Nu pot să mă abțin să nu dau drumul unui hohot de râs, pe care ea îl primește cu un zâmbet satisfăcut. Imediat, îmi dau seama că a fost o greșeală.

– În plus, se însuflețește ea, stimulată de râsul meu, se spune și că Isus a fost un maestru de yoga. Și de reiki. De asta însănătoșea tot ceea ce atingea. Și de asta îl iubeau atât de mult măgarii și boii din staul.

Emma, pentru care nimic nu e prea mult, întreabă:

– Păi, Săptămâna Mare are foarte puține zile, nu?

Mama agită andreaua în aer și ghemul sare din poala ei, rostogolindu-se pe podea și pierzându-se undeva pe coridor. Shirley se aruncă în goană după el, lătrând ca o apucată.

– Bine, treaba este că este un fel de... atelier.

Silvia apleacă puțin capul.

– Aha, un atelier! Ce interesant! spune ea pe un ton foarte serios. Și apoi, punând lingurița în ceașca de cafea goală, pe care o are dinainte, adaugă cu o voce obosită: Măcar, așa, în trecere, ai putea profita ca să-i spui mecanicului să vă ajusteze puțin șuruburile amândurora.

Mama agită, din nou, andreaua în aer, zgâlțâind cu ea sticla de apă, care se clatină în mod periculos pe masă, până ce Olga întinde mâna și o apucă la timp.

– Fata mea, vezi cum ești?! o mustră negând din cap. Dacă te-ar auzi Ingrid... așa cum te iubește ea...

Silvia scoate o pufnitură și își încrețește nasul.

– Păi, mie mi se pare o idee nemaipomenită! intervine unchiul Eduardo. Sunt sigur că în aceste... ateliere poți cunoaște oameni foarte interesanți, ai să vezi. Surâde îndată. Și... cine știe de unde sare iepurele, poate că îți găsești un iubit, Amalia!

Mama izbucnește în râs.

– Vai, Edu! Ce iubit, de unde iubit? Tu nu te gândești decât la asta!

– Și unde are loc... cursul? întreabă Emma. Aici? În cartier?

Mama clipește mărunt și face o figură de nepătruns. Apoi se uită la mine, ca și cum ar aștepta să-i dau Emmei un răspuns, în locul ei. Pe dată, văzându-i privirea, înțeleg că a pătruns pe un teren mlăștinos și că știe acest lucru. Privirea ei este unul dintre acele focuri de artificii care spun: „Ajută-mă, băiatul meu!“, pe care le cunosc atât de bine. Îmi amintesc atunci de frânturile de discuție pe care le-am auzit de pe coridor, în urmă cu câteva ceasuri, și mă pun în gardă.

Este momentul mamei.

– Păi, mai mult sau mai puțin, spune ea, lăsând andreaua și ducându-și mâna în spatele capului, unde părul ei continuă să stea turtit.

Olga își drege glasul.

– Mai mult sau mai puțin?

– Da, spune mama. Știi și tu... pe ici, pe colo...

„Dumnezeule!“, mă aud spunându-mi în sinea mea, în timp ce lângă mine Silvia își întinde spatele și își scoate în evidență încheieturile degetelor de la o mână.

– Să vedem, mamă! Pe ici, pe colo, nu, spune ea pe un ton de soră mai mare. Sau ici și colo.

– Așa cum spui, se grăbește mama să răspundă.

Unchiul Eduardo scoate un chicotit și Silvia își aprinde o țigară.

– Mamă, să nu începem! spune ea. Se poate ști unde se ține cursul?

Mama își atinge, din nou, părul și, cu un aer distrat, răspunde:

– Într-un loc.

Dacă n-aș vedea că este atât de neliniștită, aș râde. Însă este înghesuită și începe să caute o ieșire pe care nu o zărește. Silvia lasă lingurița în ceașcă.

– Un loc? Care?

– Hmm... acum nu-mi aduc bine aminte.

– Mamă!...

Mama se uită la mine și oftează.

– Păi, uite, adevărul este că este puțin cam departe! Dar nu-ți face probleme, fiindcă o să mă duc cu Ingrid și, în plus, la centru vor avea grijă de noi.

– Zău, mamă, mi se pare grozav, spune Silvia, scoțând aerul pe nas. Dar n-ai putea să fii puțin mai exactă? Puțin cam departe ar putea fi de la Las Ramblas până în oricare dintre satele acelea de munte, ocupate de hippy cu copii plini de muci, care mănâncă ierburi fără să le gătească.

Mama zâmbește.

– Hmm... este mai degrabă pe plajă decât la munte.

Unchiul Eduardo aprobă.

– Aha, pe plajă, spune el. Nu există nimic mai plăcut decât plaja. La Lisabona este o plajă căreia îi spun Baberinho, fiindcă este atât de plină de femei frumoase, cu chestiile la vedere, că bărbații merg pe acolo lăsând bale ca buldogii.

Olga își drege glasul și plescăie din limbă. Silvia se face că nu aude comentariul și continuă, cu ochii țintă asupra mamei.

– Care plajă? Pe La Barceloneta[1]?

Mama nu răspunde.

– La Sitiges[2]?

Un surâs fin al mamei.

– La Cadaques[3]?

---

[1] Plaja Barceloneta are 422 de metri lungime și este una dintre cele mai vechi și mai cunoscute din oraș. Este favorita vizitatorilor străini, fiind preferată și de grupurile de tineri, și de elevi, care o folosesc adesea pentru desfășurarea diferitelor activități. (*n.tr.*)

[2] Sitges este un oraș care se mândrește cu cele șaptesprezece plaje ale sale. Oamenii vin aici din toată Catalunya pentru a se bucura de plajele curate de aici. Pe unele se face nudism. (*n.tr.*)

[3] Cadaqués este un oraș mic, de 2 800 de locuitori (2018), de pe coasta de nord a Cataloniei. Orașul este o destinație vizitată frecvent, care are la marginea sa, la Port Lligat, casa de vară construită de Salvador Dalí. De la moartea sa, a devenit o destinație turistică. Există aici o plajă topless. (*n.tr.*)

Mama își masează ușor gâtul, până ce, în final, își drege vocea și spune, lipindu-și arătătorul și degetul mare în aer:

– Este puțin mai departe.

Lângă mine, Silvia se zburlește, și Olga, care părea gata să se ridice în picioare, se așază din nou, comod.

– Ah! spune ea. Mai departe.

Mama confirmă.

– Este în partea cealaltă.

Silvia nu mai rezistă.

– În partea cealaltă a cui? sare brusc, dând cu palma în masă, lucru care face să se clatine tacâmurile, vasele și farfuriile.

Mama înghite în sec și trage aer adânc în piept.

– La Varadero[1], fata mea, spune, în final, aruncându-mi o privire prin care îmi cere ajutorul, pe care o însoțește cu o expresie prost ascunsă, care vrea să spună: „M-au prins, Fer!". Ingrid și cu mine mergem pentru zece zile la Varadero.

Tăcere. Clopotul bisericii din piață bate de trei sferturi și, printre bătăi, se aud mârâielile lui Shirley, care trebuie că se joacă, în camera mamei, cu ghemul de lână.

Tăcerea se prelungește.

Sunetele mor.

Lângă mine, mama, încordată ca un arc fiindcă simte că toți ochii sunt ațintiți asupra ei, își pleacă ușor capul, închide, pentru o secundă, ochii și spune, cu un firicel de voce:

– Sau, aproape în... Cuba. Și, când deschide, din nou, ochii și se pomenește cu cei ai Silviei ațintiți asupra ei, spune, pe un ton care se dorește a fi nevinovat. Nu?

---

[1] Varadero, denumit și Playa Azul, este un oraș turistic din provincia Matanzas, Cuba, și una dintre cele mai mari stațiuni din Caraibi. Plaja Varadero a fost clasificată drept una dintre cele mai bune plaje din lume. (*n.tr.*)

Șapte

Spre deosebire de Emma, Silvia și cu mine am moștenit ochii tatei. Verzi. Mari. Mai deschiși la culoare vara și mai întunecați iarna, aproape albaștri. Când eram mic, bunica Ester îmi spunea că am o privire stânjenitoare și niște ochi precum pădurile din Germania. Niciodată n-a știut să-mi precizeze ce voia să spună, mai exact, cu expresia asta cu „pădurile din Germania" și eu am crezut, întotdeauna, că se referea la culoare, la nuanța de verde. Am înțeles că „din Germania" era sinonim cu pădurile „din nord" și niciodată nu am vrut să știu mai mult. La mult timp după aceea, în anii când, uneori, memoria îi juca feste și se pierdea în vremurile de altădată pe care nici eu și nici altcineva nu le petrecusem alături de ea, într-o bună zi, când luam împreună o gustare, la ea acasă, a tăcut brusc și, uitându-se la mine cu o privire foarte serioasă, ca și cum, până atunci, nu și-ar fi dat seama, mi-a spus:

– Ai niște ochi precum pădurile din Germania.

Trecuse atâta timp de când n-o mai auzisem spunând asta, că nu mi-am putut ascunde un zâmbet. Văzându-mă zâmbind, m-a imitat și, pe loc, am început să râdem. Am râs ca doi copii, care s-au ascuns de privirile părinților lor și pun ceva la cale în intimitatea unui cort montat pe terasă, inofensivi în nevinovăția lor.

Acesta este unul dintre lucrurile care îmi lipsesc cel mai mult când mă gândesc la bunica: simțul umorului care o caracteriza, o percepere amestecată a diferitelor niveluri ale vieții, aproape la fel de suprarealistă ca și a mamei, dar mai conștientă și, fără îndoială, mai vigilentă. Acesta și râsul ei, amplu și sincer, fără teamă de nimic. Bunica râdea dinăuntrul ei, iar râsul o cucerea pe de-a întregul. „Eu când râd, râd", spunea ea, încântată să-și audă spusele. Și așa și era: totul sau nimic, brutală în sentințele sale, mortală față de tot ce amenința bunăstarea alor săi, criticând sever și cu cruzime când își schimba direcția, mai puțin pe mama și pe mine. Cu noi, bunica era altfel: avea și ca fața ei B, pe care o rezerva pentru mama și pentru mine. Poate și de asta cu ea n-am avut nevoie niciodată de prea multe explicații. Bunica mă citea bine și repede, și, pe loc, dădea la iveală latura ei umoristică, ca să-mi ia de pe umeri toate poverile pe care, încă de foarte tânăr, m-am obișnuit să le pun în calea vieții și pe care ea, practică și optimistă cum era, știa să le mături cu un râs scurt și cu acel bun-simț de femeie care a văzut de prea multe ori cum se schimbă vremurile ca să se mai lase biruită de această lume. Îmi amintesc de ziua aceea, în sufrageria din casa ei, și încă mai simt căldura soarelui de după-amiază plutind asupra parcului și îi văd mâinile tremurânde și pline de pete, cu cele două verighete pe deget, servind cafeaua. Am rămas privindu-ne un moment și, când credeam că vom relua discuția, și-a îndreptat spre ochii mei degetul arătător și a adăugat:

– Ca pădurile din Germania, a spus ea. Pline de locuri goale, unde niciodată nu ajunge soarele.

N-am știut ce să spun. După atâția ani, răspunsul a venit ca o lovitură în piept, seacă și adâncă. Am surâs, încercând să ascund ce simțeam, și ea a continuat să-și bea cafeaua ca și cum nu spusese nimic. Apoi mi-a pus jumătate din sendviș în farfurie, și-a pus mâna peste a mea și a zis:

– Încearcă să lași să pătrundă acolo un pic de lumină, Fer! Și, plecându-și privirea, a adăugat: Înainte să fie prea târziu.

Ne-am uitat unul la altul. A văzut că nu prea știam la ce se referea și mi-a zâmbit:

– În locurile acelea goale, dragul meu, nu în ochi!

Aceste cuvinte – mai precis această expresie – a fost primul lucru care mi-a venit în minte când, cu doar câteva luni în urmă, silueta care stătea așezată la masa din colț a cafenelei s-a întors către tejghea, cu mâna ridicată și privirile noastre s-au întâlnit în oglinda barului, în timp ce simțeam cum sângele îmi invadează obrajii și îmi arde pielea. Erau ochii mei. Și ai tatei.

Ochii pe care i-am întâlnit privindu-mă în oglindă erau două goluri verzi pe un chip care m-a surprins cât era de îmbătrânit. „Ce bătrân este!“, m-am gândit. Am înghițit în sec cu greu și n-am știut ce să fac. Primul meu gând a fost să mă ridic și să ies în fugă, dar n-am făcut-o, pentru că, în acel moment, a venit chelnerul, aducându-mi cafeaua și croasantul, iar silueta lui s-a interpus între privirile noastre, întrerupând instantaneul. Când bărbatul s-a îndepărtat, tata stătea, din nou, întors cu spatele, aplecat peste masa lui.

Presupun că nu s-a gândit mai mult de un minut, cel mult două. A durat cât a durat, și asta contează prea puțin acum, dar, oricât ar fi durat, ceea ce contează este ceea ce s-a întâmplat: tata – pe un mal, iar eu – pe celălalt, el – cu spatele, eu – cu spatele, cu aceiași ochi plini de goluri și fiecare cu poveștile lui scrise, fiecare cu povara pe care viața i-o înghesuise pe umeri. Am încercat să mă gândesc, să ordonez puțin valul de idei, de reproșuri, de emoții și de imagini care, pe loc, m-au țintuit de taburet, dar în zadar. Am observat că tricoul îmi era lac de sudoare și, pentru o clipă, m-am gândit să o sun pe Silvia, dar apoi am înțeles că nu era o idee bună. În vreme ce încercam să mă liniștesc și îmi puneam zahăr în cafea, chelnerul s-a apropiat din nou și a început să șteargă farfuriile și tacâmurile din fața mea, obturându-mi oglinda. După câteva clipe, a ridicat capul și mi-a zâmbit. Văzându-l cum surâde, cu dinții strâmbi sau lipsă, mi-am adus aminte de bunica și fraza ei a plutit deasupra mea, făcându-se auzită prin zgomotul metalic care umplea barul.

„Încearcă să lași să pătrundă un pic de lumină în locurile tale goale, Fer!“, am auzit-o spunând din nou.

Atunci mi s-a întâmplat ceea ce, probabil, bunica numea „să pui lumină în locurile goale“. Poate că a fost ceva atât de simplu și de omenesc, ca atunci când înțelegi că, deși în viața fiecăruia dintre noi există multe lucruri care se întâmplă fără să avem un control asupra lor – lucruri care ne afectează, care ne schimbă într-un fel sau altul –, uneori, putem să ne oprim pe trotuarul vieții și să întrebăm. Poate că este puțin lucru și poate că se întâmplă de foarte puține ori, dar înseamnă mult mai mult decât să acumulezi poveri pe umeri ca să nu deranjezi și mult mai mult decât să trăiești purtând mereu aceleași goluri. Am înțeles, pe loc, că erau multe lucruri pe care nu le știam și pe care doream să le aflu și m-am gândit că, poate, rațiunea mă va ajuta să înțeleg și să pun la locul lor lucruri pe care timpul și tăcerea nu reușiseră să le așeze. Glasul bunicii Ester a răsunat iarăși în mintea mea, în timp ce amestecam laptele în cafea. A răsunat glasul ei, dar și râsul, și mi-a fost atât de dor de ea, că aș fi dat orice s-o pot avea acolo, așezată la tejghea și împărțind cu mine acel moment, cu certitudinile ei și cu carnețelul ei cu spirală și foi colorate, pe care îl ținea mereu lângă ea, acela pe care în ultimii ani – de când memoria începuse să-i joace feste și lacunele erau din ce în ce mai frecvente – îl umplea cu liste de lucruri pe care nu voia să le uite: liste de cumpărături, știri pe care le auzea la radio în timp ce lua masa și care i se păreau importante sau ciudate, amintiri care, brusc, o surprindeau și pe care își dădea silința să le prindă și să le rețină lângă ea, liste de prieteni și de persoane care fuseseră importante și care nu mai erau. Și, mai ales, liste de lucruri pe care voia să le afle – sau să le țină minte – și care adesea începeau cu un „De ce...?“, întrebări care, în ultima vreme, erau stânjenitoare, fiindcă erau aproape copilărești și lipsite de pudoare. „De ce?“-urile bunicii se transformaseră în acelea ale unei fetițe care punea întrebări pe care nu îndrăznise să le formuleze niciodată cu voce tare, acele săgeți directe trase în mijlocul țintelor păstrate în dulapurile realităților familiale și pe care nimeni nu le aruncă fiindcă știm că răspunsurile ar deschide cutii pline cu alte cutii, care ascund comori veninoase. Partea din carnet destinată „de ce?“-urilor – aceea cu pagini violet, de la sfârșit – era o parte pe care bunica nu mi-o arăta decât mie. O ținea prinsă cu o pereche de agrafe, pe care nu le scotea decât ca să adauge o întrebare – sau răspunsul, dacă eu i-l dădeam ori dacă reușeam să îl găsim amândoi – și ca să-mi citească noile sale „de ce?“-uri, cu voce tare. Cu timpul, am înțeles că bunica Ester nu făcea decât să se pregătească să moară în pace, odată ce primea răspunsurile la toate întrebările care, pentru ea, erau vitale. Voia să plece știind totul, cu toate datoriile împlinite. Avea nevoie să știe că totul era explicat și în bună ordine. Uneori, mă suna la telefon și, după un „Bună, Fer, ce faci, dragul meu?“ aproape convențional, spunea: „Am pagina plină. Când vii să iei o gustare? Mâine?“ Eu mergeam să o văd ori de câte ori puteam. Îmi plăcea să ajung la ea acasă și s-o găsesc așteptându-mă la ușă, când ieșeam din ascensor, cu perlele ei, în pantaloni – niciodată n-am văzut-o purtând fustă –, gâtul ei de lebădă și acea strălucire în ochi, pe care o însoțea cu un zâmbet de copilă poznașă și care pe mine mă dezarma. Când închidea ușa, îmi dădea mâna și trăgea de mine până în salon, unde pregătise cafeaua, sendvișurile și o tavă cu pateuri dulci. Pe brațul fotoliului ei stătea carnețelul, deschis, întotdeauna, la paginile violet. Apoi se așeza, scotea un ușor oftat și, cu un zâmbet fericit, spunea: „Hai să conspirăm!“, iar eu răspundeam, mereu la fel: „Ai verificat bine salonul, ca nu cumva să ne fi pus microfoane?" Iar ea începea să râdă, și eu împreună cu ea. Era mereu aceeași glumă și întotdeauna același râs. Râdeam privindu-ne în ochi, încântați că puteam conspira astfel, ca și cum tot ce am fi fost noi ar fi fost departe ori ca și cum n-ar fi existat nimic altceva. Apoi ea servea cafeaua și îmi punea pe farfurie o jumătate de sendviș și, în timp ce mă privea mâncând, lua carnețelul, își punea ochelarii și citea cele cinci sau șase întrebări pe care și le notase în zilele cât nu ne văzuserăm și care puteau să sune astfel: „De ce, atunci când a murit bunicul, tatăl tău n-a venit la înmormântare?" sau „De ce mama ta a trebuit să vândă unul dintre apartamentele pe care i le-am dăruit ca să vă plătească studiile?" ori „De ce sora ta, Silvia, și norvegianul acela pe care l-a luat de bărbat nu au avut copii? Este din cauza lui ori a ei?" sau „Și Emma? Tu crezi că este așa fiindcă n-a avut noroc cu acei bădărani de iubiți ai ei, sau era așa dinainte?" Întrebări. „De ce?"-uri. Curiozitatea bunicii nu avea margini, iar împăcarea cu care accepta răspunsurile mele m-a surprins întotdeauna. Pe măsură ce răspundeam, ea nota în carnețel, încet de tot, cu scrisul ei rotund și ordonat, aprobând sau murmurând lucruri printre dinți, în vreme ce eu vorbeam, transformat, în memoria ei prietenă, în biograf al familiei și, între noi, umpleam golurile pe care ea nu voia să le lase întunecate.

Povestea cu paginile violet și cu „de ce?"-urile bunicii Ester s-a prelungit până ce a fost foarte aproape de moarte. Într-o după-amiază, cu câteva ore înainte de a se stinge în clinica unde o internaserăm, a așteptat ca mama și cu Emma să coboare să ia o gustare la cafenea și mi-a spus, cu o mică scânteie de lumină în privire:

– Am ceva pentru tine!

Eu eram așezat lângă ea, pe pat, și citeam o revistă. N-am știut ce să spun.

– Deschide sertarul!

Am făcut ce mi-a cerut. Înăuntru, am găsit un plic din hârtie cu bule, cu numele meu scris pe clapa de închidere.

– Să nu-l arăți nimănui! Promiți? a spus ea, în timp ce mă vedea că încerc să desfac clapa.

Am consimțit:

– Promit!

Când, până la urmă, am scos conținutul plicului, am simțit în gură un gust amar. Am așteptat câteva secunde până să ridic privirea și să-i întâlnesc ochii.

– Păstrează-l cu grijă! a spus ea, cu un zâmbet atât de obosit, încât a trebuit să înghit în sec. Este povestea noastră, a alor noștri, relatată de tine. Și, apoi, după ce a tras aer în piept: Aceea a adevărurilor, nu aceea a golurilor.

Am pus la loc carnețelul, fără să-l deschid, după care m-am întins pe pat, lângă ea. Mi-a făcut loc alături, cu un geamăt ușor, iar eu mi-am petrecut brațul după umerii ei. Era chircită și micuță, un maldăr de oase. Urechile mari, brațele abia ca două aripi fragile. Am rămas așa câteva minute, în tăcere, privind pe fereastra salonului în timp ce, de cealaltă parte a ușii, se auzea zumzetul clinicii și, din grădină, ajungeau până la noi voci stinse și ciripitul papagalilor, până ce am simțit cum își lasă, duios, capul pe umărul meu. Am așteptat câteva clipe, crezând că poate că adormise și, când m-am mișcat și eram pe punctul de a coborî din pat, am auzit-o spunând:

– Nu aștepta la fel de mult ca mine ca să-ți umpli golurile, Fer! A vorbit cu un glas lipsit de putere, dar am auzit-o. Am plecat capul în jos și am văzut-o privindu-mă cu un zâmbet (mereu același zâmbet) pe buzele ei decolorate. În mod sigur, nu vei avea un nepot atât de chipeș ca al meu, care să te ajute când o să înceapă să te lase memoria, a adăugat ea, strângându-mă de braț cu mâna ei scheletică. Apoi a închis ochii și a scos un suspin stins, pe gura întredeschisă. Am lăsat-o adormită, în compania mamei.

A plecat dintre noi în cursul nopții, luând cu ea o piesă din acel puzzle, una dintre cele pe care am avut norocul să le avem în apropiere și lăsând un gol cu acel mare „de ce?“ al morții sale, unul la care, până acum, nimeni nu a știut să dea răspunsul. Mama, care, în noaptea aceea, dormea cu ea în clinică, ne-a povestit că murise dis-de-dimineață, pe când ea se afla la baie. „Ca și cum, ca să poată pleca, ar fi așteptat să rămână singură“, a spus ea, și am crezut-o cu toții, fiindcă nu ne-a fost greu să ne-o închipuim pe bunica calculându-și momentul plecării. Mama a mai spus că, înainte cu câteva ore de a muri, pentru un moment, redevenise conștientă, în timp ce ea citea, stând alături. Bunica deschisese ochii, o privise pe mama și spusese: „Cred că n-am uitat nimic“. Apoi se întorsese în acel somn adânc, din care nu avea să se mai trezească.

Am întârziat câteva luni până să deschid plicul cu carnețelul bunicii. Îl pusesem între niște cărți, în garsonieră, în aceeași seară în care mi-l dăduse, și rămăsese acolo. Nu mi-am mai amintit de el până ce, într-o după-amiază, în timp ce făceam curățenie, a apărut. Curios lucru, trecuseră câteva zile de când îmi aminteam mereu de bunica și, în ultimele două nopți, chiar o visasem. Nu-mi amintesc cum anume, dar eram sigur că fusese ea, că spunea anumite lucruri.

M-am așezat în fotoliu, am deschis plicul și am scos carnețelul. Am zâmbit constatând că era legat cu un elastic – de două ori, întotdeauna de două ori – și m-a surprins faptul că era atât de subțire. Când l-am deschis, am înțeles care era cauza: nu rămăseseră decât paginile violet. Toate celelalte, de alte culori, dispăruseră. Le-am răsfoit un moment, amintindu-mi scene, discuții și râsete în timp ce reciteam întrebările și răspunsurile lor, notate cu acel scris ferm, de fetiță conștiincioasă, simțind cum îmi era, din nou, dor de ea. Când am ajuns la ultima pagină, am găsit un plic mic, lipit de cartonul copertei din spate. L-am deschis. Înăuntru era una din cărțile sale de vizită, cu numele și adresa ei într-un colț. În centru, cu o carioca violet, scrisese:

„Întotdeauna ne rămâne dreptul de a vrea să știm,
Fer!"

Întotdeauna ne rămâne dreptul de a vrea să știm. Asta spunea în ultima ei notiță și asta mi-a venit în minte în timp ce, cum stăteam așezat pe taburet, amestecând în cafeaua cu lapte în fața chelnerului, am hotărât că, dacă tata era așezat acolo, că dacă el putea fi așezat acolo, cu spatele la mine, ca și cum nu m-ar fi cunoscut, eu voiam să știu. Și, în acel moment, când am decis că n-o să plec din bar fără să mă apropii de masa lui și fără să închid, cu el, pagina mea de „de ce?"-uri, mi-am închipuit-o pe bunica, așezată în sufrageria ei, cu carnețelul ei și paginile sale violet, pline de liste. I-am cerut chelnerului o bucată de hârtie și un pix. El a consimțit, s-a șters pe mâini cu un șervet, s-a dus până la sertar și s-a întors cu o foaie de hârtie în pătrățele și cu un pix. Mi le-a dat cu un alt zâmbet găunos și, în secundele următoare, am mâzgălit, pe hârtie, în mare grabă, cinci scurte întrebări, aproape de neînțeles.

De ce n-ai fost la înmormântarea bunicii?

De ce ai râs de mama și i-ai spus că e o proastă în ziua în care n-a văzut că ușa de la terasă era închisă și s-a lovit de geam, umplându-și fruntea de cioburi de sticlă?

De ce nu ne-ai îmbrățișat niciodată?

De ce spui întotdeauna că așa ești tu și cu asta gata? Așa, cum? Așa, pentru cine? Și noi? Nu suntem cineva? N-ar trebui?

De ce nu mi-e dor de tine, dacă ești tatăl meu? De ce nu știu cine ești, tată? De ce niciodată nu ne-ai făcut vreun cadou la aniversările noastre? De ce încă aș vrea ca lucrurile să fie altfel?

N-am vrut să merg mai departe. Micuța pagină de caiet era deja plină și m-am hotărât că era destul, cel puțin pentru început. I-am înapoiat pixul chelnerului, am băut cafeaua cu lapte dintr-o înghițitură, am luat hârtia și am închis ochii. Apoi am tras adânc aer în piept de câteva ori și am coborât de pe taburet. Înainte de a mă răsuci, mi-am amintit de bunica și se fraza ei – „Întotdeauna ne rămâne dreptul de a vrea să știm." – și am zâmbit. Atunci m-am întors cu spatele.

După câteva ceasuri, când mama mi-a deschis ușa apartamentului său și m-a văzut acolo, în picioare, sprijinit de cadrul ușii, cu Max și geanta mea de voiaj, a strâns din ochi și probabil că a văzut, pe fața mea, ceva foarte lămurit, fiindcă, spre deosebire de felul în care se comporta de obicei, nu s-a apropiat ca să-mi dea un sărut. A rămas unde era, uitându-se la mine.

– Ai ceva împotrivă dacă Max și cu mine rămânem să petrecem câteva zile aici, cu Shirley și cu tine? am întrebat.

– Nu, sigur că nu, băiatul meu, a spus, dându-se puțin într-o parte.

Niciun „de ce?", niciun „ce s-a întâmplat?" Nimic. După ce mi-am lăsat geanta pe patul din camera de oaspeți și m-am așezat pe patul ei, alături de ea, mama mi-a pus mâna pe creștet și a întrebat:

– Vrei un ceai? Sau, poate, mai degrabă o bere?

Am ridicat ochii. Nici măcar nu m-a deranjat întrebarea.

– Nu beau, mamă!

A făcut o mutră nevinovată și a spus:

– Da, dragul meu! De asta.

Am izbucnit în râs amândoi. Mai întâi eu, apoi ea, dar râsul n-a ținut prea mult și mama a început să așeze lucrurile în dulap, ca să-mi facă loc. Chiar dacă am fost tentat să încerc, n-am vrut – sau n-am putut – să-i povestesc, iar ea nu mi-a cerut-o, nici atunci și nici în săptămânile care au urmat, până acum. Nu a făcut nicio referire la după-amiaza aceea. Nu a pus nicio întrebare și nici nu a făcut vreun comentariu, în tot acest timp. Totuși, eu am rămas instalat aici. Am împărțit apartamentul ca și cum eu aș fi fost în călătorie, iar eu am continuat să mă port la fel ca înainte – la muncă, la sală, cu Max, în unele weekenduri cu Emma și cu Olga, padel cu Emma în zilele în care coboară în Barcelona, padel cu cei de la club, când Emma nu vine –, cu singura diferență că, de câteva ori pe săptămână, trec pe acasă să-mi iau poșta. Cam așa.

Și aștept. Nu știu ce, dar aștept. Mama nu mă hărțuiește și știu că, în fond, este mulțumită că îi țin tovărășie, cu toate că, uneori, conviețuirea nu este ușoară și că fiecare avem cusururile noastre, care, până la urmă, se încheie rezolvându-se cu vreo ieșire de a ei și cu hohote de râs, întotdeauna cu râs. Ea o ține înainte cu micile ei nebunii, conspirând cu Ingrid pe la spatele nostru, cu toate că multe dintre aceste conspirații sfârșeau prin a mi le mărturisi și mie, iar eu o acopeream, ca Silvia să nu afle și să petrecem sărbătorile în liniște. Nu este ușor lucru. Să trăiești așa, în patruzeci și cinci de metri pătrați, cu doi câini și o mamă – fie acea mamă care o fi ea – nu este un lucru prea ușor, iar eu știu asta.

– Nu este normal! mi-o trântește uneori Silvia, cu o pufnitură nervoasă, când rămânem să luăm masa în centru și eu îi povestesc lucruri despre mama. Nu este sănătoasă treaba asta cu mama și cu tine. În plus, nu înțeleg ce faci tu atâta timp stând la ea acasă! Și apoi, în timp ce eu mănânc, adaugă, coborând vocea: Ca să-ți spun drept, nu știu cum de o poți suporta.

Nici ea și nici Emma nu sunt la curent cu motivul pentru care m-am instalat aici. Nu știu că acesta este refugiul meu și nici nu-și închipuie că există pe lume lucruri precum acela care s-a petrecut în dimineața aceea în cafenea, pe care nu li l-am destăinuit nici lor, și cu atât mai puțin mamei. Nu știu cum ar reacționa Emma. Cu ea este greu de știut, cu toate că, probabil, n-ar afecta-o prea mult, acum, când este atât de încântată de Olga și de maternitatea lor pusă în comun. Cât despre Silvia, pentru ea nu ar fi un moment potrivit, este destul să te uiți la ea.

Poate că totuși, acum când mă gândesc mai bine, n-o să-i spun niciodată.

Probabil că va fi mai bine așa.

Cum aș putea s-o știu?

Opt

– În Cuba?

În stânga mea, Silvia fumează alene, uitându-se la mama cu niște ochi încărcați de o sumedenie de umbre și cu gâtul încordat, ca și cum ar încerca să oprească un jet de apă murdară, care îi urcă din stomac. În dreapta mea, mama își toarnă puțină apă și varsă jumătate din ea pe lângă pahar.

Da, Cuba. Așa a spus. Apoi s-a uitat la mine și a făcut o figură ca și cum ar fi spus: „Ah, așa mi-a trecut prin minte! Cine o să-mi comande mie ce să spun?“, care, dacă am fi fost singuri, m-ar fi făcut să izbucnesc în râs, dar care, judecând după privirea și expresia Silviei și după sprânceana arcuită a Olgăi, nu a fost bine primită.

Asta s-a întâmplat în urmă cu câteva secunde. Mama a dat drumul micii ei bombe personale, iar valul de schije s-a împrăștiat în toate direcțiile, împroșcând relaxarea care ne invadează acum, la acest ceas al nopții – aproape dimineață – cu o scânteiere de neliniște. După bomba mamei s-a lăsat tăcerea, iar ea, care se teme de ce o așteaptă, nu întârzie să o umple de zgomot, lansându-se, cu capul înainte, într-un șir de detalii cu privire la călătoria ei, care nu contribuie cu nimic la îndreptarea lucrurilor.

– Păi, o să mergem cu un ONG, se justifică ea imediat, luând-o înaintea reacției Silviei care, curios lucru, a ales să-și toarne puțin vin spumos și să se sprijine cu spatele de spătarul scaunului ei, cu o figură obosită. Văzând că niciunul dintre noi nu spune nimic, mama se hotărăște să povestească mai departe. Rezultă că Ingrid are o prietenă, Suleima, care are un blog pe care predă yoga, sau are unul dintre acele lucruri unde scrie pe internet, dar despre yoga și *bodyhealing*[1], și alte chestii pentru corp și minte. Păi, rezultă că Suleima este și guru, dar dintr-aceia adevărați, cu haină portocalie și toate celea, și are un centru de yoga la Soria[2], cu oameni celebri care vin să se dezintoxice și cu voluntari cubanezi, care fac curățenie gratis. Și, uneori, face cursuri la Varadero, cu câteva femei. Ei, nu prea multe. Vreo cincisprezece sau douăzeci, nu mai mult. Se întoarce și se uită din nou la mine, căutând pe chipul meu vreun semn care să-i arate dacă este pe drumul cel bun. Nu știu ce vede, dar imediat își mută privirea și continuă. Uite cât este de generoasă Suleima, că ne plătește din buzunarul ei jumătate din biletul de avion și a obținut la hotel un all inclusive. Și încă VIP!

Unchiul Eduardo face o figură mirată și încruntă dintr-o sprânceană.

– Hmm, fie! Dacă este vorba despre cubanezi, așa sunt ei, spune pe un ton de om de lume. Când au, dau. Problema este că niciodată nu au, de asta și inventează atâtea lucruri, fiindcă întotdeauna le-ar plăcea să dea. Sau, adică, nu este că vor să ne mintă, ci o iau înaintea realității. De aici și cubismul.

Acum, eu sunt cel care se uită din nou la el. Olga ia o bucată de nuga și și-o bagă pe toată în gură, iar Emma cască, în timp ce își lustruiește ecranul mobilului cu șervețelul tacâmului de la Scaunul Absențelor.

---

[1] Vindecare corporală (în limba engleză în original) (*n.tr.*)

[2] Soria este un oraș în nord-centrul Spaniei, capitala provinciei Soria în comunitatea autonomă Castilia și Leon. (*n.tr.*)

– Cubismul?... întreabă Silvia, în timp ce-și lasă paharul pe masă și ia o țigară din pachet.

Unchiul Eduardo zâmbește, încântat de atenția care i se acordă.

– Sigur, spune el. Cubismul a fost inventat în Cuba, zău! Își trece limba peste dinții de sus și, văzând expresia perplexă de pe chipurile noastre, adaugă: N-o să-mi spuneți că nu știați?

Mama îi vine în ajutor.

– Absolut, Edu! spune ea. Ajunge să te uiți la Gloria Estefan.[1] Ne uităm, cu toții, iarăși la ea. În același timp, ca într-o partidă de tenis. Sau la Bola de Nieve[2].

Unchiul Edu dă drumul unui hohot de râs răgușit, care ricoșează în pereții sufrageriei și pe care mama îl primește cu un surâs de ușurare. La picioarele mele, Max saltă capul și lasă să-i scape un suspin. Când se lasă din nou liniștea, mama se hotărăște să continue:

– Păi, așa stau lucrurile, spune ea. Așa că n-aveți de ce să vă faceți griji. Se uită la Silvia, care stă, pe mai departe, lăsată pe spate în scaunul ei, cu o privire absentă, și explică: Câteva zile de yoga, băi medicinale, masaje, meditație. Și, fiți atenți cât este de generoasă Suleima, că singurul lucru pe care ni l-a cerut în schimb a fost puțin... teatru.

– Teatru?

Mama aprobă.

– Da. Și apoi: Să ne prefacem că ne căsătorim nițel, fiecare dintre noi, cu băieții aceia pe care îi are acolo, ca să poată veni

---

[1] Gloria María Milagrosa Fajardo García de Estefan, cunoscută pe plan profesional ca Gloria Estefan, este o cântăreață și compozitoare americano-cubaneză. Supranumită „Regina muzicii latino pop", aceasta a intrat în topul 100 al celor mai buni artiști din lume. (*n.tr.*)

[2] Ignacio Jacinto Villa Fernández (1911–1971), cunoscut mai bine sub numele de scenă Bola de Nieve (Bulgăr de Zăpadă), a fost un cântăreț, compozitor și pianist cubanez. (*n.tr.*)

astfel să câștige o bucată de pâine făcând curățenie la centrul de yoga de la Soria! Uită-te tu ce femeie, atât de... de generoasă!

Tăcere. Până la urmă, Olga reușește să rupă bucata de nuga, pe care și-o plimba prin gură de câteva minute, cu un „croc" care nu anunță nimic bun.

– Să vă că-să-to... riți? spune ea silabisind.

Mama confirmă.

– Da. Bine, păi, numai așa, de păcăleală, nu? lămurește ea cu un zâmbet fericit. Și doar la aeroport. Apoi, când ajungem în Spania, gata! Ingrid spune că băieții rămân în Madrid, fiindcă Suleima închiriază un autobuz doar pentru ei și îi duce direct la casa din Soria. Treaba este că biata de ea este deja pățită, pentru că, după câte se pare, la început i-a dus, pentru câteva zile, la o pensiune din Madrid, ca să vadă și ei puțin orașul și să se aclimatizeze, dar mi-a spus Ingrid că, atunci când au intrat în Corte Inglés, mulți au coborât alergând la supermarket și au mâncat totul, dar știi cum, totul, totul, chiar și crabii și homarii vii din acvariu, și, sigur, atunci s-a decis că ar fi mai bine să petreacă o vreme direct la centru, ajutând-o, făcând curățenie și masaj clienților, ca să le mai treacă un pic cubismul.

Silvia se uită la mine, închide ochii și trage adânc aer în piept de câteva ori. Apoi își sprijină bărbia în podul palmei și spune, pe un ton care, spre surprinderea tuturor, este inexpresiv, aproape șters.

– Mamă!

Mama se întoarce spre ea.

– Da?

– Tu îți dai seama că ceea ce ai spus chiar acum nu este normal, nu-i așa? întreabă ea pronunțând apăsat cuvintele. În vocea ei se ghicește amenințarea, dar una ascunsă, difuză.

Mama, care o percepe la fel de bine ca și mine, clipește des din ochi, încercând să câștige timp.

– Cum adică, normal?

– Așa, mamă, normal! vine replica Silviei. Normal!

Mama strâmbă din nas. Este o strâmbătură care, de obicei, o scoate din pepeni pe Silvia, dar la care, de această dată, nici măcar nu clipește.

– Bine, adevărul este că Suleima nu este o femeie care...

– Sunt mult prea obosită, mamă, o întrerupe Silvia.

Mama tace și lasă să-i scape un oftat stingherit.

– Da, fata mea! Așa este, s-a făcut foarte târziu. Apoi se uită la ceas: Aoleu, este aproape ora patru!

– Nu, mamă, vreau să spun obosită, în general! răspunde Silvia, ridicând un pic din umeri. Și, mai ales, obosită de... toate astea, adaugă ea, cu un suspin foarte scurt, plimbându-și privirea peste noi, toți, în timp ce acoperă masa cu un gest al mâinii.

Mama înghite în sec.

– De... toate astea?

– Da, mamă, spune Silvia cu un glas trist. Să te tot aud spunând atâtea prostii și să trebuiască să te supraveghez continuu, întotdeauna în spatele tău, ca să nu faci vreo poznă dintr-acelea de-ale tale, ca și cum noi am fi mama și tu fiica. De astea, și mai ales de asta: să fac, atâția ani la rând, pe mama mamei mele. Te stoarce de puteri, știi? Ți-o jur că te epuizează.

– Bine, bine... intervine unchiul Eduardo, pe un ton împăciuitor, aplecându-și puțin capul și punând mâna pe antebrațul Silviei, care i-o îndepărtează cu un gest brusc, ca și cum ar fi primit un șoc electric.

– Și de nebuniile tale, revine Silvia la vorba ei. De faptul că nu asculți niciodată nimic și că trebuie să alerg apoi să rezolv hârtiile, fiindcă, desigur, biata Amalia, se știe, este atât de dezorientată, atât de puțin obișnuită să trăiască singură. Se întrerupe, pentru un moment, și trage aer adânc în piept. Dar, știi ceva? Nu doar tu ești singură și, chiar dacă ai fi, asta nu-ți dă dreptul să faci după capul tău, fără să te gândești la ceilalți.

– Dar eu... începe mama.

– Exact! Chiar asta este problema, o întrerupe Silvia. Acest „dar eu“ cu care, întotdeauna, găsești scuză pentru orice, cu care toată lumea iartă tot, fiindcă este mai ușor așa: eu fac, eu cred, eu decid, eu joc și tu, pe tine te doare-n cot! Așa funcționăm cu toții. Și așa ni se arată. Așa ni se arată: mie, familiei acesteia, orașului ăstuia și țării ăsteia de rahat, cu un guvern de rahat și cu niște oameni de afaceri de rahat, care te lasă în drum după ce te-au stors ca și cum te-ai fi născut doar pentru asta, ca să te stoarcă ei, și, într-o bună zi, te simt și îți spun că sunt foarte mulțumiți de tine, că ești o *crack*, însă suntem doi șefi de echipă și trebuie să ne dispensăm de unul pentru că vaca nu mai dă atâta lapte, și rezultă că aceea care rămâne în stradă ești tu, pentru că... pentru că nu ai o blestemată de familie pe care s-o hrănești și pentru că nu-l lingi la cur pe directorul general, nici nu joci golf cu el, nici nu-i obții bilete gratuite ca să meargă, împreună cu iubita lui rusoaică, să-l vadă jucând pe Nadal. Uite-așa, pur și simplu. Și atât de... normal.

„Au!“

Îmi las privirea în jos. Cu colțul ochiului, o văd pe mama puțin ghemuită și cu mâna suspendată în aer, la vreo câțiva centimetri de masă, ca și cum și-ar sprijini-o pe ceva, pe un lucru pe care noi, ceilalți, nu-l vedem, și cu ochii întredeschiși, fiindcă Olga a mișcat din loc sticla cu apă și reflexul lustrei în geam o orbește.

– Fata mea, spune ea. La stânga mea, Silvia inspiră adânc. Într-adevăr, pare epuizată. Nu răspunde. Doar este de față. Păi, atunci? întreabă mama cu un firicel de voce.

Silvia întârzie cu răspunsul. Când vorbește, revine la tonul sec, chiar dacă acesta nu reușește să fie acela al Silviei dintotdeauna.

– Atunci... nimic, mamă! spune ea, frecându-se ușor pe gât cu mâna. Nimic.

– Ah!

Trec vreo câteva secunde și nimeni nu vorbește. În final, mama își lasă mâna pe fața de masă.

– Mai vrea cineva puțină cafea? întreabă Olga, întinzând o mână încordată înspre cafetiera goală.

Tăcere.

– Bine... spune mama pe un ton neutru. Apoi, după câteva secunde, adaugă, aproape șoptit: Păi, mie îmi pare bine.

Silvia își ridică ochii și neagă alene, dând din cap. Perplexă, este perplexă.

– Ce spui?

– Că îmi pare bine, fata mea!

– De ce?

– Fiindcă n-o să-mi mai trimiți cărți poștale. Își strânge degetele pe o firimitură de pâine și începe să o frământe încet, cu gesturi mecanice.

Silvia pufnește și continuă să dea din cap.

– Mamă, eu îți spun că m-au dat afară din serviciu, spune ea cu o voce încordată de furie. „Nimic" înseamnă „în stradă".

Mama își coboară privirea.

– Am înțeles, fata mea! Și apoi, aproape printre dinți: Nu sunt proastă!

Silvia se crispează ca și cum ar fi primit o lovitură pe care noi n-am văzut-o.

– Nu asta voiam să spun.

Mama se uită la ea și schițează un surâs atât de trist, că până și Olga își drege glasul. Ea și cu Silvia se privesc pentru o clipă, înainte ca mama să vorbească din nou.

– Adevărul este că ilustratele tale mă întristau mult, fata mea! adaugă, coborând un pic vocea, ca și cum și-ar cere iertare.

Silvia își încrețește fruntea. Este un comentariu la care nu se aștepta. Nici ea, nici noi, ceilalți.

– Te întristau?

– Da.

– De ce?

– Fiindcă erai foarte departe.

– Lucram, mamă! Și apoi, calmând puțin tonul: Eram în călătorie, mamă!

– Treaba este că ești mereu în călătorie, fata mea! Chiar și atunci când nu călătorești. O spune studiind cu ochii firimitura de pâine, fără să îndrăznească să o privească pe Silvia, care, prin gestul ei, citește în frază aceeași tristețe ca și mine. Întotdeauna ești plecată. Mama este tristă și vorbește astfel, ca o mamă tristă. Trec câteva secunde. Când vede că Silvia își duce, din nou, mâna la gât, spune: Măcar acum, că ai să ai timp, se întrerupe și trage aer în piept înainte să termine, într-o bună zi, am putea pleca în călătorie amândouă. Fără cărți poștale ilustrate, fără nimic.

O secundă de tăcere. Apoi Silvia înghite în sec și face o figură care este aproape un surâs, dar care nu poate fi așa ceva, fiindcă îi tremură buzele. Ochii îi strălucesc.

– Mie mi-ar plăcea, spune mama, privind-o cu acei ochi de fetiță speriată pe care îi face când cere ceva, cu teama că răspunsul o s-o doară, și pe care îi știm bine, fiindcă țin, în cea mai mare măsură, de a doua ei fată, aceea cu care am crescut. Văzând că Silvia nu răspunde, înclină capul și adaugă, timidă: Bine, sigur, asta dacă Peter n-are nimic împotrivă.

Cât pe ce să nu mă uit la Silvia, dar este târziu. În ochii ei văd îndoiala și impulsul de a termina de povestit și de a se goli de tot ce ține în ea. O văd scânteind pentru un moment, apoi o văd stingându-se. Respiră adânc și, când vorbește din nou, strălucirea care îi umple ochii este dată de apă.

– Peter n-o să aibă nimic împotrivă, mamă! spune, cu un zâmbet pe care nu știe cum să și-l reprime. Nu-ți face griji din cauza asta!

Mama zâmbește și ea. Fericită. Este fericită. Sobru fericită.

– O să-i trimitem o carte poștală ilustrată, spune ea. Și o să-i scriem că ne este dor de el. Vrei?

Silvia strânge din dinți și surâde în continuare, în timp ce lacrimile din ochi i s-au agățat de gene și o fac să clipească foarte repede. Cele două lacrimi se înfig pe fața de masă ca două cuie, iar, pe sub masă, mâna mea o caută pe a ei. Când o găsește, ea mi-o strânge, apoi și-o retrage.

– Sigur că da, mamă! spune, cu un glas frânt. Sigur că da!

Și, atunci, mama trage ultimul său cartuș, luându-ne prin surprindere pe toți. După ce își drege glasul, se ridică foarte încet și, lăsând-o pe Shirley pe podea, merge pe coridor și intră în baie. După câteva secunde, iese cu micul dreptunghi de plută pe care sunt prinse cărțile poștale ilustrate de la Silvia și revine la masă, înconjurând-o până ce ajunge la sora mea. I-l așază înainte, peste farfuria de desert cu resturi de nuga. Apoi, așa cum a făcut la vremea aceea cu Emma, o îmbrățișează pe la spate și își lipește obrazul de obrazul ud al Silviei, strângând-o la pieptul ei și legănând-o cu duioșie.

– Fără alte cărți poștale, fata mea! Fără alte cărți poștale! îi spune la ureche.

În timp ce ele se leagănă alături de mine, ceasul din piață bate de ora patru și un sfert și, în liniștea care ne învăluie când din clopot a rămas doar urma propriului zgomot, Max se întinde la picioarele mele, iar Olga se întoarce spre Emma.

– Poate că ar trebui să plecăm. Ce spui, draga mea? spune, pe un ton duios, pe care nu-mi amintesc să-l mai fi auzit la ea.

Din capul mesei, unchiul Eduardo consimte, dând ușurel din cap, cu toate că are privirea încețoșată, ca și cum ar confirma răspunsul la o întrebare pe care el o aude, dar care nouă, celorlalți, ne scapă, în vreme ce, lângă el, mama și Silvia stau tot îmbrățișate, străine de el și de tot ceea ce nu face parte din ele însele. Nu se mai leagănă. Acum, doar respiră la unison, privind în față. Mama zâmbește și, în brațele ei, Silvia are o expresie relaxată, iar pielea de pe frunte îi strălucește.

– Peter nu mai este cu tine, nu-i așa, draga mea? întreabă mama.

Silvia nu răspunde imediat. Se mai leagănă o dată, ușurel, la adăpostul mamei, și, până la urmă, se întoarce și se uită la ea.

– Nu, răspunde cu un firicel de voce.

Mama confirmă.

– Da.

Nu-și spun mai mult. Mama o îmbrățișează din nou și rămân așa, amândouă, respirând în același timp, ca și cum în sufragerie n-ar mai fi nimic altceva și altcineva decât ele două și timpul n-ar mai exista, până ce mama vorbește din nou.

– Acum, o să scot cărțile poștale, iubirea mea! Vrei?

Silvia nu spune nimic, dar nici nu se mișcă. În momentul în care mama înțelege că ea nu va vorbi, întinde mâna către prima carte poștală ilustrată, dar, atunci, unchiul Eduardo se uită la ea și întinde și el mâna și și-o pune pe încheietura mâinii Silviei.

– Nu, spune el.

Mama rămâne tăcută și Silvia și ea se întorc spre el, fără să înțeleagă.

– Trebuie să le scoți tu, spune unchiul Eduardo, privind-o pe Silvia în ochi. Ea refuză, dând încetișor din cap. Da, insistă el, confirmând. Mama își retrage mâna și rămâne ținând-o în brațe pe Silvia pe la spate, foarte tăcută, iar Silvia se cuibărește în brațele sale.. Știi de ce? întreabă el, fără să-și ia ochii de la ea.

Silvia neagă încet, dând din cap.

– Nu! murmură ea printre dinți.

– Pentru că așa o putem face împreună, spune unchiul Eduardo, schițând un surâs. La fel ca înainte. La fel ca înainte de toate astea. Păstrează, pentru o clipă, tăcerea și adaugă: Și, pentru că, în timp ce scoatem cărțile poștale, o să-ți povestesc ceva.

Silvia nu se mișcă.

- Vrei?

Tăcere.

Unchiul Eduardo trage încheietura mâinii Silviei către dreptunghiul din plută și, cu toate că, la început, ea se împotrivește, reușește să-i ducă mâna până la prima carte poștală. Apoi îi ia degetele și i le strânge pe prima piuneză. Lent, foarte lent, degetele celor doi extrag piuneza și cartea poștală, în timp ce el spune:

- O să-ți povestesc că îmi place să stau așezat aici, la masa asta, și să cred că încă mai este cineva care să mă aștepte, în fiecare an, indiferent cât de mulți ani ar trece. Că asta mie îmi dă viață și mă ajută să merg înainte, pentru că, de când au murit bunicii, condiția de orfan nu-mi face bine și cred că este deja prea târziu ca să mă învăț cu ea.

Mâna Silviei, dirijată de aceea a unchiului Eduardo, ia cartea poștală și o pune pe masă, așezând-o pe fața de masă, împreună cu mama. Apoi se întorc încet la panoul din plută cu un gest mecanic, precum brațele unei perechi de automate.

- O să-ți povestesc că mă bucur să vă văd râzând, să vă fac să râdeți, spune el, ferindu-se de privirea Silviei și plimbându-și ochii asupra noastră, a tuturor. Și că, dacă ar fi fost să am o fiică, tu ai fi fost aceea. Nu una ca tine, ci chiar tu. Atât de încăpățânată, de dinamică, de căpoasă și de ipocrită, atât de asemănătoare mie în multe privințe și atât de tu însăți în altele. Și că mi-ar fi plăcut să însemn mai mult pentru tine, să fiu mai mare, mai puternic, să-ți fiu mai aproape și să nu te las singură de atâtea ori. Și că îmi pare nespus de rău că te-am dezamăgit.

Mâinile scot o a doua carte poștală, în timp ce Silvia înghite în sec și, fără aceeași împotrivire, o depun peste prima. Apoi unchiul Eduardo își retrage mâna, iar cea a Silviei se mișcă singură spre panou, foarte încet, în timp ce el continuă să vorbească, fără să-și ia ochii de la ea.

– Ți-aș povesti că Sindy nu există. Mâna se oprește, pentru o clipă, în aer, după care își reia mișcarea. Nu, nu există. Am inventat-o eu, în după-amiaza asta, în avion, ca să vin aici cu ceva și să ascund ceea ce încă nu există și nici nu cred că va exista în această etapă. Păstrează un moment de tăcere și respiră adânc. Și poate că mi-ar fi plăcut să existe, cu toate că îmi place și că nu există, pentru că astfel pot să inventez pe mai departe, fără să risc să doară mai mult decât este nevoie.

Silvia este concentrată asupra panoului. Scoate cărțile poștale cu o mișcare domoală și uniformă, precum o fetiță care se amuză cu un album de cartonașe, în vreme ce unchiul Edu continuă să-i vorbească din capul mesei.

– O să-ți povestesc că ești supărată pe viață și că ai toate motivele să fii așa. Sunt sigur că, în locul tău, și eu aș fi, însă te înșeli crezând că să nu faci înseamnă să trăiești mai bine. Nu, să nu faci înseamnă să trăiești mai puțin, și tu ar trebui să știi asta.

Pentru un moment, Silvia încetează să mai manevreze cărțile poștale. Apoi unchiul Eduardo trage aer în piept și continuă:

– Și am să-ți povestesc că sunt singur și că mă simt singur. Și că, de când tatăl tău nu mai este și putem petrece Anul Nou împreună, vin în fiecare an, în speranța că o să-mi cereți să rămân, pentru că mi-e rușine să vă întreb dacă vă este dor de mine. Îmi este frică de răspunsul pe care l-aș putea primi. Își pleacă privirea și încearcă să zâmbească. Sunt un bătrân prost, știu.

Silvia scoate ultimele cărți poștale în timp ce lacrimile îi cad pe brațele mamei, care și-a cufundat fața în părul ei. Între timp, unchiul Eduardo îi povestește, pe mai departe, lucruri despre el, despre care n-a vorbit niciodată și despre care vrea să vorbească, până ce, în final, Silvia scoate ultima piuneză, cu ultima carte poștală. Apoi rămâne tăcută, cu panoul gol dinaintea ei, așteptând ca unchiul Eduardo să tacă.

– Acum este gol, spune ea.

El surâde. De data asta cu adevărat.

– Ce fată bună!

Silvia consimte, dar nu scoate o vorbă.

– Acum, ar trebui să începeți să vă gândiți să-l umpleți la loc, spune el.

Tăcere.

– Cu cărți poștale, spun eu.

Tăcere.

– În cel mai bun caz, prima ar putea fi de la... Lisabona.

Silvia își ridică chipul spre el, dar, de pe locul meu, nu-i văd expresia. Aceea a unchiului Eduardo este aproape copilărească.

– Ți-ar plăcea?

Se uită unul la altul, dar niciunul dintre ei nu spune nimic, până ce el își înclină capul într-o parte și netezește șervețelul cu mâna.

– Este doar o idee, spune el, zâmbind vag. Nu vă supărați pe mine!

Silvia surâde. De unde mă aflu, văd doar o jumătate din surâsul ei. Este un surâs precum acelea ale mamei, cu toate că al Silviei este umed, acoperit de muci și de lacrimi. Își întinde mâna către unchiul Edu și îl strânge de braț.

– Cum să nu? spune ea. Cum să nu-mi placă?

El înghite în sec și își coboară privirea.

– Cred că va trebui să fac puțină curățenie în casă înainte să vii, spune, fără să ridice capul, ca un copil.

Ea izbucnește în râs. El la fel.

– Da, ar fi bine!

Rămân așa amândoi, în tăcere, cu mama îmbrățișând-o pe Silvia pe la spate, în timp ce, de cealaltă parte a mesei, lângă

Scaunul Absențelor, Emma mângâie distrată, cu mâna, brațul Olgăi și sunetul unei sirene se pierde într-un colț al pieței, în orașul de jos. La picioarele mele, Max lasă să-i scape, în somn, un suspin, care se împrăștie prin sufragerie ca un mic val.

– Cred că ar trebui să mergem, spune Olga, dregându-și glasul și uitându-se mai întâi la ceasul ei și apoi la Emma. Este foarte târziu și avem un drum lung până acasă. Știți și voi cum sunt șoselele astea, adaugă, întorcându-se spre mama.

Mama confirmă, se ridică încet, gâfâind ușor, și se desparte de Silvia, care încă își mai ține mâna peste aceea a unchiului Eduardo, amândoi absenți la ce se întâmplă în jur. Apoi îi pune mâinile pe umeri și se întoarce spre ușa din sticlă. De cealaltă parte a geamului, cerul continuă să fie întunecat, dar nu mai este negru. Se arată o lumină, într-o anumită parte a dimineții se poate intui o lumină care urcă dinspre mare, chiar dacă, pentru moment, nu luminează nimic.

– Cred că astăzi vom vedea cum răsare soarele, spune, fără să-și dezlipească ochii de fereastră. Și apoi, ca și cum ar vorbi cu cineva care este de partea cealaltă, cineva pe care doar ea îl vede, adaugă, în timp ce dă aprobator din cap și schițează un zâmbet minuscul, aproape o umbră de zâmbet: Da, astăzi vom vedea cum răsare soarele.

Cartea a patra

Răsăriturile violet

„Toate lucrurile din viața noastră au un sens; toate sfârșiturile sunt, în același timp, începuturi. Dar, în momentul acela, nu știm asta.“

M. ALBOM[1]

[1] Mitchell David Albom este un autor, jurnalist și muzician american. Cărțile sale s-au vândut în peste patruzeci de milioane de exemplare în întreaga lume. (*n.tr.*)

Unu

Este ora șase și ceva. Unchiul Eduardo și Silvia au plecat ultimii, la numai zece minute după Olga și Emma, fiindcă taxiul pe care l-au comandat telefonic a ajuns târziu. Apoi mama și cu mine am terminat de strâns masa și am pus farfuriile în mașina de spălat și, când credeam că o să mergem la culcare, ea s-a ghemuit, a deschis dulapul aflat sub chiuvetă și a scotocit înăuntru, în timp ce murmura ceva printre dinți, până ce, în final, a scos o cutie de biscuiți.

– Ultimul? a spus întinzându-mi cutia din metal cu o figură de fetiță râzgâiată. Sunt niște biscuiți cu ciocolată belgiană, pe care îi cumpăr uneori de la raionul Gourmet de la Corte Inglés și pe care îi păstrez ca și cum ar fi de aur, ascunși printre detergenți, ca nimeni să nu-i găsească.

– Mamă, dacă o ții tot așa, ai să explodezi, am certat-o eu. Ai mâncat întruna ciocolată de când am înghițit strugurii.

– Mincinosule, mi-a răspuns ea, în timp ce încerca să deschidă cutia. Și apoi: În plus, o dată este o zi ca asta.

Ne-am așezat la masă, cu cutia deschisă între noi. Ea și-a turnat un pahar cu Coca-Cola Light, iar eu unul cu lapte.

– Ah, a suspinat ea după ce a băut, lăsând paharul pe masă. Ce bine, nu?

Ne-am uitat unul la altul. Am fost cât pe ce să o întreb de unde venea, de data asta, acel „ce bine!", dar n-a mai fost nevoie.

– Că, în sfârșit, a ieșit totul atât de... așa, m-a lămurit ea, agitându-și mâinile în aer.

Am râs. Cu toate că era ora care era, că eram obosit și că mama era cum era, am râs. Ea, nu.

– Uită-te ce fel frumos de a începe anul, nu-i așa? a spus ea, punându-și un biscuit în gură. Apoi a scos pătratul din mozaicul cuverturii pe care mi-o făcea și s-a apucat să tricoteze, lipindu-și lâna de obraz. Fetele însărcinate, Edu, care nu se însoară cu Tonino sau cum i-o zice ăluia cu păr țepos, fiindcă dă-mi voie să-ți spun că n-am vrut să insist, dar povestea cum că Tonino era o *ea* n-am înghițit-o, zău... a scos un suspin și și-a aplecat capul peste andrele. Când a zâmbit, avea toți dinții negri de ciocolată. Și Silvia... Ah, ce tihnă, băiatul meu! Fără atâtea călătorii și atâta muncă și, mai ales, fără Peter! a adăugat, coborând puțin vocea. Apoi a deschis larg ochii și a clipit des, ca și cum tocmai și-ar fi amintit ceva, și și-a lungit gâtul. Păi, să vedem dacă o fi adevărat că nu există doi fără trei, drept care, acum, o să-i treacă patima pentru ștersul cu cârpa și o să-și găsească un iubit mai normal, ca acela pe care-l avea înainte. Îți mai aduci aminte de Sergio? Ah, chiar că era un drăguț! Așa încât până și tatăl tău îl plăcea... ce să mai spun! Chiar dacă, sigur, acum, dacă stau și mă gândesc, dacă tatăl tău îl plăcea, poate că nici el nu era prea potrivit, nu?

Am luat un biscuit. Mamei nu-i era somn și, când mamei nu-i este somn, are nevoie de companie. Atunci vorbește, și vorbește, încercând să te rețină cu palavrele ei ca și cum, brusc, ar avea o zuruitoare în mână și cel care n-ar putea să doarmă ai fi tu. Își lipise, din nou, lucrul de mână de față și am simțit ca o ciupitură în piept văzând-o așa, cum își chinuie ochii.

– Poate că ar trebui să te oprești, mamă, i-am spus eu, luându-i andrelele cu mâna. Hai, las-o! Dacă îți face atâta plăcere, am putea cumpăra una.

S-a uitat iarăși la mine pe deasupra tricotajului, cu ochii întredeschiși și o figură supărată.

– Nici vorbă! a spus ea, foarte hotărâtă. Vreau să o termin. Chiar dacă o să-mi ia un an întreg!

– Treaba este că nu înțeleg ce ți-a venit cu asta, i-am spus, fără să dau drumul andrelelor. Eu nu am nevoie de o cuvertură, iar tu o să-ți strici ochii de tot, nu-ți dai seama?

Și-a încrețit nasul.

– Și cu ce altceva crezi că aș putea să-mi stric mai bine ochii decât cu un cadou pentru tine? mi-a trântit-o pe un ton în care se deslușeau ofensa și o umbră de tristețe. N-am știut ce să spun. Mi-a luat andrelele din mână și a mai tricotat câteva secunde în tăcere, după care a replicat: Când n-o să mai fiu, o să ai cuvertura asta! O să te învelești cu ea întotdeauna când o să-ți faci siesta iarna, iar eu voi fi fericită pentru că va fi ca și cum ți-aș da toate acele îmbrățișări de care ai nevoie și pe care niciodată nu mă lași să ți le dau.

N-am spus nimic. Chiar dacă, uneori, pare că nu-și dă seama, mama știe întotdeauna unde să țintească, iar spusele ei erau o notificare a navigatorilor de ultimă oră, pe care am preferat să n-o iau în calcul. Am mai rămas câteva clipe în tăcere și, când ea și-a reluat lucrul, eu m-am ridicat.

– Bine, cred că o să mă duc să mă culc, i-am spus. Sunt frânt.

M-a privit ca și cum nu i-ar fi venit să creadă.

– Să... te culci?

– Da.

– Dar, Fer... câinii?

M-am uitat la Max și la Shirley. Dormeau pe canapea. Shirley, cu gura deschisă, cu labele strânse, iar Max cu capul atârnând pe marginea uneia dintre perne, atingând podeaua.

– Câinii?

– Trebuie să-i scoatem afară.

– Este aproape ora șase dimineața, mamă!

– Tocmai de asta, Fer, a spus ea, lăsând lucrul de mână laoparte. Sunt mai bine de zece ore de când n-au mai ieşit şi, dacă mergem acum la culcare, va trebui ca, peste puţin timp, să ne trezim să-i scoatem.

Avea dreptate. Cu toate că-mi era lene, că-mi era somn şi nu prea aveam chef, mama avea dreptate.

– Bine, atunci hai să-i scoatem, şi nu facem decât un tur prin piaţă! N-o să ne ia prea mult!

S-a ridicat, şi-a pus în gură ultimul biscuit cu ciocolată şi a închis cutia.

După câteva minute, am ieşit în piaţă, pe uşa din sticlă a clădirii. În jurul nostru, întunericul începea să se estompeze şi un văl alburiu acoperea cerul. Shirley şi cu Max mergeau ameţiţi alături de noi şi mama s-a agăţat de braţul meu.

Asta cu doar câteva minute în urmă. Am traversat încet piaţa şi, imediat, am ajuns în capătul opus, lângă chioşc şi lângă staţia de autobuz. Am mers în tăcere. Briza străbate dimineaţa împletită cu adieri calde şi umede, mai cu seamă în această parte a pieţei, mai puţin protejată de clădiri. Nu mai este noapte, dar nici ziuă nu s-a făcut.

– Nu ştiu de ce este nevoie de atâta efort ca să spunem lucrurilor pe nume în familia asta, trânteşte, brusc, mama, ca şi cum s-ar fi gândit mult timp cum anume s-o spună. Cu toate chestiile astea care ni se întâmplă, nu?

Nu spun nimic.

– Şi, cât este de sănătos să spui! revine ea după un moment. Uită-te şi tu cât de binedispuşi au plecat toţi!

Continuăm să mergem în tăcere.

– Nu este nimic mai bun decât să scoţi ceea ce ai în tine. Mai ales pentru că, de multe ori, credem că un anumit lucru este îngrozitor sau aşa ceva, şi apoi reiese că... bum! – îşi agită mâna liberă în aer –, în fond, nimic nu este chiar atât de grav cum pare.

Mă opresc și mă uit la ea.

– Mamă, vrei... să-mi spui ceva?

Întoarce capul și mă privește cu o figură de parcă n-ar ști la ce mă refer.

– Eu? întreabă ea, indicându-și pieptul cu arătătorul.

– Da, tu!

Nu știu de ce o întreb. Cunosc bine răspunsul, fiindcă o cunosc foarte bine pe mama, însă nu știu dacă chiar vreau să-l aud. Mergem din nou. După câțiva metri, când ajungem într-o zonă cu straturi de gazon, spune:

– Poate că tu ești cel care vrea să-mi spună ceva. Mă întorc spre ea și o văd că mă privește cu capul plecat și cu o expresie de mamă aflată în alertă, care mă face să mă simt prost. Nu? întreabă ea cu o figură prefăcut nevinovată, în timp ce se așază pe banca de alături. Apoi trage de mine, silindu-mă să mă așez, și îi dă drumul lui Shirley care, pe loc, urcă pe unul dintre straturile de gazon și aleargă în voie prin iarba rară. Îi dau și eu drumul lui Max, iar mama și cu mine rămânem așezați, unul lângă altul, fără să spunem nimic, pe metalul rece al băncii. În piață, liniștea este totală, iar cerul a început să se lumineze dinspre mare, pictând întunericul cu șuvițe mai puțin dense, aproape ca niște umbre. În timp ce minutele trec și Noul An își începe curgerea către prima geană de lumină, simt că mama vrea să știe, că a trecut ceva timp de când așteaptă și că, într-un fel sau altul, după aceste două luni petrecute împreună, după această noapte și după toate cele care ni s-au întâmplat în cursul acestor ultimi ani, îi datorez un răspuns. I-l datorez pentru încredere, dar și pentru complicitate.

Și, cu toate că mă va costa, cu toate că mă va costa să-i povestesc, știu că sunt pe mâini bune și într-o bună tovărășie. Rămânem tăcuți încă vreo câteva minute, îi văd pe Max și pe Shirley umblând încolo și încoace pe iarbă și, simțindu-i și eu așteptarea, mă hotărăsc să vorbesc.

– M-am întâlnit cu tata, spun, în final. Mama continuă să privească înainte, fără să clipească. M-am întâlnit cu el în aceeași zi în care m-am instalat în apartamentul tău. La cafeneaua aflată la parterul casei în care stau.

Înainte să vorbească, mama lasă să-i iasă, foarte lent, aerul pe gură.

– Ah! spune ea. Este un „Ah!“ mic, ca în urma unei zgârieturi sau a unei mici lovituri. Apoi rămânem din nou tăcuți, până ce se hotărăște să întrebe, pe un ton în care se amestecă îngrijorarea și curiozitatea. Cea care întreabă este Amalia ambelor fețe: cea de pe fața B (mai matură) se teme de răspunsul meu; cea de pe fața A (fetița care încă mai conspiră pe ascuns și se joacă de-a aiurelile cu prietena ei, Ingrid) vrea să știe. Întrebarea ei este simplă și este și aceea pe care o aștept. Și ce s-a întâmplat? spune ea.

Doi

Totul.

Îi povestesc totul, în timp ce, pe cer, întunericul se retrage încet, precum o pânză transparentă, luminând zorii dimineții, iar câinii se întind pe gazon, atenți la primele zgomote ale zilei. Îi povestesc despre noaptea în care am dormit prost, după ce am petrecut sfârșitul de săptămână acasă la Emma și la Olga, despre faptul că s-a stins litera C de pe reclama luminoasă care, în timpul acestor ani petrecuți în garsonieră, îmi servise drept o biblie de neon, despre cum am ajuns la cafenea, despre ochii tatei în oglindă, despre chelner, despre amintirile mele cu bunica, despre carnețelul ei violet, despre întrebări, despre „de ce?"-uri. Totul, toate detaliile acelei dimineți. Și, în timp ce vorbesc, mama rămâne cu privirea pierdută asupra pieței, ascultând foarte atentă, până ce ajung în momentul în care m-am coborât de pe taburet și m-am întors către vitrina cafenelei, ținând în mână mica mea foaie în pătrățele. Atunci, fac o pauză și tac.

După câteva clipe de așteptare, mama își întoarce capul spre mine și, cu ochii întredeschiși, pentru că în privirea ei bate lumina felinarului aflat în spatele meu, spune:

– Și, atunci?

Trec câteva secunde și un automobil frânează la semafor, în lumina de chihlimbar.

– Nimic, mă pomenesc spunând, când mașina deja se îndepărtează. Atunci, nimic.

Ea se uită în continuare la mine, dar nu vorbește. Nu știu ce trebuie să fi auzit în glasul meu, fiindcă îmi pune mâna pe braț și stă așa, foarte calmă, așteptând. Apoi mă strânge de braț cu degetele și își sprijină capul pe cotul meu, îndemnându-mă să continui.

Și asta și fac. Continui să-mi aduc aminte pentru ea și să-i povestesc, în această dimineață a anului care începe, că la masa tatei nu mai era nimeni și că asta a fost ceea ce s-a petrecut: tata nu mai era. Erau acolo ziarul, resturile de mâncare și ceașca goală, dar el nu mai era. Am rămas cu foaia în mână, cu spatele lipit de tejghea și fără să-mi iau ochii de la masa lui până ce, de cealaltă parte a vitrinei, pe trotuar, cineva a ridicat brusc mâna și, după câteva secunde, lângă el a oprit un taxi. Tata nu s-a întors. A deschis ușa, a urcat repede în mașină și a închis portiera dintr-o lovitură. Taxiul a pornit.

Asta a fost tot.

Ceea ce s-a întâmplat după aceea face parte din lucrurile care, în arhiva mea de amintiri recente, au rămas incluse în categoria „lucruri care s-au petrecut după aceea". Faptul că tata a trântit portiera a marcat un „de acum înainte", pe care memoria mea l-a ordonat în felul următor: când am ieșit din cafenea, nu m-am dus direct acasă. Am făcut o scurtă plimbare pe plajă, încercând să gândesc, dar în zadar. Simțeam un gol atât de mare în stomac, încât, dacă aș fi putut, aș fi vomitat. Și durere. Simțeam și durere. Și multe lucruri care, în acel moment, mă dureau, fiindcă păreau a fi proiectate în acel scop, să provoace durere. M-am gândit la bunica, la Andrés și la mama, și m-am învinovățit că fusesem un prost, că așteptasem din nou ceva de la cine n-ar fi trebuit să aștept. Da, o dată în plus. Brusc, am simțit un val de rușine și m-am văzut ca un caraghios, amintindu-mi cum eram, în cafenea, în timp ce scriam lista mea cu întrebări, ca atunci când eram mic și, cu vreo câteva săptămâni înainte de Crăciun, Emma, Silvia și cu mine ne așezam în sufragerie, ca să scriem lista cu cadouri pe care i le ceream lui Moș Crăciun, cu mult timp înainte ca tata să apuce să ne spună că acela care cumpăra cadourile era el și aceea care le împărțea era mama. M-am văzut iarăși în cafenea, cu hârtia cu întrebările mele în mână, și m-am simțit ca un idiot, fiindcă speram că oamenii se pot schimba. La fel ca mama, la fel ca bunica. La fel ca Emma. La fel ca noi toți, aceia care nu suntem tata.

După plimbare, am urcat în garsonieră și mi-am făcut un ceai. Când am intrat, Max a venit să mă salute, după care a ieșit pe terasă și s-a tolănit la umbră. Când am avut ceașca în mână, am ieșit și eu și m-am așezat lângă el, pe jos, în timp ce într-un balcon de pe stradă cineva bătea cu ciocanul în ceva metalic și umezeala începea să fie supărătoare.

Max și-a așezat capul pe labe și mi-a arătat dinții, surâzând așa cum surâde el și, pe dată, când l-am văzut așa, atât de supus și de încrezător, atât de dependent de mine, m-am văzut mic, mic ca atunci când totul în jurul tău ți se pare mare pentru că îți dai seama că ești mult prea singur și că să înveți să te protejezi nu înseamnă, întotdeauna, să înveți să trăiești mai bine. Și am simțit și o amețeală cumplită când mi-am amintit din nou de tata, de masa goală din bar și de silueta lui urcând în grabă în taxi, fugind de mine ca și cum aș fi fost un dușman, și nu fiul lui.

Și, în acel moment, mi-am amintit de întrebarea Emmei și vocea ei domoală mi-a răsunat în minte: „Cât timp mai ai de gând să mai stai în far?“ Și apoi, împins de întrebarea ei, a venit și răspunsul. Fraza noastră, aceea a amândurora:

– Nu poți să-ți afli pacea dacă te ferești de viață, Leonard, am spus eu cu voce tare, privind spre Max, care mi-a răspuns cu un suspin de plăcere, întinzându-și labele. Apoi am lăsat și eu să-mi scape un suspin și m-am trezit spunând: Iar eu nu știu de unde să încep să nu mă mai feresc, Max. Tot ce știu este că am nevoie să mă ajute cineva, să mă învețe cineva, fiindcă altfel...

N-am terminat fraza. Brusc, o nouă rafală de ciocănituri a răsunat de pe cealaltă parte a străzii, urmată de un zgomot metalic, care l-a făcut pe Max să tresară. Am pus ceașca pe jos și m-am ridicat să văd.

De cealaltă parte a străzii, trei muncitori lucrau la reclama luminoasă de pe clădirea din față. După cât se pare, lucrau la ea de la prima oră, fiindcă demontaseră deja unele litere și ceea ce mai rămăsese în picioare era un fel de structură cu aspect de gură fără dinți, cu mai multe goluri decât piese. Cei trei muncitori se așezaseră să fumeze și glumeau. Când am citit literele care mai rămăseseră de demontat, am simțit un scurt fior în stomac. Erau doar patru.

MA... MA.

Asta era tot ce mai rămăsese pe acoperiș: două litere dublate precum bâlbâiala unui copil, și asta – acest „ma-ma" – a fost ceea ce am început să repet în șoaptă pe terasă și ceea ce am continuat să repet, printre dinți, în vreme ce intram în casă, îmi puneam mobilul și câteva lucruri într-o geantă de voiaj și coboram în stradă cu Max.

Am mers așa aproape două ore și jumătate, până ce am ajuns acasă la mama.

*

– Restul îl știi.

Mama nu se uită la mine. Rămâne cu capul lipit de cotul meu, aproape lipsit de greutate, în timp ce nenumărate fâșii roșiatice înaintează pe cer dinspre răsărit, intrând în pământ.

– Vai, Fer! spune ea. Și apoi, respirând adânc, repetă, aproape murmurând: Vai, Fer!

Simt cum mă strânge în gât. Deasupra noastră, dâra unui avion traversează cerul cu un zumzet surd și îmi aduc aminte de bunica, de carnețelul ei cu pagini colorate și de surâsul ei sincer, și mi-e atât de dor de ea, că trebuie să înghit în sec de mai multe ori, pentru ca glasul să nu mi se sugrume.

– Știi ce ar spune acum bunica ta? întreabă mama, ca și cum ar fi auzit ce gândesc, îndepărtându-se de mine și așezându-se, foarte dreaptă, pe bancă.

Dau din cap în semn că nu.

– Nu.

Nu răspunde imediat. Când cred că n-o s-o mai facă, spune, cu un glas foarte limpede:

– Ar spune că tatăl tău ți-a făcut o favoare. În sfârșit, ți-a făcut o favoare. Nu știu de ce, dar comentariul nu-mi place. Nu știu de ce ea ar ști că bunica ar spune așa ceva. Mai mult: mă simt prost, prost fizic, cu toate că, dacă stau să mă gândesc, înțeleg că, probabil, are dreptate. Că ți-a făcut o favoare dispărând astfel, adaugă ea, și că acum nu mai ai nicio scuză.

Mă uit din nou la ea.

– Nicio scuză? Ca să ce?

Își coboară privirea și își freacă mâinile. Întunericul este din ce în ce mai slab și formele nu doar că se disting. Încep să se vadă.

– Ca să te mai ascunzi de viață, dragul meu, spune ea. De ce altceva?

– Nu mă ascund de viață, mamă, sar eu, imediat.

– Ba da, te ascunzi, Fer! spune, cu un surâs abia schițat, pe care îl cunosc bine. Te ascunzi, fiindcă îți este atât de frică să nu te doară iar, că preferi să n-o trăiești! Când vreau să răspund, mi-o ia înainte. Și știu foarte bine ce spun, băiatul meu! Crede-mă!

Nu zic nimic.

– Dar, știi ceva? insistă ea, punându-mi mâna pe picior, cu un gest care se vrea împăciuitor.

– Nu.

– Că ai fost foarte curajos. Mă uit din nou la ea și ea confirmă. Și că, în fond, faptul că tatăl tău a plecat nu contează. Important este că ai îndrăznit să întrebi. Să vrei să știi. Asta nu o face oricine. Rămânem tăcuți câteva clipe, în timp ce un șuierat stins se pierde pe vreo stradă din apropiere. Este mașina de gunoi. Orașul nu cunoaște odihnă. Eu n-aș fi făcut-o, spune, plecându-și capul. Am trăit aproape cincizeci de ani din viață temându-mă să întreb.

Înghit în sec din nou și sunt gata să o îmbrățișez, dar, când mă mișc, ea se trage puțin înapoi, căutând-o pe Shirley cu ochii întredeschiși, până ce dă de ea lângă un gard viu. Apoi spune:

– Eu nu vreau să te văd așa, Fer!

„Au!"

Rămân liniștit pe bancă, atent, și-mi simt, pe dată, spatele încordat și țeapăn. „Nu vreau să mai aud nimic", sunt pe punctul de a spune. „Vreau să ne ridicăm, să ne întoarcem acasă, să ne băgăm în pat și să stăm să ne uităm la canalul de știri douăzeci și patru de ore, până ce adormim. Și să nu se schimbe nimic. Vreau timp. Mai mult timp."

„Eu nu vreau să te văd așa!", a spus mama.

– Așa, cum?

Ridică din umeri înainte să răspundă.

– Așa, spune, coborându-și puțin umerii. Fără o viață. Refugiat în casa mea, în vreme ce aștepți să se întâmple ceva care să schimbe lucrurile, spune, într-un suflet. Apoi neagă din cap cu un gest de îngrijorare, aproape supărat. Dar oricât s-ar schimba lucrurile, dacă nu le privești, dacă nu întinzi mâna să le atingi, niciodată n-o să-ți dai seama că nu mai sunt așa cum erau. Nu se va întâmpla nimic, Fer! Niciodată n-o să se întâmple nimic.

Simt un gust amar în gură. Nu-mi place asta. Nu-mi place să o ascult. Nu-mi place să aud asta venind din gura mamei. Când sunt gata să mă ridic și să închei discuția, ea reia subiectul.

– Tatăl tău nu înseamnă toți oamenii din lume, dragul meu, spune ea, fără să aștepte răspunsul meu. Și nici eu nu sunt toate femeile. Nimeni nu este lumea întreagă și nimeni nu are pe cineva care să fie aidoma cu el. Asemănător, se poate. Aidoma, nu. Asta este viața, Fer: să-i întâlnești pe cei asemănători și să te ferești de cei aidoma. Restul vine sau nu, apare sau nu, doare sau nu.

Mă strânge de picior și, când îi simt degetele moi pe mușchi, de îndată mă simt mic. Până într-atât, încât nodul pe care îl am în gât începe să se desfacă. Începe să fie apă și sare.

– Trebuie să ieși și să-ți oferi o ocazie, spune ea, pentru că, dacă o ții tot așa, așa, speriat, o să ajungi la vârsta mea și, într-o bună zi, o să-ți amintești doar ceea ce n-ai fost niciodată. Și asta este cum nu se poate mai trist, băiatul meu!

Mă întorc spre ea și, pe un ton sec, pe care nu-l recunosc printre zecile de voci pe care le am în catalogul meu de glasuri, îi spun:

– Nu știu cum ai putut să-l ierți pe tata!

Ea primește întrebarea dându-se puțin îndărăt, ca să pareze lovitura. Apoi se uită la cer și surâde.

– Eu l-am iertat pe soțul meu, spune, luându-și mâna de pe piciorul meu și mângâindu-se cu buricele degetelor în zona mâinii ei, unde, cu toate că n-o văd, știu că are cicatricea rămasă din ziua în care a trecut prin ușa de sticlă de la sufragerie și s-a întors de la spital plină de cusături. Pe tatăl vostru, nu!

Rămânem față în față, uitându-ne unul la altul, în timp ce vedem cum câinii hoinăresc pe straturile de gazon, cum adulmecă și se bucură de libertatea acestei dimineți în care nu erau și alți câini. Câteva siluete traversează piața și se pierd în extrema opusă.

– Nu știu de unde să încep, mamă!

Ea se întoarce către mine, mă ia de braț și-și sprijină obrazul de el.

– Deja ai început, dragul meu!

– Da?

– Da, spune, confirmând. Ai început să întrebi și să cobori din farul tău pe pământ. Acum, trebuie să îndrăznești să zbori singur, departe sau aproape, este totuna, dar singur. Și să începi din nou să te poticnești, să-ți iei soarta în mâini și să ai încredere, Fer. Ești mult prea tânăr ca să tragi cortina. O să rămâi mult prea mic, o să pierzi mult prea multe lucruri. Și eu nu vreau să te ajut să faci asta. Să nu mi-o ceri, băiatul meu!

Pe dată simt ca și cum, într-un fel sau altul, m-ar alunga de lângă ea, ca și cum m-ar împinge, foarte blând, este adevărat, dar m-ar împinge. Departe. Afară. „Nu vrea să fiu cu ea", gândesc eu și, cu toate că resping ideea, fraza continuă să-mi joace în minte câteva secunde, dureroasă.

– Nu poți rămâne la mine acasă pentru totdeauna, băiatul meu! spune ea, ghicindu-mi, din nou, gândurile. Și, te rog, nu te supăra! adaugă, cu mâna ridicată ca să mă împiedice să vorbesc. O spun pentru tine. Tac. Știu că o spune pentru mine și, chiar și așa, mă doare. Atât de rău, că îmi las capul în jos, fiindcă nu vreau să mă vadă plângând. Dar, mai ales, o spun pentru mine, adaugă ea, ghemuindu-se un pic pe metalul băncii, în timp ce, deasupra noastră, cerul se deschide în nuanțe albastre, movulii și în tușe rozalii, creând un fals acoperiș, ca o rozetă uriașă. O simt pe mama chircită. Chircită ea și vocea ei tot chircită. Pentru că, dacă mai rămâi instalat la mine acasă, dacă mai stai cu mine mult timp, cu cât vei pleca mai târziu, cu atât mai mult voi suferi când o să pleci. O să sufăr atât, că acum nici nu pot să mă gândesc la asta. Așa că fă-o, și fă-o repede, pentru că o să-mi fie așa de dor de tine, că o s-o iau razna, și mi-e groază de asta! spune ea, punându-mi mâna pe cap și mângâindu-mi părul alene, în timp ce ceea ce respir acum sunt lacrimile și văd cum picăturile pătează cele două dale pe care le am la picioare.

Trec așa câteva minute, ea mângâindu-mă, iar eu simțind că mi-e deja dor de ea și că vreau să-i spun atâtea lucruri pe care nu i le-am spus până acum, că mi-a pierit glasul. Aș vrea să învăț să-i spun „mulțumesc", dar știu că niciodată n-aș găsi tonul și nici glasul pe care îl caut ca să pot exprima cât de aparte este viața mea pentru că felul ei de a mă privi o face astfel. Mi-ar plăcea să-i spun că, dacă nu o fac, este pentru că nu am în voce acea dimensiune și nu știu de unde s-o învăț. Și că am avut mare noroc că ne-am întâlnit. Ce soartă binevoitoare am avut!

– Ce spunea bunica despre răsăriturile violet? o aud spunând lângă mine, cu un glas șovăitor, în timp ce continuă să mă mângâie pe cap.

Înghit de câteva ori înainte să vorbesc și mă șterg la ochi cu degetele.

– „Nopți de întâlnire, cu lună cenușie, și brize, și răsărituri violet", spunea.

Aprobă.

– Da, însă mai spunea ceva. Nu-ți mai amintești?

Când mă întorc să o privesc, o văd zâmbind, și ea cu scântei de lumină umedă pe obraji și privind cerul. Deasupra noastră, o mare de fâșii violacee, liliachii și indigo se amestecă prin ceea ce a mai rămas din noapte.

– Da, spun eu. Zicea: „Nu există răsărituri violet fără ochi care să le reflecte, și nici drumuri lungi fără picioare care să le străbată".

Mama surâde.

– Da, așa este, spune ea, încetând să-mi mai mângâie părul și sprijinindu-și mâna pe spatele meu. Încă îți mai rămâne un drum lung de străbătut, dragul meu. Și mie mi-ar plăcea să văd asta, adaugă, cu un glas obosit, în vreme ce se sprijină cu cealaltă mână de bancă și se ridică, gâfâind slab. Mergem? întreabă, apărându-și ochii cu mâna pusă streașină.

Mergem îmbrățișați, traversând încet piața. Max și Shirley aleargă singuri pe lângă noi, calmi și încrezători, în timp ce primele mașini rulează pe străzile din cartier, cu motoarele torcând împotriva dimineții.

Când ajungem amândoi la fântâna fără apă, mama se oprește brusc și, ridicând ochii, spune cu o privire de fetiță incitată:

– Am putea lua o ciocolată caldă cu vreo doi croasanți. Vrei?

Când îmi cobor capul ca să mă uit la ea, surâsul ei este ușor, ca mâna pe care o ține pe talia mea, iar cerul i se reflectă în ochi, colorându-i cu tente violet și gravând în ei câteva mici răsărituri noi. Pe pupilele mamei, văd gravat portretul meu, înconjurat de nori și de ceruri schimbătoare, pe care ea le ignoră, și care trec pe deasupra noastră ca pe deasupra unui oraș care începe să se trezească la ceea ce aduce ziua. Astăzi, acum, orașul care răsare în tonuri violet suntem ea și cu mine, în piață. Singuri, amândoi și cu toate absențele noastre. Azi, suntem mama și cu mine, răsărind în nuanțe de violet.

– Sigur, mamă, îi spun, după care îmi apropii nasul de părul ei și îi dau un sărut în creștet. Cum să nu vreau?

Atunci, ea își sprijină capul de pieptul meu și rămânem așa câteva secunde, privind cum lumina înaintează dinspre mare către noi, ca și cum cineva ar ridica, încet, cortina care ne desparte de zi, printre nuanțe albastre, indigo și portocalii. Apoi pornim amândoi, încet-încet, fiecare în ritmul său, înconjurați de câini.

Pătrunzând în primele murmure ale noului an.

Către casă.

Mulțumiri

Aş dori să-i mulțumesc Sandrei Bruna, pentru tot ce am trăit; lui Quique Comyn, pentru același lucru; Ofeliei Grande, fiindcă întotdeauna s-a întors și întoarcerea îmi face bine; lui Pilar Argudo (ce bucurie și câtă integritate de fiecare dată!); tuturor celor de la Granitero (www.graniteandrainbow.com), preocupați să facă lucrurile bine; și, mai ales, echipei mele de pe Facebook. Sunteți o adevărată legiune și cu toții atât de importanți! Ați ajutat atât de mult la scrierea acestui roman, încât o mare parte din el este al vostru! Nu mi-aş ierta-o dacă i-aş aminti pe unii și i-aş lăsa pe alții în umbră.

Și, mai ales, mulțumiri femeilor din familie, pentru că, atunci când a venit momentul să învăț din nou să trăiesc, ele au fost primele care mi-au sărit în ajutor.

Twitter: @Palomas_Alejand
Facebook:
Facebook.com/Avenidadeladesazon11

AUTORI ROMÂNI CONTEMPORANI

Anghel Andreescu	*Acțiunile separatiste*
Anghel Andreescu, Dan Andreescu, Dan Bardaș	*Efectul migrației asupra securității României și a Europei*
Vartan Arachelian	*Numele și umbra*
Bogdan Boeru	*Benedictiana*
Augustin Buzura	*Absenții • Drumul cenușii • Nici vii, nici morți • Recviem pentru nebuni și bestii • Refugii*
Eugen Ovidiu Chirovici	*Cine a ucis-o pe Nora Jones? • Hoodoo Creek • O amintire de la Paris • Pulbere neagră • Cartea secretelor*
Eliza Ene Corbeanu	*Viața la curte vol. I • Viața la curte vol. II*
Adrian Eugen Cristea, Marius Marinescu, Mihai Mitran	*Cartierul interzis*
Corneliu Filip	*Ion Ghițulescu, omul de la microfonul radio*
Mircea Malița	*Istoria văzută prin ochii diplomatului*
Eugen Mihăescu	*Rebel • Între linii • Strigăte în pustiu*
Ștefan Mitroi	*Atunci când era mereu duminică • Biblia pentru furnici • Dulce ca pelinul • Jocuri de nenoroc • Adu-ți aminte să nu uiți • Pisica surdomută și alte unsprezece povestiri*
Doru Munteanu	*Viață de împrumut*
Adrian Năstase	*Sub zodia momentului: Blog'n Roll vol. 7 • Războiul lui Onoda: Blog'n Roll vol. 8 • Răzbunarea cuvintelor: Blog'n Roll vol. 10*
Ionel Nițu	*Analiza de intelligence*
Adrian Onciu	*Templul negru*
Dan Ioan Panțoiu	*Mercenarul întunericului*
Eveline Păuna	*Muzeul vârstelor*
Dumitru Popescu	*Artemis sau Uzurparea sentimentului • Singurătatea mărilor*
Vlad T. Popescu	*Taina. O nouă incursiune în irealitatea imediată*
Flaviu George Predescu	*Softul Ge • Paraclis 1980*
Mirela Puiu	*Șarpele cetății*
Aurelian Silvestru	*Cel rătăcit*
Dinu Săraru	*Corrida • Jurnalul unui personaj controversat • Marele premiu la Monte Carlo • Ura din ochii vulpii*
Mirel Taloș	*Colecționarul de nuduri • Undeva în Transilvania • Strania poveste a unui pian • Clepsidra lui Ovidiu*
Stelian Țurlea	*Trei femei*
Olimpian Ungherea	*Sayonara. Confesiunile unui criminalist*

COLECȚIA ICEBERG FICTION

Jussi Adler-Olsen	*Camera groazei • Culpa • Vânătorii de oameni • Somnul rațiunii • Decretul Washington*
Dan T. Sehlberg	*Mona. Virus mortal*
Roy Jacobsen	*O minune de copil*
Henning Mankell	*Câinii din Riga • Creierul lui Kennedy • Omul din Beijing • Pantofi italienești • Ucigași fără chip – seria Inspectorul Wallander*
Anders de la Motte	*Jocul • Buzz (cartea a doua din trilogia Jocul) • Bubble (cartea a treia din trilogia Jocul)*

Erik Axl Sund	*Persona. Slăbiciunea Victoriei Bergman partea I • Trauma. Slăbiciunea Victoriei Bergman partea a II-a • Catharsis. Slăbiciunea Victoriei Bergman partea a III-a*
Erik Valeur	*Al șaptelea copil*
Jakob Vedelsby	*Legea umanității*

THRILLER, AVENTURI, ACȚIUNE, MISTERY

Lina Areklew	*Dincolo de aparențe*
Francisco Asensi	*Sângele*
Asa Avdic	*Insula morții*
Jessica Barry	*Nu privi în urmă*
David Baldacci	*Rece ca piatra*
Steve Berry	*Protocolul Varșovia • Taina președintelui • Ultima colonie • Rețeaua împăratului*
Samuel Bjørk	*Bufnița vânează întotdeauna noaptea*
Dan Brown	*Codul lui da Vinci • Simbolul pierdut*
Mireille Calmel	*Cântul vrăjitoarelor – vol. 1 • Cântul vrăjitoarelor – vol. 2 • Cântul vrăjitoarelor – vol. 3*
John le Carré	*Genul nostru de trădător • Moștenirea spionilor • Un adevăr delicat*
Karen Cleveland	*Acces interzis*
Emma Cline	*Fetele*
John Connolly	*Răzbunătorii*
Michael Connelly	*Al cincilea martor • Până la capăt. • Chipul dur al despărțirii • Tura de noapte • Avertizarea • Legea inocenței • Zeii vinovăției*
Glenn Cooper	*Semnul crucii*
Michael Cox	*Sensul nopții*
Blake Crouch	*Revenire • Materia întunecată*
Clive Cussler	*Imperiul Celtic • Marea diavolului • Sahara*
Clive Cussler & Paul Kemprecos	*Orașul pierdut*
Arwen Elys Dayton	*Mai puternic, mai iute, mai frumos*
Leona Deakin	*Dispăruți*
Nelson DeMille	*Coasta de Aur*
Karen Dionne	*Evadarea din mlaștină*
Brendan Duffy	*Regele furtunii*
Bella Ellis	*Soția dispărută*
Joseph Finder	*Omul companiei*
Adam Foulds	*În gura lupului • Labirintul însuflețit*
Ulla Frohling	*Ființa din oglindă*
Mario Giordano	*Tușica Poldi și misterul leilor sicilieni*
Javier Gonzales	*Insula sfârșitului timpului*
John Grisham	*Barul Rooster • Calico Joe • Campionul din Arkansas • Îngerii dreptății • Șirul de platani • Theodore Boone – Puștiul avocat • Theodore Boone – Răpirea • Uragan pe insula Camino • Lista judecătorului • ...Și vine vremea îndurării*
Katryn Harkup	*A de la arsenic. Otrăvurile Agathei Christie*
Thomas Harris	*Cari Mora*
Lance Hawvermale	*Criminalul fără chip*
Jay Hosking	*Trei ani în labirint*
Petrika Ionesco	*Cântecul lebedei mecanice*

Christian Jacq	*Fugarul (vol. 1 seria Răzbunarea zeilor) • Divina Adoratoare (vol. 2 seria Răzbunarea zeilor)*
Susanne Jansson	*Mlaștina*
Jens Henrik Jensen	*Oxen – Prima victimă*
Dean Koontz	*Noaptea lui Odd • Ochii întunericului*
Danya Kukafka	*Misterul fetei din zăpadă*
Vera Kurian	*Te voi ucide zâmbind*
Will Landay	*În apărarea lui Jacob*
Maggie Lehrman	*Orice lucru are prețul lui*
Charlie Lovett	*Povestea anticarului*
Kathleen McGowan	*Prințul poet*
Brad Meltzer	*Cercul asasinilor • Cercul cavalerilor • Jocul zero*
Maggie Mitchell	*A doua fată*
Alejandro Palomas	*Un fiu*
David Park	*Comisarul adevărului*
Adele Parks	*Invitația*
Tony Parsons	*Soția dorită*
Chris Pavone	*Expatriații*
Malin Persson Giolito	*Nisipuri mișcătoare*
Anthony Quinn	*Prietenii noștrii din Berlin*
T.R. Richmond	*Ce-a lăsat în urmă*
James Reese	*Dosarul Dracula*
Allie Reynolds	*Fior*
Imogen Robertson	*Iarna la Paris*
Brian Ruckley	*Nașterea iernii – seria Lumea fără zei*
Daniel Sanchez Pardos	*G. Un oraș misterios: Barcelona. Un tânăr vizionar: Gaudí*
John Burnham Schwartz	*O singură clipă*
Javier Sierra	*Focul invizibil • Maestrul de la Prado*
Lorenzo Silva	*Linia meridianului*
Dan Smith	*Ținta: Președintele*
Dominic Smith	*Ultima pictură a Sarei de Vos*
Jose Carlos Somoza	*Cheia adâncului*
Olen Steinhauer	*Turistul*
Carole Stivers	*Codul vieții*
Anne Sward	*Cu sufletul la gură*
Brad Thor	*Lista neagră*
S.K. Tremayne	*Dubla identitate*
Paul Tremblay	*Cabana de la sfârșitul lumii*
Simon Urban	*Planul D*
Timur Vermes	*Ia uite cine s-a întors*
David Wroblewski	*Povestea lui Edgar Sawtelle*
Matt Weselowski	*Misterul din pădure*
Hideo Yokoyama	*Misterul cazului „Șase patru"*
Joakim Zander	*Înotătorul • Fratele • Prietenul*

DRAMA, ROMANCE

Helly Acton	*Dragostea e un reality show*
Pierre Assouline	*Portretul*
Tabea Bach	*Insula cameliilor*
Angela Becerra	*Penultimul vis*
Anna Bell	*Lista de dorințe • Soțul meu e un străin*
Jenn Bennett	*Cu ochii în stele*

Chris Bohjalian	*Închideți ochii, luați-vă de mână • Vremea vrăjitoarei*
John Boyne	*Furiile inimii • Un călător printre secole*
Isabelle Broom	*Escapada*
Serena Burdick	*O fată în amurg. Un roman despre Paris*
Brooke Burroughs	*Codul pentru perechea perfectă*
Antony Capella	*Ofițerul stării civile*
Andrea de Carlo	*Minunea imperfectă*
Carol Cassella	*Oxigen*
Jessie Chaffee	*Florența la apus*
Sarah Cohen-Scali	*Max*
Manuel DeLope	*Perlele călătoare*
Val Emmich	*Nu uita să-ți amintești*
Gyle Forman	*Fără mine*
Rachel Givney	*Jane și magia iubirii*
Heddi Goodrich	*Americanca*
Lauren Groff	*Destin și furie*
Ruth Hogan	*Colecționarul de obiecte pierdute • Paradisul lui Queenie Malone*
Catherine Isaac	*Aici, acum, mereu • Povestea iubirii noastre – ed. softcover*
Natalie Jenner	*Clubul Jane Austen*
Susana Lopez Rubio	*Intrați în El Encanto*
Charlotte Lucas	*Anul tău perfect – vol. I și vol. II*
Benjamin Ludwig	*Ginny Moon: din secretele unei fetițe autiste*
Laura McVeigh	*Sub stelele tăcute*
Benjamin Mee	*Avem un zoo!*
Claire Messud	*Prietenie dispărută • Când lumea stătea în loc • Femeia de la etaj*
Jean E. Pendziwol	*Fiicele paznicului*
Francine Prose	*Prima iubire*
Karen Raney	*Două vieți*
Sue Roberts	*Idilă pe Riviera*
Clara Sanchez	*Misterul numelui tău*
Lisa See	*Dragostea Florii-de-bujor • Frumoasele chinezoaice*
Indra Sinha	*Oamenii lui Animal*
Kathryn Tay	*Moștenirea partea 1 (Saga Daringham Hall) • Hotărârea partea 2 (Saga Daringham Hall)*
Julia Whelan	*Un an la Oxford*
Natalie Winter	*Clipe de viață*
Javier Yanez	*Stăpânul savanelor*
Markus Zusak	*Mesagerul*

FANTASY, SCIENCE FICTION

Mitch Albom	*Măsura timpului*
Christina Sweeney-Baird	*O lume fără bărbați*
Forrest Leo	*Un gentleman*
Scott Lynch	*Minciunile lui Locke Lamora • Pirații mărilor roșii*
Walter Moers	*Cele 13 1/2 vieți ale căpitanului Urs Albastru*
Sylvain Neuvel	*O poveste care va urma • Până la ultima dintre noi*
Michael Poore	*Dansul reîncărnării*
Patrick Rothfuss	*Teama înțeleptului • Numele vântului • Tainica iscodire a celor tăcute*

J.R.R. Tolkien	*Hobbitul • Frația inelului (vol. 1 trilogia Stăpânul inelelor) • Cele două turnuri (vol. 2 trilogia Stăpânul inelelor) • Întoarcerea Regelui (vol. 3 trilogia Stăpânul inelelor) • Povestea lui Kullervo • Silmarillion • Copiii lui Hurin*
Leslye Walton	*Straniile și minunatele amărăciuni ale Avei Lavender*

ROMAN ISTORIC / DRAMĂ ISTORICĂ

Stephan Abarbanell	*Orient*
Malka Adler	*Frații de la Auschwitz*
Federico Baccomo	*Spectacolul tristeții*
John Boyne	*Ruinele timpului*
Edward Carey	*Extraordinara poveste a micuței. Frumoasa madame Tussaud*
Jennifer Chiaverini	*Fetele din rezistență*
Paula Cifuentes	*Vremea bastarzilor*
Javier Cercas	*Impostorul • Monarhul umbrelor • Terra Alta*
Giuseppe Conte	*Dante in love*
Catherine Delors	*Iubire și sânge*
Marc Dugain	*Îl vor ucide pe Robert Kennedy*
Barbara Ewing	*Rosetta*
Mario Escobar	*Cântec de leagăn de la Auschwitz*
Ildefonso Falcones	*Moștenitorii pământului • Pictorul de suflete*
Ken Follett	*Stâlpii pământului – ed. softcover • O lume fără sfârșit – ed. softcover • Coloana de foc – ed. softcover • Căderea uriașilor – ed. softcover • Capătul veșniciei – ed. softcover*
Franco Forte & Scilla Bonfiglioli	*Fetița și nazistul*
Luca di Fulvio	*Copilul care a găsit soarele noaptea*
Max Gallo	*Titus*
Antonio Garrido	*Cititorul de cadavre*
Rachel Halliburton	*Iluzia optică*
Oscar Hujuelos	*Twain și Stanley*
Georgia Hunter	*Supraviețuitorii*
Antonio G. Iturbe	*Bibliotecara de la Auschwitz • În plin văzduh*
Özlem Kumrular	*Sultana Kösem*
Alison MacLeod	*Tandrețe*
Colum McCann	*Transatlantic*
Pauline Peters	*Camera rubinie*
Carly Schabowski	*Ceasornicarul din Dachau*
Lutz Seiler	*Kruso*
Sarah Stricker	*Cinci copeici*
John Sweeney	*Idiotul de serviciu*
Lucy Ribchester	*Clubul Clepsidrelor: Vremea sufragetelor*
Yasuko Thanh	*Mireasma misterioasă a munților Galbeni*
Markus Zusak	*Hoțul de cărți*

www.raobooks.com | www.facebook.com/rao.editura
office@rao.ro | libraria.rao@rao.ro

Tipărit la Tipografia Artprint